한국 현대
생태시 연구

문학과환경 학술총서
3

한국 현대
생태시 연구

임도한 지음

學古房

들어가는 말

저에게 오랜 숙제가 두 개 있었습니다. 하나는 서두르느라 넘어 갔었던 몇 개의 문제의식을 침착하게 짚어보고 정리하는 일이고 다른 하나는 중요한 학회의 진행에 걸림돌로 작용하고 있는 원고를 내는 일입니다. 공교롭게도 두 숙제 모두 필자의 박사학위 논문을 보완하는 일이어서 한 번에 다 해결할 수 있었지만 남다른 게으름 덕에 시간만 흘렀습니다.

1998년 겨울 박사학위 논문을 제출할 때 부족한 느낌이 컸지만 나중에 보완하겠다는 다짐으로 불안감을 떨쳤던 기억이 납니다. 그 이후 몇 편의 보잘 것 없는 연구를 이어가긴 했으나 박사 논문 마무리의 부담만 키우는 결과를 낳았습니다. 논문의 마무리를 열린 가능성으로 남겨 둔 관계로 그 가능성의 실제를 확인하고 정리하는 일이 생각만큼 구체적이지 않았습니다. 이제는 계속 열린 상태로 두는 것이 옳다고 생각합니다. 미숙한 시절에 언급한 것을 지금까지 그대로 받아들일 필요는 없다는 아주 효과적인 핑계를 찾았습니다.

위의 핑계에 힘입어 두 번째 숙제를 제출합니다. 문학과 환경학회 학술총서 원고로 제 논문을 냅니다. 20년도 더 지난 연구물을 찬찬히 살펴보는 일은 생각보다 더 부끄러운 일이었습니다. 그 동안 발간된 훌륭한 연구 성과에 비해 부족한 것은 너무도 명확하여 뭐라 언급할 수도 없는 일이라 부끄러움을 무릅쓰고 그냥 논문만 보고 보완하였습니다. 과거에 제가 고치고 또 고쳤던 문장들이 얼마나 더 고쳤어야 했는지 알게 되었습니다. 오탈자를 수정하고 이상한 문장들을 다듬었으며 당시의 시점을 반영한 표현 중 너무 어색한 부분을 찾아 최소한으로 보완하였습니다.

박사학위 논문과 문장이 동일하지 않으나 내용은 거의 같은 수준입니다. 아래 내용은 박사학위 논문의 초록을 다듬은 것으로 연구의 내용을 정리한 것입니다.

이 연구는 '생태시'의 개념을 규정하고 생태시 작품의 전개 양상을 고찰한 것입니다. 생태시라는 용어가 문학사적으로 확립된 것이 아니었지만 관련 논의들을 전반적으로 검토한 다음 '생태학적 문제의식을 계기로 창작된 시 작품'을 '생태시'로 규정할 수 있다고 제시하였습니다. 생태학적 문제의식이란, 오늘날의 생태위기를 초래한 인류의 반생태적 태도를 비판하고 생태 지향적 미래사회를 추구하는 것입니다. 여기서 생태학은 자연과학의 한 분야였으나 1960년대 이후 환경오염의 문제를 해결하기 위해 그 영역을 계속 발전시켜 종합학문적 성격을 갖춘 현대 생태학을 말합니다. 현대의 생태학은 사회과학과 인문과학의 성과까지 포괄합니다.

생태학이 아닌 분야에서도 생태학적 문제의식을 수용하여 그 학문 분야 고유의 영역을 심화·발전시키는 것이 최근의 보편적 현상입니다. 이러한 흐름을 '생태주의'로 규정할 수 있으며 생태문학의 등장도 이러한 맥락에서 이해할 수 있습니다.

한국 현대문학사에서 생태문학 작품으로 볼 수 있는 것은 1970년대부터 찾을 수 있지만 생태문학 작품이 문단적 관심과 함께 본격적으로 전개된 것은 생태담론이 활성화된 1990년대부터로 보는 것이 타당합니다. 생태문학은 비평이 창작을 선도하는 성향을 보이며 소설보다 시 분야의 성과가 두드러집니다.

비평이 선도하는 현상은 생태담론이 창작보다 앞서 등장한 영향이 크다는 점과 다른 여러 나라의 경우도 생태비평이 작품을 선도하는 면이 있다는 점에서 이해할 수 있습니다. 소설보다 시 분야의 성과가 앞서는 이유로는 시와 생태학의 공통점을 들 수 있습니다. 시 작품의 경우 한 부분의 의미가 전체와의 관계 속에서 완전해진다는 점이 생태학의 '전체론적 관계성'과 통하고, 세계 현상에 작용하는 섭리를 파악하고자 노력하는 시인의 속성은 생태학적 섭리를 모색하는 작업과 자연스럽게 겹칩니다.

생태문학논의는 생태문학의 등장이 정당하다는 주장부터 시작해서 생태시의 유형론, 목적성 짙은 작품의 문학성 확보 문제, 동양적 사유체계와 관련된 전망 제시 문제 등을 논의하며 발전합니다. 1990년대 후반에 이르면 그 동안의 창작적 성과에 기대어 생태시를 문학사 속에 인정하면서 설명합니다. 생명사상에 기반한 김지하의 생명문학론과 생태학적 패러다임에 의해 문학 자체의 성격을 새로이 규정하는 김욱동의 '문학생태학' 그리고 문학의 친생태적 본성을 강조하면서 문학의 위상을 정립하는 이남호의 '녹색문학론' 등이 대표적 성과입니다.

생태시는 시의식의 생태학적 전환을 강조하는 단계에서 생태학적 시의식이 확장되고 심화되는 과정을 거치며 생태학적 대안을 전망하는 단계로 발전하는 양상을 보입니다. 환경오염 현장을 고발하거나 이러한 폐해를 낳은 인류 문명을 비판하는 작품들의 경우 생태학적 자각을 강조하려는 의도가 강하여 미학적 한계를 보이는 경우가 많습니다. 이는 1980년대 초반까지 등장한 생태시의 특징이기도 하고 생태시인의 개인사적 초기 작품에 나타나는 특징이기도 합니다.

생태학적 시의식이 발전하는 양상을 고찰하기 위해 '생태학적 시의식의 확장'과 '생태학적 시의식의 심화'로 구분하였습니다. '생태학적 시의식의 확장' 측면은 생태시인 대다수의 작품을 대상으로 생태학적 시의식이 구현된 다양한 양상을 살펴보았습니다. 특히 활발하게 활동한 최승호와 정현종의 작품들을 비교하며 논리를 다듬었습니다.

'생태학적 시의식의 심화' 부분은 김지하와 고진하의 작품을 중심으로 고찰하였습니다. 김지하는 동학사상에 기초한 자기 나름의 독특한 생명 사상을 지니고 있으며 이를 토대로 생명의 존귀함과 우주적 차원의 섭리에 대한 확신을 노래한 작품 세계를 보여줍니다. 김지하의 경우는 동양적 사유 체계에 따라 생태학적 대안을 모색하는 사례에 해당하는 의의도 지닙니다. 고진하는 세계 현상에 작용하는 생태학적 섭리를 찾기 위해 정통 신학의 교리에 구속됨 없이 자연 만물과 교감하는 자세로서 생태학적 섭리를 찾고자 하였습니다. 모든 존재의 가치를 인정하면서 공존하는 사회를 지향하는 부분에서는 김지하와 유사합니다.

박두진은 정통 신학의 교리에서 크게 벗어나지 않으면서 생태학적 세계를 노래한 경우입니다. 박두진은 생태신학의 지향과 유사합니다. 서구의 패러다임이 생태학으로부터 환경위기의 중요한 원인으로 지적받는 현실을 고려할 때 서구 패러다임에 해당하는 기독교의 생태신학적 대응을 보여준다는 점에서 박두진의 생태시가 의미 있습니다.

생명의 문제와 자연 현상에 작용하는 생태학적 섭리를 파악하는 부분에서 생태문학의 성과가 클 것으로 기대합니다. 문학 작품의 정서적 감응력은, 논리적 설득과 윤리적 당위성의 한계를 넘어 체험에 입각한 진정한 자각의 계기로 기여할 수 있을 것입니다. 환경문제, 생태위기가 단시일에 개선되지 않는 한 생태시를 포함한 생태문학의 위상이 갈수록 높아질 것입니다. 생태시의 궁극적인 지향점이라 할 수 있는 생태학적 대안을 제시하는 문제는 더욱 많은 시인들이 이 문제에 뜻을 같이하고 노력해야 할 과제로 남아있습니다. 이 과제를 풀기 위한 노력들은 문학의 발전과 생태학적 세계의 구현을 위한 소중한 밑거름입니다.

Contents

I

서론

I 문제제기 : 문학적 현실로서의 환경위기

21세기와 새로운 천년을 앞두었던 시기에 인류는 만물의 영장으로서 누렸던 권리를 더 이상 주장할 수 없는 입장에 처했다. 인류의 번영과 행복을 추구하면서 근대 이후 계속 강화된 인간 중심주의는 인간 능력에 대한 지나친 신뢰와 자만을 낳았다. 그 결과 인류는 오히려 다음 천년에 존속할 것을 낙관할 수 없는 상황을 맞이하였던 것이다. 지구 생태계와 인류의 보존 문제는, 20세기 말의 최대 과제로 떠올랐다. 자연의 법칙을 거역하는 존재라면 자연과 함께 존속할 수 없다는 당연한 진리를, 인류의 종말이라는 최악의 시나리오를 접한 다음에야 겨우 인식하였던 것이다.

인류 종말의 시나리오는 이른바 '환경위기environmental crisis'를 인지하는 데서 출발한다. '환경위기'는, 기상 이변, 생물의 멸종, 생활 공간의 감소 등 지구 생태계의 균형이 파괴되어 나타나는 각종 현상으로 구체화된다. 생태계의 균형이 파괴되는 이유를 인간의 행위에서 찾을 수 있다는 것이 20세기 말의 문제의식이다. '환경위기'는 '기아', '전쟁', '마약', '인권 유린' 등과 같이 인류가 우선적으로 풀어야 할 과제 중 하나이며 그 파급효과가 지구촌 전역과 인류 전체를 대상으로 할 정도로 광범위하고 총체적인 것이 특징이다.

1992년 제출된 UN의 보고서에 따르면, 오존층 파괴의 정도가 해마다 배가되고 있다. 오존층은 태양으로부터 방출되는 자외선의 양을 인체에 적합한 정도로 차단하는 역할을 수행한다. 오존층이 얇아져 지구로 들어오는 자외선의 양이 증가하면 피부암을 비롯한 각종 질환이 발생할 확률이 높아진다. 인간이 햇볕을 피하며 살아야 할 상황이 도래할 수도 있는 것이다. 지구 전체의 평균 기온이 상승하는 현상을 지구 온난화로 표현한다.

지구 온난화는 대기 중의 이산화탄소 양이 증가한 것이 현상적 원인이며 이산화탄소가 증가한 것은 화석연료의 지나친 사용과 지표수의 감소가 중요한 원인이다. 현재 극지방의 만년빙이 급격히 녹아내리고 있으며 그로 인한 해수면 상승이 여러 가지 위험을 야기한다. 인도양의 몰디브 공화국은 높아진 해수면으로 인하여 수몰될 위기에 처하였다. 이러한 현실은 지구 생태계의 자율적 조절 능력이 파괴되고 있음과 그로 인한 피해의 엄청남을 효과적으로 보여준다.

기후 변화는 생물의 삶에도 영향을 끼쳐서 1992년 현재 매일 140여 종에 달하는 동식물이 멸종되고 있으며 매년 벌목과 화재 등으로 핀란드 크기의 절반 정도에 해당하는 산림이 훼손되고 있다.[1]

환경 파괴를 다룬 전문적 보고서의 내용을 참고하지 않더라도 최근 세계 도처에서 빈번히 발생하는 기상 이변 현상을 보면, 환경위기의 심각성을 충분히 인지할 수 있다. 실제로 1998년에 들어서만 유럽과 중남미 지역은 폭설과 폭우로, 러시아는 1백년만의 봄 혹한에 시달렸으며 동남아는 극심한 가뭄과 산불에 더하여 적조까지 기승을 부리고 있다. 북중미는 허리케인과 토네이도에 큰 피해를 입었고 아프리카와 남미 일대의 홍수는 식량난을 가중시켰다. 그리스, 일본, 터키의 열파, 멕시코와 미국의 산불, 중국과 인도, 방글라데시의 대홍수, 파푸아 뉴기니의 강진과 해일, 대만의 강진 등 무수한 사례를 찾을 수 있다.[2]

....

1) 산드라 포스텔, Sandra Postel, '진실의 거부', 『지구환경보고서 1992』(도서출판 뜨님, 1992) 16면 참조.

기상 이변이 인간의 자연 파괴 때문이라고 지적하는 목소리가 높음에도 불구하고 그러한 지적이 어디까지나 추측의 수준에서 크게 벗어나지 못하기 때문에 문제의 심각성이 가중된다. '엘리뇨'라는 말로 대표되는 '해수 온도 상승설'과 '지구 온난화설', '태양 흑점설' 등의 이론들이 기상 이변에 대한 해명을 시도하고 있으나 요즘같이 변화무쌍한 날씨를 설명하기란 역부족인 형편이다.[3]

20세기 최대·최악의 사고로 일컬어지는 체르노빌 원자력 발전소의 사고는 문명의 이기가 엄청난 재난을 낳을 있음을 비극적으로 보여주었다. 방사능 피폭으로 인한 피해는 유전적으로 지속되는 것이 특징이다. 1986년 4월 26일 사고 당일에는 31명이 사망하였으나 이후 1991년 4월까지 5년 동안 7,000여 명이 목숨을 잃었고 70여 만 명이 치료를 받아야만 했을 정도로 그 피해상은 엄청났다.[4]

1984년 인도 보팔시에서 있었던 가스유출 사고도 대표적 환경 재앙의 하나이다. 유니언 카바이트사의 살충제 제조 공장에서 유출된 가스는

....

2) '지구촌 곳곳 살인더위-산불 「몸살」', 《동아일보》 1998. 7. 11~7. 12
  '지구촌 폭우-혹서-지진 「잔인한 여름」', 《중앙일보》 1998. 7. 19.
3) '설왕설래 엘리뇨 명암', 《서울신문》 1998. 4. 27. 참조.
4) 21세기에 들어서도 인간은 2011년 3월 11일 발생한 일본 후쿠시마 제1원자력 발전소의 방사능 유출사고를 막을 수 없었다. 체르노빌 사태의 교훈을 반영한 인간의 최고 기술이 반영된 시설로 여겼지만 지진과 해일이라는 자연의 엄청난 위력에 원자로를 안전하게 관리할 수 없었으며 중요한 초기 대응 과정에서도 인간의 욕심과 이기심, 안일함이 개입하여 피해를 더 키우는 결과를 낳았다. 이 사고로 정확히 측정하기도 힘들 정도로 엄청난 양의 방사능 물질이 대기, 토양, 고인 물, 바다, 지하수에 누출되었다. 2021년 현재까지도 후쿠시마 지역은 물론 환태평양 지역의 방사능 수치가 안전한 정도인지 완전히 믿을 수 없는 상태이다.

수분과 접촉하는 경우 급격히 반응하여 화상을 입히는 성질을 지니고 있었다. 사고가 일어난 지 얼마되지 않아 2,500여 명이 목숨을 잃고 무수한 사람들이 실명하였다. 이 사고의 피해자들은 아직도 그 후유증에 시달리고 있지만 유니언 카바이트사는 법적으로 모든 책임에서 벗어난 상태이다. 이 두 사건은 인간의 기술력이 안전을 100퍼센트 보장할 수 있다는 믿음이 얼마나 위험한 발상인지를 자각하는 계기가 되었다.

한국의 경우도 기상 이변으로부터 예외는 아니다. '삼천리 금수강산'이란 말이 무색할 정도로 오염이 심화되어 사먹는 식수도 안심하고 마실 수 없을 정도이며 도시 근교의 명산들을 깨끗하게 바라볼 수 있는 날도 갈수록 줄어들고 있다. '낙동강 페놀 방류사건'과 '시화호 문제'와 같이 사회적으로 큰 물의를 일으킨 환경 재난의 경험이 있음에도 불구하고 생태위기에 대한 진지한 자각이 충분히 이루어지지 않은 상태이다.

최근에는 기상 관측이 시작된 이래 최고의 고온 현상을 보였다는 사실을 보도하는 내용이 전혀 새롭지 않으며 봄날의 때늦은 폭설, 한해 강수량의 절반 이상이 하룻밤 새 기습적으로 내리는 국지성 집중호우, 수확기의 때늦은 태풍, 동해에서 난류성 어류가 잡히는 어족자원의 변화에 이르기까지 이상 기후의 징후는 계속해서 발생하고 있다.

일부 동식물이 멸종하는 것은 지구의 역사와 함께 계속해서 발생한 현상으로서 그 자체는 자연스러운 일이다. 그러나 최근 미국 과학자의 70%가 현재 지구상에 존재하는 동식물의 20% 이상이 향후 30년 이내에 멸종될 것으로 예상한다는 보도[5]는 멸종 문제가 자연이 정한 한계를 넘어 진행되고 있음을 시사하는 내용이다. '환경위기'의 본질이 기후적

---

5) '인디오의 비명', 《한국일보》, 1998, 4.29 참조.

재난의 차원을 넘어서 생물의 멸종 차원으로 전개되고 있는 것이다.

생물의 멸종은 지구 생태계를 구성하는 관계망에서 고리 하나가 끊어지는 것에 비유할 수 있다. 인간 또한 이 관계망의 한 고리를 차지하고 있다는 점에서 언젠가는 앞서 끊어진 고리의 영향을 받을 것이다. 이제 인류의 멸종을 의식하고 환경위기에 대비해야 하는 단계에 이른 것이다.

문학의 밑바탕은 인간의 의식과 경험이고, 인간의 의식과 경험을 지지하고 있는 것은 실제 현실이다. 문학은 인간사와 밀접한 연관 속에서 전개되는 것이므로 시대의 변모는 자연스럽게 문학의 변모를 요구한다. 20세기 말의 현실이 요구하는 중요한 문제 중 하나가 '환경위기의 극복'이라면, 문학적 차원에서 '환경위기의 극복'을 모색하는 작품이 창작되고 연구되는 현상은 자연스러운 것이다. 시인들은 시대의 중요한 문제들을 고민하면서 문학적 수용 및 해결에 전념을 기울여왔다. 인류의 존속을 낙관만 할 수는 없는 현실 속에서 시인의 과제는, '환경위기의 극복'이라는 시대적 사명을 어떻게 감당해 내느냐 여부일 것이며 구체적으로는 생태의식을 불러일으키는 일일 것이다.[6]

생태학은 원래 자연과학의 한 분야였으나 현재는 종합 학문inter-disciplinary으로 발전하였다. 생태학은 1960년대 이후 환경문제의 해결을 본격적으로 추구하면서 논리의 폭을 넓혔고 자연과학의 수준을 넘어 사회과학과 인문과학의 성격까지 포괄하는 종합 학문이 되었다. 생태학의 이러한 변모는, 그 시대의 중요한 과제를 해결하기 위하여

----

6) 이남호, '녹색문학을 위하여', 《포에티카》, 1997, 겨울, 23면 참조.
  김욱동, 『문학생태학을 위하여』, (민음사, 1998) 9면 참조.

가장 적절한 내용의 학문으로 발전한 과정으로 이해할 수 있다. 생태학은 환경위기의 극복을 추구하고 인류와 지구가 미래에도 건강하게 존속할 수 있기를 모색한다는 점에서 일종의 미래학적 성격도 지닌다.

생태학의 발전은 생태학 자체의 발전은 물론이고 나아가 사회학, 종교학, 윤리학, 철학, 신학 등의 생태학적 전환을 유발하여 이른바 '생태주의'의 융성을 낳게 하였다. '생태사회학', '생태종교학', '생태철학', '생태윤리학', '생태신학' 등의 등장은, 제반 학문이 생태 패러다임을 수용하여 시대적 요청에 부응하였음은 물론 각 학문 고유의 영역을 심화·발전시켰다는 데 특별한 의의를 찾을 수 있다. 이와 같은 '생태주의'의 융성은, 그동안 생태 패러다임을 수용하는데 소극적이었던 문학의 생태학적 전환에 대하여 시사하는 바가 크다.

이어지는 논의의 정밀함을 위해 몇 가지 용어가 지닌 차이점을 간단하게나마 미리 언급하도록 하겠다. '생태학적 문제의식', '생태학적 세계관', '생태학적 자각' 등으로 표현될 때의 '생태학'이란 자연과학의 일환이었던 과거의 생태학이 아니라 종합학문이자 미래학으로 발전한 오늘의 생태학을 의미한다. 자연과학 수준의 생태학은, 생태학이란 용어가 문학적 담론에 수용되기 시작한 시점에는 이미 존재하지 않는 과거의 것이다.

'생태론'이라고 할 때는 생태학의 세부 갈래를 뒷받침하는 이론 내지 세계관을 지칭하기도 하고 '생태사회학', '생태윤리학', '생태시학'과 같이 '생태 패러다임'을 수용한 학문들을 총칭하는 것이기도 하다. 후자의 경우 지향성을 강조하는 측면에서는 '생태주의'로 표현할 수도 있을 것이다.

문학의 경우, '환경문학', '생태문학', '녹색문학', '문학생태학', '생명문학', '자연문학' 등 다양한 용어들이 사용되고 있는데 이들 용어들의 정확한 의미를 규정하고 각 용어 사이의 차이를 밝힌 다음 적절한 용어를 확립하는 것도 이 연구의 과제 중 하나이다. 자세한 내용은 생태문학 논의를 정리하는 부분에서 언급할 것이지만 일단 현대 생태학의 문제 의식이 기반이 된 문학을, '생태문학'으로 지칭하면서 논의를 전개하고자 한다.

연구의 대상인 한국 현대 생태시는 환경문제가 심각하게 되어, 그에 대한 문제의식이 표면화되기 시작한 1970년대 이후의 작품으로서 생태학적 문제의식이 기반이 된 것을 의미한다.

2 생태학의 발전과 생태문학의 출현

1) 생태학적 자각과 동서양의 자연관

생태학자들은 지난 20세기를 주도해온 서구적 근대 패러다임이 현재의 환경위기를 가져왔다는 사실에 동의한다. 서구적 근대 패러다임으로는 과학의 발달에 따른 '기술지향주의'와 기독교적 세계관에 기초한 '인간중심주의' 그리고 성장 위주의 '산업주의'가 대표적인데[7] 이 중에서도 '인간중심주의'가 자연에 대한 무자비한 착취를 합리화하였다는 점에서 가장 큰 비판을 받고 있다.

데카르트의 이성 중심주의는 인간과 자연을 분리하여 사고하는데

----

7) 구도완, 『한국 환경운동의 사회학』(문학과지성사, 1996), 29면 참조.

기여하였고, 베이컨의 자연관은 자연에 대한 적극적인 개발의 자세를 합리화하였다. 갈릴레이의 객관성 의식은 인간적 기준을 절대적 위치로 올려놓은데 한 몫을 하였고 뉴튼의 물리학은 자연을 분석하고 파악하는 효과적인 수단을 제공하였다. 특히 기독교의 인간 중심적 세계관은 자연 만물 중에서 인간에게 최우위의 지위를 부여하도록 하였다는 점에서 인간 중심적 가치관이 형성되는 데 결정적으로 기여한 것으로 평가된다.

근대 계몽주의에 기반한 이성이 인간의 참된 존재 의의에 대해서는 관심을 충분히 기울이지 않았다는 점, 이성이 인간이 할 수 있는 것과 인간 행위의 생산성을 올리는 것에만 집착한 결과가 오늘날 전 지구적으로 나타나는 불편한 현상인 것이다. 인간의 통제권으로부터 해방된 기술 논리는, 효율성과 생산성이라는 이름 아래 인간의 권력을 정당화하고 자연에 대한 도덕적 무관심을 조장하였다. 그 결과가 바로 오늘의 환경위기인 것이다.

근대 계몽주의에 기반한 이성이 인간의 참된 존재 의의에 대해서는 관심을 충분히 기울이지 않았다는 점, 이성이 인간이 할 수 있는 것과 인간 행위의 생산성을 올리는 것에만 집착한 결과가 오늘날 전 지구적으로 나타나는 불편한 현상인 것이다. 인간의 통제권으로부터 해방된 기술 논리는, 효율성과 생산성이라는 이름 아래 인간의 권력을 정당화하고 자연에 대한 도덕적 무관심을 조장하였다. 그 결과가 바로 오늘의 환경위기인 것이다.[8]

생태학은, 서구의 근대 패러다임에 대한 비판론의 미세한 차이에

8) 이진우, 『녹색 사유와 에코토피아』(문예출판사, 1998), 213~214면 참조.

의해서 세부적으로 갈라진다. 초기 생태학자들은, 현대 과학문명이 서구적 자연관에 기반하고 있다는 점에 착안하여 그와 대비되는 동양적 사유 체계에 관심을 보였다. 동양적 사유의 특징은 인간과 자연을 분리하지 않는 것인데 초기 생태학의 주도적인 성향을 이룬다. 그러나 북친과 같은 생태 사회주의자는 동양적인 것에서 대안을 찾는 움직임들의 추상성을 지적하면서 서양 철학의 유기체론적 전통 속에서 인간과 자연을 분리하지 않는 생태학적 단초를 찾을 것을 주장하기도 한다.[9]

동서양의 철학적 전통 속에서 이루어진 자연관의 전개 양상과 동양적 사유체계를 이해하려는 노력은 현대 생태학을 이해하는 데 필수적인 과정이 되었다. 생태학에서 주목받는 동양사상의 특징은, 인간과 자연의 관계에 대한 전체론적holistic 의식이다. 인간과 자연을 차등화한 견해가 대립적 사고에서 출발한다고 이해한다면 인간과 자연을 전체론적으로 보는 관점이야말로 대립적 사고를 극복하는 출발점이 될 수 있을 것이다. 동양사상 특유의 '직관성' 내지 '추상성'은 동양사상을 현실에 적용하는데 문제점으로 작용할 우려가 있다. 동양적 사유체계의 의의를 강조한 초기 생태학자들이 동양 사상을 이해한 부분에 있어서도 그것이 서양인으로서의 편견을 완전히 떨쳐버리고 본질을 정확히 파악한 것인지 여부도 문제점으로 작용할 수 있다. 이러한 난관은, 기존의 지배적 패러다임에 대한 근본적인 비판 작업과 동양 사상에 대한 정확한 이해 작업이 효과적으로 이루어져야 극복이 가능할 것이다.

지구의 자연환경은, 빛, 공기, 물, 토양, 기후, 지하자원 등의 '무생물

---

9) 머레이 북친, 『사회생태론의 철학』, 문순홍역(솔 출판사, 1997), 137~139면 참조.

적 환경'과 생산자, 소비자, 분해자로 구분되는 '생물적 환경'으로 이루어져 있으며 이 양자는 하나로 결합하여 하나의 기능을 가진 체계인 '생태계ecosystem'를 구성한다. '생태계'라는 용어는 1935년 영국의 텐슬리Tansley가 처음 제안한 것으로서 '생물군집 사이의 상호관계'라는 좁은 범주의 개념이었으나 현대 생태학에 이르러서는 '자연현상을 물질의 순환이라는 커다란 전제 아래 해석하고 인간을 포함한 생물 및 비생물적 물질의 총체적인 상호순환 관계'를 의미하는 폭넓은 의미로 발전하였다.10)

생태학의 개념 역시 시대에 따라 조금씩 변모하였다. 찰스 다윈이 종種을 해석하는 하나의 방법으로서 생태계 개념을 도입한 것이 생태학의 최초 형태였는데 그 이후 헤켈이 '생물과 이들의 서식조건이 되는 환경에 관한 학문'으로 확대 정의함으로써 생물학으로서 생태학의 기반을 확고히 닦았다. 뫼비우스는 생물공동체 혹은 생활 공동체를 다루는 학문이라고 하였는데 여기서 공동체란, 환경 및 그 환경과 관련되어 종류와 개체수가 결정되는 하나의 단위를 뜻한다. 크랩스는 '생물의 분포와 양을 결정하는 상호 작용에 대한 학문'이라 정의하였고 오덤은, 자연과학의 한 분야로 보는 기존의 시각에서 벗어나, 관련학문의 성과를 적극적으로 도입함으로써 종합 학문적 성격을 강화하였다. 오덤의 기본적 태도는 인간을 자연의 한 부분으로 보는 생태 중심적 견해인 것이다.11)

생물과 무생물을 구분하는 기준은 생태계를 설명하는데 결정적인

....

10) 주광열 편, 『과학과 환경』(서울대출판부, 1986), 89면 참조.
11) 고철환, '환경문제와 생태계', 『과학과 환경』(서울대출판부, 1986), 282면 참조.

요인이지만 '생명'은 생물의 본질이라 할 수 있는 것으로서 그 개념을 규정하는 문제는 결코 간단하지 않다. 생명의 본질이 무엇이냐에 대해서는 고대로부터 많은 철학자들과 신학자들 사이에서 논란이 되었고 현재까지도 뚜렷하게 결론이 나지 않은 상태이다.[12] 동양철학적 전통에서 정의되는 '생태학적 원리'란 언제든지 전체 혹은 타자와 교감할 수 있는 능력으로서 자기조절을 통해 균형을 유지하려는 것이며 생명력의 조건으로는 '교감의 능력', '자기 조절 능력', '전체적 균형을 유지하기 위한 자기 역할' 이 세 가지가 있다.[13]

서양과 동양의 생명관이 이렇게 다른 것은 근본적인 출발점이 다르기 때문이다. 서양의 경우 처음부터 생물과 무생물을 구분한 가운데 '생명성'을 파악하고자 하였지만 동양의 경우는 모든 존재가 공통적으로 지닌 성질로서의 '생명성'을 이해하려고 시도하였다. '자연'의 개념에 대해서도 서양에서는 자연을, '인간이라는 주체에 대응하는 어떤 것'으로서 간주하였다는 점에서 어디까지나 인간을 중심에 두고 인간과 자연을 서로 대립적인 것으로 인식하여 왔음을 확인할 수 있다.[14]

....

12) 주광열은, 최근까지의 이론들을 종합하여 "유전인자인 핵산을 포함하고 있는 모든 물질"을 생명체로 보는 반면(앞의 책, 175면 참조.), 바이오테크놀로지를 강조하는 가루베 이사오(輕部征夫)의 논리는, '정보를 처리하여 새로운 정보를 산출해내는 능력'을 생명성의 조건으로 삼는다. (『지구환경과 바이오테크놀러지』, 전파과학사, 1992) 데이비드 페퍼는, 화학원소로 환원될 수 없고 근본적으로 무생물과는 다른 생기성을 생명의 요인으로 강조한다. (『현대환경론』, 한길사, 1989)

13) 이효걸, '생태론의 빛과 그림자', 『현대의 위기 동양철학의 모색』(중국철학회 편, 예문서원, 1997), 304면 참조.

14) 진교훈은, 서구적 전통 속에서 '자연'이 의미하는 것을 다음과 같이 정리한다. ① 마음 또는 정신에 대하여 외적 경험에 의하여 주어진 대상적인 세계의

무한한 깊이와 폭을 지니고 있는 동양적 사유체계를 전체적으로 명쾌하게 정리한다는 것은 거의 불가능한 일일 수도 있으나 논의의 필요에 따라 제한된 범주 내에서 중요한 개념들을 규정하면서 다루어 볼수는 있을 것이다. 불교, 도교, 유교 등 동양의 대표적 종교의 환경관을 검토함으로써 동양적 환경관의 면모를 유추해보기로 하겠다.[15]

불교적 관점에 따르면 모든 존재는 절대적 자기실체를 지니지 못하며 항상적인 자기 동일성을 유지할 수 없으므로 끝없이 변화하는 과정이 전제가 된다. 원인과 결과로 이어지는 변화의 과정 속에 불변적 이치가 숨어있음을 지적하는 연기론緣起論은 바로 이러한 전제 아래 나온 것이다. 인간을 둘러싼 총체적 조건을 환경이라 할 때 인간과 환경의 관계는 일체불이의 공존시스템을 유지하고 있다. 불교적 입장에서 환경이란, 주체를 둘러싼 주변의 자연조건 또는 총체적 주변조건

....

총체
② 문화 내지 인위적인 것과 구별되는 것으로서 인간의 힘으로 이루어내지 못한 것, 저절로 생긴 것.
③ 인과필연의 법칙의 지배를 받는 영역, 본체에 대한 현상계
④ 인간의 육체적 내지 감각의 영역
⑤ 사물의 내면적 본성을 말하는 의미에서 '있는 그대로'의 상태
⑥ 하나님의 은총 또는 계시에 대하여 인간의 본성이 가지고 있는 이성의 활동
진교훈, '서양의 자연과 인간관', 《사상과 정책》(경향신문사, 1986, 봄), 57면 참조
15) 이 부분은 심재룡의 '동양 철학의 관점에서 본 환경문제', 《철학과 현실》 (1990, 여름)의 내용과 한국 불교환경 교육원 편, 『동양사상과 환경문제』(모색, 1996)의 내용을 중심으로 하여 제반 관련 논의의 내용을 참조하여 정리한 것이다.

이 되는 것이다.

도교의 인식 체계에 따르면, 모든 사물은 운동을 반복하면서 순환한다. 이 때 시간은 원환적 시간이다. 도교의 자연관은, 물리적 현상으로서의 자연 뿐 아니라 물리적이 아닌 근원적 존재까지도 그 스스로 존재하는 것이라면 모두 자연에 포함시키는 넓은 의미의 자연관이다. 허虛의 극치를 이루고 고유함을 돈독하게 지키는 데서 만물이 함께 이어짐을 기대한다.

도교는 불교와 달리, 환경의 범위에 인간을 포함시켰고 "사람→땅→하늘→道" 순으로 환경을 구성하는 요소들 사이의 비중에 우열을 두었다. 노자의 사상은 기술문명에 대한 상당한 비판을 담고 있지만 자연속으로 완전히 도피하는 방식의 극단적 자연주의로 보는 것은 무리가 있다. 중국 내지 동양의 전통적인 사상 체계에서 자연주의와 인도주의 사이의 뚜렷한 구분은 존재하지 않는 것으로 보아야 한다. 중요한 것은 인간의 문화와 자연이 상호보완적인 관계였고 이 둘 사이의 적절한 결합이 이루어질 때 인간의 삶이 질적으로 향상될 수 있다는 점을 직시하는 일이다.

유교적 관점에서는 모든 사물이 대립물을 지니며 음양의 움직임과 감응이 중요하다.[16] 불교의 윤회관輪廻觀과 상통하는 순환원리를 의식하고 있으며 원초적인 것으로서 기氣가 있고 기氣에서 음양오행설陰陽五行說이 나온다. 그리스의 사원소설四元素說이 유럽 중세에 있어서 자연현상을 설명하는 데 유용했던 바와 같이 중국에서도 음양설, 오행설,

....

16) 유교를 종교적 차원의 사유체계로 볼 수는 없으나 우리 민족의 가치관에 큰 영향을 끼쳐온 현실을 반영하여 제한적으로 다룸.

또는 이것들의 결합이 거의 비슷한 역할을 맡아왔다. 중국의 경우 우주의 근원물질에 대한 사상은 매우 희박하다. 중국에서 근원물질이라고 하면 그것은 기氣라고 표현되는 것 정도가 해당되는데 그리스에서는 사원소설四元素說과 더불어 원자론原子論이 생겼지만 중국 오행설五行說의 사상은, 그리스의 사원소설四元素說과는 본질적으로 다르다. 근원물질로서 기氣 이외의 것을 생각하지 않은 중국에서는 끝내 원자론이 생겨나지 않았다.[17]

기氣는 물질과 비물질을 통틀어 모든 사물을 구성하며, 이 세상의 모든 현상을 일으키는 원리라고 정의할 수 있다. 기氣는 서양과학의 물질이 비활성非活性인 것과는 대조적으로 본래부터 운동이라는 성질을 지닌다는 점이 특징이다. 이理는 복잡한 현상이나 물체를 분석하고 설명하는 데 쓰이는 기본적인 원리를 의미한다기보다는 주어진 물체나 현상을 총체적으로 가리키는 개념이다. 한 물체나 현상이 그처럼 존재하거나 일어나는 것은 그 물체나 현상의 이理 때문인 것으로 이해할 수 있다.[18]

고대 그리스와 중국의 사상은, 쏘피스트의 출현 외에도 거의 같은 시대에 비슷한 내용의 자연철학이 탄생하였다는 점에서 유사하다. 그리스 문명은 그 선구자인 이집트나 바빌로니아와 달리, 종교를 기반으로 하는 문명에서 합리주의를 기반으로 하는 문명으로 발전했다. 자연현상을 설명함에 있어서는 최후에 신神의 힘을 빌리는 동양적 사고와 달리 자연현상을 자연의 틀 안에서 설명하려 한 것이 특징이다.

....

17) 야부우찌 기요시, 김상운역, 『중국의 과학문명』(전파과학사, 1974), 40면 참조.
18) 김영식, 『중국의 전통문화와 과학』(창작사, 1986), 125~126면 참조

탈레스가 우주의 근본물질로 물을 주장한 이래로 다른 물질이나 일종의 추상적 개념으로써 그것을 대신하는 철학자들[19]이 등장했다. 엠페토클레스의 사원소설四元素說('흙', '물', '불', '공기') 등이 주장된 시기만 해도 동서양의 차이란 거의 없었다. 아낙사고라스는 '무수한 종자(물질적 성질)'와 '누스(가장 중요한 종자로서 정신적인 것)'를 제시했고 소크라테스는 이 '누스'를 우주 만물의 본성 자체로 승화시켰으며 플라톤의 '이데아'는 '누스'를 승격시킨 것이다.

일원적一元的인 해석은 사원소설四元素說을 거치면서 물질의 궁극을 미세한 알갱이로 보는 원자론으로 발전한다. 중국의 사상은 본질적으로 합리주의로 일관하였고 자연현상의 설명은 그리스의 자연철학과 비슷했다. 중국에서 일어난 최초의 자연철학은 역易으로 대표되는 바 그것은 음과 양의 이원二元을 통해 자연현상을 설명하는 것이다. 하지만 음과 양은 우주가 형성되는 근원적인 물질을 상정한 것이 아니라 자연의 상태나 성질을 표현하는 것이라는 점에서 그리스와 중국의 자연철학 사이에 존재하는 근본적인 차이를 확인할 수 있다.[20]

한국의 전통적 환경사상으로는 '풍수지리사상'의 '천지인상관적사고관념天地人相關的思考觀念'을 생각해볼 수 있다. "風水地理說(풍수지리설)은 우리 民族(민족)의 基層的(기층적) 思想體系(사상체계)를 이루어 온 수많은 思想(사상)들 중의 하나로, 그 내용의 聖俗(성속)이나 眞假(진가)를 막론하고 新羅(신라) 以後(이후)의 歷史上(역사상) 우리

....

19) 탈레스의 '물', 아낙시만드로스의 '무규정적인 것', 아낙시메네스의 '공기', 헤라클레이토스의 '불', 피타고라스의 '수' 등.
20) 김영식, 앞의 책, 38면 참조.

民族(민족)에 깊은 영향을 미친 觀念(관념)임을 부인할 수는 없을 것이다."(한글 병기 인용자)[21]

풍수지리설이란 음양론과 오행설을 기반으로 하며 주역의 체계를 주요한 논리구조로 삼고 있는 우리나라와 중국의 전통적인 지리과학인데 추길피흉追吉避凶을 목적으로 삼는 상지기술학相地技術學이기도 하다. 점차 후대로 이어지면서 효의 관념이나 샤머니즘과 결합되어 이기적인 속신俗信으로 진전되기도 하였으나 기본적으로는 일종의 토지관의 표출이라 할 수 있다.

풍수설風水說의 구성은 산, 수, 방위, 사람 네 가지의 조합으로 성립되며, 구체적으로는 간룡법看龍法, 장풍법藏風法, 득수법得水法, 정혈법定穴法, 좌향론坐向論, 형국론形局論 등의 형식논리를 갖는다. 중국에서 발생하여 그곳에서 이론이 확립된 다음 우리나라에 도입된 풍수설은 다른 지역의 지리적 사고와는 매우 다른 본질적 요소들을 내포하고 있으며, 특히 그것이 살아 있는 사람들의 주거선정住居選定이나 취락입지聚落立地의 방법뿐만이 아니라 죽은 자의 영면의 장소를 찾는 일까지 포함하고 있다는 점에서는 거의 독창적인 문화현상이라고 할 만하다.[22]

한국의 풍수지리설은 음양오행론과 주역적 사고를 논리의 기반으로 한 일종의 방술方術로서 용혈사수龍穴砂水가 중심적 역할을 하는 한국적 사유체계로 이해할 수 있다.[23] 불교, 유교, 노장사상 등은 유기체적, 전일체적 환경관을 지적하고 있다는 점에서 생태지향적 환경론과 유사

....

21) 최창조, 『한국의 풍수사상』(민음사, 1984), 11면.
22) 위의 책, 31~42면 참조.
23) 위의 책, 2면 참조.

하나, 실천적인 학문체계라기 보다는 이론적인 사상체계로 보아야 한다. 풍수사상은 음양오행론에 따른 유기체적 전일체적인 환경론이라는 이론적 바탕 위에 이러한 이론적 바탕을 공간구조와 환경론에 적용시키려는 실천적 이론체계라고 할 수 있다.[24]

생태 중심적 가치관을 정립하는 단계에서 풍수사상에 담긴 자연에 대한 태도에서 배울 바가 많다는 사실은 분명하다. 자연을 신이나 인간처럼 존중하지만 그렇다고 두려워하지도 않는 천지인상관적天地人相關的 사고 관념을 보다 투철히 할 필요가 있다. 자연을 이용함에 있어서, 하늘을 무서워하지 않으면서도 사람을 소외시키는 온갖 요소들을 점차적으로 줄여 나가는 자세를 견지한다는 점 또한 배울 수 있다. 풍수사상이 언제나 자연환경의 이용에 대한 올바른 제안을 해주지는 못할 것이지만 조화적 사고와 종합적인 세계관, 자연과 인간의 공동운명체적인 관계, 유기적 통합이라는 환경인식을 인간에게 가르쳐 주는 스승으로서의 기능은 오늘날에도 여전히 기대할 수 있는 것이다.[25]

이상의 내용을 종합적으로 검토해 볼 때 동서양의 자연관이 다소 차이를 보이는 것은 물론이고 과학의 대상으로서의 '자연'과 예술의 대상으로서의 '자연'이 개념상 서로 차이가 있음을 알 수 있다. 현대 생태론에서 동양적인 자연관이 부각되고 있는 이유도 생태론의 기본 인식이 바로 인간과 자연의 상호 존중 및 그 연관성에 대한 이해이기

....

24) 천인호, '생태지향적 환경론과 풍수사상의 비교연구', 《사회과학논집》 #12, 1995.12, 440면 참조.

25) 최창조, '한국의 전통적 자연과 인간관', 《사상과 정책》(경향신문사, 1986. 봄), 42~43면 참조.

때문이다. 동양에서는 인간을 자연보다 우위에 놓는 태도를 지양하고 인간과 자연만물이 하나의 체계 속에서 한 부분을 이루고 있는 것으로 간주해 왔다.

동양적 사유체계가 바로 현대 사회에 대한 대안을 제공해주는 것은 아니며 그 내부에서도 여러 문제들이 있을 것이지만 동양적 사유체계가 인간과 자연만물의 관계성을 이해하면서 상호 존중의 태도로 나아가는 생태학의 기본 인식과 상통하는 면이 많다는 점은 인정할 수 있다. 서양의 사유 체계 속에서도 동양적 사유 체계와 유사하게 인간과 자연의 전체성을 강조하는 것이 있으므로 문제는 동서양 사유 체계의 어느 것이 생태학적으로 적합하냐는 선택의 여부가 아니라 인간과 인간 아닌 존재와의 관계성에 대한 인식을 구체적으로 어떻게 파악하고 실천할 것이냐 여부이다.

2) 환경위기와 생태학의 대응

환경위기를 극복하기 위해 생태학이 발전적으로 변모하기 시작한 것은, 1960년대부터이다. 당시 미국에서 일어난 히피운동, 월남전 반대 운동, 뉴에이지 운동 등과 함께 대두된 시민운동으로서 환경운동이 그 결정적 계기가 되었다. 1960년대의 미국 사회는 제2차 세계대전 이후 전세계 정치를 장악해 온 동서 이데올로기의 대립상에 대한 환멸감이 널리 퍼져 있었다. 경제 성장과 더불어 시민계층이 성장하였고 그에 따라 '환경 운동', '주민 운동', '지역 자치 운동', '여성 운동', '새로운 생활 양식 운동'과 같은 새로운 사회 운동이 이른바 신좌파 학생 저항 운동과 밀접한 관계 속에서 성장하고 있었다.

1970년대에 이르면, 학생 저항 운동의 이념이 중산층에 널리 확산되면서 '소비 사회의 한없는 성장', '관리 사회에서의 테크노크라트 지배 체제', '자연 환경의 악화', '핵전쟁의 불안' 등이 사회·문화 비판의 주된 테마로 떠오른다. 이러한 현상은 냉전 이데올로기 체제가 약화되면서 사회 운동의 주도권이 노동자의 손을 떠나 중산층과 지식인의 손으로 옮겨진 것으로 이해할 수 있다.[26]

심층생태학deep ecology은 1970년대 환경운동계에서 도달한 자각을 철학적 입장에서 이론적으로 정리한 것으로서 환경위기의 근본적 원인을 철학적 문제로 다룬 것이다. 심층생태학이란 용어는 1973년 노르웨이의 철학자인 아르네 네스가 쓴 '피상적 생태운동과 심층적이고 오랜 영역의 생태운동들'이란 글에서 유래한 것이다.[27] 아르네 네스의 견해에 의하면 생태학적 의식과 심층생태학은 인간을 자연의 비인간적 부분과 구별되는 존재로 간주하여 우월성을 인정하는 견해를 단지 거대한 문화적 양상의 일부일 뿐인 것으로 비판하면서 그 오류를 수정하고자 시도한다.[28]

심층생태학은 기존의 시민운동적인 환경운동이 개량주의적이기 때문에 근본적인 대안을 수립하는 데 한계가 있다는 점을 비판한다. 아울러 근대 문명의 토대가 된 '계몽'이라는 틀을 체계적으로 부정하는 작업으로 나아간다. 심층 생태학의 대두는 당연히 생태학을 철학적 영역

---

26) 최혜성, '생태론적 위기와 녹색운동', 《철학과 현실》, 1990, 여름, 69면 참조.
27) Arne Naess, 'The Shallow and the Deep, Long-Range Ecology Movement: A Summary,' *Inquiry* 16, (Oslo, 1973) pp.95-100.
28) Bill Devall & George Sessions, *Deep Ecology*, (Solt Lake City, 1985) pp.65~66.

으로 발전시키는 계기가 되었고 서구의 근대를 이끈 마르크스주의, 프로이트 심리학, 상대성 이론, 적자 생존의 자유 경쟁론, 명확성을 추구하는 과학 우위의 철학 등을 구체적으로 비판하기 시작하였다.[29) 이러한 비판의 근거가 되는 심층생태학의 기본 원리는 다음과 같다.

① 모든 생명체는 인간의 목적을 위한 유용성과 독립된 내재적 가치를 지닌다.
② 생물형태의 풍부함과 다양함은 이들 가치의 실현에 기여한다. 복잡성과 공생은 다양성을 최대화하는 조건이다.
③ 생존을 위한 필요를 충족시키는 것 이외에 생물권의 풍부함과 다양함을 감소시킬 권리는 누구도 가지고 있지 않다.
④ 인간생활과 문화의 풍부함은 인간 이외의 생명체들의 풍부함에 의한 것이다.
⑤ 인간의 외부세계에 대한 간섭이 지나쳐 현황이 급속히 악화되고 있다.
⑥ 현재의 정책들은 변해야 한다.
⑦ 보다 높은 삶의 기준에 집착하기보다는 생물평등성으로의 사고 전환이 필요하다.
⑧ 필요한 변화를 이끌어내기 위해 노력해야 한다.[30)

29) 심층생태학이 비판하는 근대 패러다임에 대한 슈마허의 정리는 다음과 같다.
① 진화(성장)
② 경쟁, 자연선택, 적자생존
③ 사적 유물론에 기초한 마르크스주의
④ 잠재의식을 지나치게 강조하는 프로이트 심리학
⑤ 모든 규범과 기준을 분해해서 절대적 존재를 부정한 상대성 이론
⑥ 명확한 지식은 자연과학에 의해서만 성취된다는 과학 우위 철학
데이비드 페퍼, 『현대환경론』(한길사, 1989), 17면 참조.
30) Bill Devall & George Sessions, *Deep Ecology*, Solt Lake City, 1985, p.70.

심층생태학은 기존의 기획들과 달리 개인과 공동체, 자연의 모든 것들 사이에서의 새로운 균형과 조화를 발전시키는 방법으로서 전개된 다. 이는 인간의 가장 근본적인 직관들에 대한 신뢰와 믿음이라는 열망 을 만족시킬 수 있는 것이라는 신뢰에 근거한 것이다. 심층생태학이 지향하는 것은 개인의 생태학적 세계관을 배양하는 것으로 구체화된 다.[31]

환경 문제를 해결하려는 움직임은 크게 '기술론'과 '생태론'으로 나 눌 수 있다. 기술론이란 기술을 잘 활용하면 문제를 해결할 수 있다는 입장을 의미하는 것으로서 무공해 기술이나 자원 재처리 기술과 같은 것을 적극적으로 개발하고 개발된 기술을 적절히 통제하고 활용한다면 문제를 해결할 수 있다고 낙관하는 입장이다. 생태론은, 기술론이란 것이 근본적으로 인간의 능력을 과대평가하는 것이므로 궁극적으로 인간 중심주의에 해당하는 것이라고 비판한다. 인간의 능력으로 해결 할 수 있다는 태도 자체가 오늘날의 위기를 낳은 원인이므로 근본적인 변화 없이 스스로 극복할 수 없다는 것이다. 생태론에서는 환경 문제의 해결을 위해서는 기본적으로 모든 존재의 상호 관련성에 입각한 상호 존중의 태도가 먼저 확립되어야 함을 주장한다.

오라이어단은 '기술론'과 '생태론'을 '기술지향주의'와 '생태지향주 의'로 규정하기도 하였는데 '정신적 가치'와 '물질적 가치'의 대립이라 는 인간의 역사와 함께 지속되어온 숙명적 갈등의 또 다른 모습으로 이해할 수도 있을 것이다.[32]

....

31) Ibid. p.7.
32) 데이비드 페퍼, 『현대 환경론』(한길사, 1989), 34면 참조.

생태론에서 '모든 존재의 상호 관련성'을 문제 삼으면서 '환경'이란 용어와 '생태'라는 용어의 구별할 필요가 생겼다. '환경'이란 말은 원래 인간을 중심에 두고 그 주변을 의미하는 개념이므로 기본적으로 인간 중심적 태도를 품고 있는 셈이다. 따라서 존재 상호간의 관계성을 중시하는 '생태'라는 말과 확실히 구별된다.33)

앞서 언급한 '기술지향주의'와 '생태지향주의'는, 각각 '환경론'과 생태론'으로 표현할 수 있는데 두 가지를 간단히 구분하자면 환경론은 문제 해결의 실천적 방안을 찾는데 중점을 두고 생태론은 문제의 원인을 진단하는데 중점을 둔다고 보면 된다.34)

생태론 안에서는 환경위기의 근본 원인을 무엇으로 보느냐에 따라 '심층생태론'과 '사회생태론'으로 나뉜다. 심층생태론은, 인간과 자연을 구별하고 서로 대립하는 것으로 보는 서구의 합리성 개념을 원인으

....

33) 박이문은 '생태계'와 '환경'의 개념을 아래와 같이 비교 정리한다.
　　⑴ 환경이 인간 중심적인 개념이라면 생태계는 생물 중심적이다.
　　⑵ '환경'이라는 개념이 구심적(centripetal)이거나 원심적(centrifugal)인 중심주의적 세계관을 나타낸다면, '생태계'라는 개념은 '관계적'이라고 이름 붙일 수 있는 세계관을 반영한다.
　　⑶ '환경'은 원자적·단편적 세계인식 양식을 반영하고 '생태계'는 유기적·총체적 세계인식 양식을 나타낸다.
　　⑷ 자연과 별도로 인간을 설정하는 인간 중심적 사고를 반영한다는 점에서 '환경'이라는 개념이 이원론적 형이상학을 함의한다면, 모든 생명의 뗄 수 없는 상호의존성을 강조하는 '생태'라는 개념은 일원론적 형이상학을 반영한다.
　　박이문, 『문명의 미래와 생태학적 세계관』(당대, 1998), 71~72면 참조.
34) 이효걸, '생태론의 빛과 그림자', 『현대의 위기와 동양철학의 모색』(예문서원, 1997), 279면 참조.

로 비판하면서 기존의 서구적 세계관이 생태학적으로 바뀌어야 함을 주장한다. 사회생태론은 특정한 세계관보다는 인간사회의 제반 성격이 환경위기를 낳은 것으로 본다. 문제 해결을 위해서는 사회 구조의 부당한 면을 개혁하는 것이라는 입장이다.

세계관의 전환을 강조하는 심층생태론이 동양적 사상의 전통에서 그 대안을 찾으려는 성향이 강하기 때문에 다소 추상적인 주장을 펼치기도 하는데 비하여 사회생태론은 합리성의 원칙 아래 구체적이며 현실적인 대안을 마련하고자 노력한다는 점에서 뚜렷한 차이를 보인다.

심층생태론은, 철학적 영역에서 문제를 다루기 때문에 각 논자의 입장에 따라 다양한 갈래로 전개되어 각론을 일일이 구분하기 힘들 정도로 다양하다. 반면 사회생태론은 기존에 사회를 분석하는 틀로서 큰 영향력을 발휘한 마르크스주의를 어떻게 수용하느냐에 따라 생태사회학과 생태마르크스주의로 나뉜다.

생태 사회주의의 논리에 따르면, 경쟁과 지배의 논리를 정당화하고 부추기는 사회구조 차체가 바로 삶을 파괴하는 환경위기의 근본 원인이다. 이때 사회구조라는 것은 자본주의 생산양식을 포함하는 포괄적 의미를 갖는 것이다. 생태 마르크스주의의 입장은 자연 지배를 낳은 억압의 원인으로서 사회구조의 여러 측면 중 자본주의 생산 양식을 특정하여 비판한다.[35]

소규모 공동체 운동을 통해 생태적 사회를 이룩하려는 에코아나키즘도 있으나 이는 한 사회 체제를 총체적으로 전망하는 이데올로기도 아니고 그것을 실현해 내려는 혁명적 실천 이론이나 정치 강령도 아니

---

35) 앞의 책, 281~282면 참조.

다. 에코아나키즘은 현실 정치의 하부 구조로서 현실적인 사회 운동 정도로 규정할 수 있는데 이성 철학의 독단을 피하는 다원주의적 세계 관을 그리면서 소규모 생태 공동체의 실천 원리에 주목하는 사회 운동의 실천 강령 정도로 이해하는 것이 자연스럽다.[36)]

소규모 공동체 운동은 환경위기의 원인으로서 도시화, 산업화 소비 구조, 산업구조 등을 지적한다. 과학기술에 대해서는 그것이 지속가능한 발전의 원동력일 뿐 아니라 OECD 국가들과 같은 선진국의 경우 부분적으로 생태학적 성과를 얻었음을 인정하면서도 이 성과라는 것도 어디까지나 제3세계권의 자연 파괴를 기반으로 한 것이라는 점을 강조하는 부분 긍정의 태도를 취한다. 소규모 공동체 운동은 문제 중심적 제도 개선론을 펼친다는 점에서 사회 체제 자체의 근본적 수정을 주장하는 사회생태론과 구별되고, 자연에 대한 인간의 태도와 가치관 그리고 삶의 의미를 재정립하는 문제에 있어서 근본 생태론과 대립한다.

지금까지 살펴 본 바와 같이 자연과학의 한 분야였던 생태학은, 인간의 자연 파괴로 인한 환경문제가 심화되면서 그 해결을 전적으로 담당하는 학문으로 성장하였다. 이 과정에서 사회학, 철학, 정치학, 법학 등 주변 학문의 성과를 수용하여 종합 학문적 성격을 띠게 되었고 인류와 지구의 건강한 존속을 추구하는 미래학적 의의까지 얻었다. '생태학적 인식' 내지 '생태학적 세계관'이라 할 때는 이처럼 종합학문으로 변모한 '현대 생태학'의 기본 원리에 따른 것으로 이해해야 한다.

생태학적 세계관은 생태학의 기본 입장에 근거한 것이므로 생태학의 기본 입장 먼저 확인할 필요가 있다. 그것은 다음과 같이 네 가지로

---

36) 앞의 책, 297~298면 참조.

정리할 수 있다. 첫째 모든 생물은 다른 모든 생물과 서로 깊이 연결되어 있다. 둘째 모든 것은 어디론가로 자리를 옮길 뿐 이 세계에서 아주 없어지는 것은 없다. 셋째 자연이 좀 더 잘 알고 있다는 태도로서 현재 상태의 생물의 조직 또는 자연 생태계의 구조는 엄격하게 선별되어 이루어진 것이기 때문에 어떠한 새로운 조직이나 구조도 현재의 그것보다 더 낫지 않다. 현재가 가장 최선의 상태에 있다. 넷째 대가를 지불하지 않고서 얻어지는 것이라고는 아무 것도 없다.[37]

생태학적 세계관의 특성은 이상의 네 가지 기본 입장과 관련하여 '자연중심주의', '미학적·예술적 이성의 강조', '전체론적 인식', '가치중심적 인식', '관조적 감상과 내면적 체험을 중시하는 가치관으로의 전환' 등으로 나타난다.[38]

3) 생태학의 파급과 생태문학의 대두

생태학적 자각이 궁극적으로 정당한 방향으로 전화하는 것이라면 현재 대부분의 학문 분야에서 이를 수용한 것은 당연한 결과라 하겠다. 바람직한 사회 형태를 모색하는 것이 사회학의 중심 과제라 한다면, 사회학이 생태학적으로 타당한 사회를 모색하는 것은 사회학의 생태학적 전환이면서 사회학 자체의 심화·발전이기도 한 것이다. '생태사회주의'와 '생태마르크스주의'의 경우에서 알 수 있듯이 사회학은 현대

....

37) Barry Commoner, *The Closing Circle*: Nature, Man, Technology (N.Y: Knopf, 1971) pp.41-42.
38) 이문, '생태학적 문화의 선택'(1996. 6. 27. 제9차 정신문화연구원 국제학술대회 발표문), 앞의 책, 100~102면 참조.

생태학과 밀접한 관련 속에서 생태학의 중요한 갈래로 성장하였다. 환경 문제 해결의 구체적 실천 무대가 바로 사회라는 점에서 현대 생태학과 사회학의 이러한 융합은 자연스러운 귀결로 이해할 수 있다.

심층생태학의 논리가 다소 추상적이어서 현실적인 대안을 마련하는 데 어려움을 겪는 현실도, 생태학적 세계관이 다른 학문 분야에 수용되는 계기로 작용하였다. 모든 생명체의 내재적 가치를 인정하는 심층생태론의 생물중심주의는, 인간중심주의를 비판하는 새로운 담화를 제시할 수 있었으나 그 한계 또한 무시할 수 없었다. 예를 들어 모든 생명의 존귀함을 보장하려고 할 경우 말은 쉬우나 세균이나 바이러스의 권리와 인간의 권리가 대립될 때 어느 것을 선택을 해야 하는지에 대하여 심층 생태론은 명확한 행동지침을 내려주기 힘들다.

인간을 비롯한 모든 생물은 다른 생물의 죽음을 대가로 자신의 생명을 연장시키는 섭식의 관계에 포함되어 있는 것이다. 이 문제의 처리 여부는 생태학적 인식이 심화되면서 점점 비중을 더해간다. 인간중심주의 아니면 자연중심주의라는 식의 극단적 논리는 바람직하지 않다. '인간중심주의'를 부정하기보다는 '강한 인간중심주의'를 부정하는 입장이 현실적이다. 물론 인간의 존엄성을 무시하는 '강한 생물중심주의'도 극복해야 한다.[39]

심층생태론은, 환경 문제 해결을 위한 경제적·정치적 원리를 이해하는 부분에 있어서도 취약함을 보인다. 산업주의와 인간중심주의에 대한 근본적 비판에는 상당히 기여하였으나 인간과 자연 사이의 형평과

....

39) '인간중심주의'의 강약을 고려하는 견해는, 이남호의 앞의 글 '녹색문학을 위하여', 《포에티카》(1997. 겨울)에서 제시된 바 있다.

인간들 사이의 형평을 종합적으로 성찰할 수 있는 현실적 이론이 될 수는 없었다는 비판으로부터 자유롭지 않다.[40]

현재까지 환경위기 타개를 위해 시도된 움직임 중에서 대표적인 것으로는 첫째 '지속 가능한 발전'이란 개념이 상징하는 '성장의 속도 조절론', 둘째 '성장의 한계'에 대한 인식으로서 '자연의 한계를 깊이 의식하는 태도', 셋째 '생태공동체 운동'과 같은 '소규모 자급자족 운동'이 있다.[41]

'지속 가능한 발전'(ESSD)[42]이란, 세계환경발전위원회의 보고서인 『우리 공동의 미래』에서 내려진 정의로서 '미래 세대의 욕구 충족을 저해하지 않는 범위 내에서 현세대의 욕구를 충족시키는 발전'을 추구해야 한다는 입장이다. 이는 발전의 불가피함을 인정하는 태도이며 구체적으로는 정치, 경제, 사회, 기술, 국제관계 등 각 분야에서 적절한 제도를 마련하여 발전의 속도를 조절하자는 입장으로 나타난다. 국제기구의 조정 역할에 의존하는 바도 크고 기술주의적 견해가 깊이 자리하고 있다.[43]

'성장의 한계'란 개념은, 로마클럽의 보고서인 『성장의 한계』에서 비롯한 것으로서 지금까지의 성장 일변도 정책에서 벗어나 자연의 한계를 인식하고 균형을 중시하는 태도로의 전환을 주장하는 것이다.

....

40) 구도완, 『한국 환경운동의 사회학』(문학과지성사, 1996), 52면 참조.
41) 이러한 구분과 이하 내용의 설명 부분은, 구도완의 위의 책, 보론 '정의롭고 지속가능한 사회를 위한 환경 정책의 방향'과 정태석의 '환경사상의 몇 가지 쟁점', 《동향과 전망》(1994. 가을)의 내용을 참조한 것이다.
42) Environmentally Sound and Sustainable Development
43) 구도완, 앞의 글, 403~409면 참조.

여기서 말하는 균형이란, 인구와 자본을 늘리고 줄이는 힘이 주의 깊게 통제된 균형을 의미하며 이 균형 속에서 인구와 자본이 본질적으로 안정되어 있는 상태를 지향한다.

'성장의 한계' 개념은 지구의 한계를 의식하였다는 점에서 한 걸음 진전된 생각이긴 하지만, 더 이상의 발전을 억제하려는 논리가 이미 일정 수준 이상의 경제성장을 이룩한 선진국이 후발국의 경제 발전에 제동을 거는 수단으로 이용될 수도 있고 현재 공해 유발 산업이 집중되어 있는 후발 공업국에 환경오염의 책임을 지우는 결과를 낳을 수도 있으므로 선진국의 책임 회피성 의지가 반영된 것일 가능성이 크다. 로마클럽의 스폰서가 선진국이라는 점도 이러한 의혹에 힘을 실어준다.44)

지금까지 환경피해의 대부분을 유발한 나라는 선진국이지만 1998년 현재 환경오염의 책임을 인정한 선진국은 거의 없다. 미국의 경우, '지구기후보호협상'의 일환인 탄소 방출량 저감 목표를 설정하는 정도의 온건한 시도조차도 고의로 지체시키고 있는 형편이다.45)

산업 폐기물 처리에 대한 가장 강력한 규제조치를 시행하는 나라는 독일과 미국이다. 그러나 두 나라 모두 산업폐기물의 반출에 대한 규제가 약하여 자국의 산업 폐기물이 외국으로 유출되는 현상을 방조하고 있다. 양국은 산업 폐기물의 최대 수출국으로서 제3세계의 환경오염을 조장하고 있다. 개발도상국에 대한 선진국 국가들의 폐기물 수출은, 폐기물의 국제 반출을 금지한 바젤 협약이 체결된 이후에도 계속 증가

....

44) 정태석, 앞의 글, 154면 참조.
45) 산드라 포스텔, 앞의 글, 164면 참조.

하는 추세이다.

미국은 세계 최대의 유해 폐기물 생산국이자 반출국이다. 5백만 톤 이상의 독성 폐기물을 아시아 13개국에 수출해 왔고 최근 수년간 폐기물 수출 신청 건수가 배로 증가하였다. 비교적 잘 정비된 분리수거 체계를 갖추고 있는 미국의 지방자치단체들도 최근 수년간 수천 톤의 합성수지 폐기물을 개발도상국으로 수출했다. 미국은 현재 바젤 협정 미가입국이다.

독일은 미국에 버금가는 폐기물 생산국이자 수출국이며 다른 어떤 나라보다도 강독성의 산업 폐기물을 해외로 수출하고 있다. 독일은 세계에서 가장 선진적이고 강력한 폐기물 관리법과 처리 기술을 가지고 있지만 폐기물 반출에 관한 법령은 그 어느 나라보다 느슨하다. 이처럼 이율배반적인 독일 법령은 그린라운드를 앞장서 주창할 정도의 '환경 선진국'이면서 '환경 제국주의 국가'라는 선진 산업 국가들의 이중성과 위선을 상징적으로 잘 보여준다.

그린피스의 보고에 따르면 1998년 현재 한국은 아시아 최대의 폐기물 수입국이다. 1990년과 1993년 사이 310만 톤의 독성 폐기물을 수입했는데 이 중 99%는 미국으로부터 수입한 것이다. 이 사실은 환경처도 인정한다.46) 이처럼 자국의 이익을 최우선으로 하는 국제사회의 경향과 과학기술의 능력에 대한 낙관적인 신뢰감은 환경 문제 해결에 있어서 지속적인 걸림돌로 작용할 것으로 보인다.47)

....

46) 황태연, '새로운 세계경제체제의 성격과 환경 제국주의', 『녹색한국의 구상』 (박이문편, 숲과 나무, 1998), 172~174면 참조.
47) 고대승, 「과학기술의 발달은 환경문제와 어떻게 연관되어 왔는가?」, 『환경논의의 쟁점들』(환경연구회 편, 나라사랑, 1994), 164면 참조.

이상의 문제점을 극복하기 위한 방향으로는, "물질적 욕구는 최소화
되고 도덕은 최대로 요구되는 사회"[48]가 제시된 바 있다. 현재까지
가장 근사치에 도달한 것으로는 '생태적 대안사회 운동' 내지 '소규모
공동체 운동'을 들 수 있다. 이는 어떤 통일된 원칙을 지니고 있지도
않지만 실천의 측면에서는 부분적이나마 즉각적인 효과를 얻을 수 있
다는 점에서 새롭게 힘을 얻고 있다. 이들 운동은 자연의 원리에 순응하
면서 작은 것을 추구하고 자립경제의 토대 아래 사유 재산권을 인정하
지 않는 것 등을 기본 입장으로 한다.[49] 이 운동을 통해 인격의 성장을
지향할 뿐 아니라 특정 장소의 생태적 통합성을 보호함과 동시에 개인
의 생태의식을 배양할 수 있을 것으로 기대된다.

생태적 대안사회 운동과 소규모 공동체 운동의 사상적 배경으로는
기독교적 프란체스코의 정신, 하이데거의 철학, 알도 레오폴드의 생태
윤리, 도교와 불교 및 수렵종족의 종교관, 헤라클레이토스로부터 화이
트헤드 다시 스피노자로 이어지는 과정철학의 전통, 미국의 인디언
문화, 괴테, 루소, 브레이크 워드위즈, 쉘리로 이어지는 유럽의 낭만주
의, 도로우, 에머슨, 화이트맨 등의 미국의 초월주의, 게리 슈나이더와
긴스버그 등의 비트철학, 1960년대의 반문화운동 등이 있다.[50]

인문과학 분야에서의 생태학 수용은, 심층생태학의 관심사를 다루기

48) 구도완, 앞의 글, 422면.
49) 유정길, '생태적 대안사회와 공동체 운동', 『환경 논의의 쟁점들』(나라사랑, 1994), 295~297면 참조.
50) 문순홍, 『생태위기와 녹색의 대안』(나라사랑, 1993), 59면 주 5번 참조.

위해 촉발된 것으로서 철학적 성격의 문제부터 다루기 시작하였다. 세부적으로는 동양적 사유체계를 도입하여 대안을 모색하는 입장과 기존의 서구적 논리를 정교히 함으로써 대안을 모색하는 입장으로 나뉜다. 전자의 경우는 앞서 언급한 바와 같이 동양적 사유체계에 깊은 관심을 보이는 것으로서 자연과학 분야에서 신과학이 취한 태도와 유사한 양상을 보인다. 신과학으로는 주관으로부터 완전히 독립된 객관으로서의 자연을 기술하는 것이 불가능하니 자연과 인간을 분리할 수 없다면서 상호 연관성을 밝힌 '양자역학'과 고립된 자기 동일적 존재를 부정하는 '장의 이론' 등에 큰 영향을 받은 현대물리학의 흐름을 일컫는 것이다. 대표적인 학자로는 동양의 유기적이며 역동적인 세계관의 원리를 강조하는 프리초프 카프라를 들 수 있다.51)

서구의 논리를 정교히 한 시도로는 성서의 기본 입장이 생태적임을 밝히려고 시도하는 생태신학이 대표적이다. 동양적 사유체계를 도입하는 부분은 앞서 동양의 자연관을 다룬 내용과 상당 부분 겹치므로 여기서는 서구적 논리를 발전시켜 대안을 모색하는 움직임으로서 생태신학의 면모를 살펴보기로 하겠다.

기독교는 서구 지성사에서 생태학적 반성의 목소리가 제기되면서부터 비판의 대상으로 떠올랐다. 생태위기에 대한 기독교의 책임론은 1967년 미국의 잡지《사이언스science》지에 실린 화이트 2세Lynn White. Jr의 글, '현대 생태계 위기의 역사적 근원'The historical roots of our ecologic crisis이라

---

51) 신과학이란 용어와 갈래에 대해서는 다음 내용을 참조함.
   김용정의 '과학과 윤리', 《과학사상》(1995. 봄)
   김재희의 『신과학 산책』(김영사, 1994).

는 논문에서 시작한다. 이 글은 고전에 가까운 권위를 얻었고 환경문제에 관심 있는 많은 사람들에 의해 자주 인용되고 있다.

화이트 2세는 개신교의 목사임에도 불구하고 기독교를 비판하였는데 심각한 환경문제가 기독교가 지닌 자연에 대한 오만함에서 비롯되었다고 지적한다. 유대-기독교의 전통이 이방 종교를 핍박하는 과정에서 이방 종교의 물활론Animism을 물리쳤으며 자연을 인간의 사용목적 이외에 어떤 존재 이유도 없는 것으로 규정함으로써 인간에게 자연 착취의 길을 열어주었다는 것이다.52)

> 기독교, 특히 서구라파의 기독교는 세계종교 중 가장 인간중심주
> 의적이다. 고대 이방 종교나 동양 종교와는 극단적으로 대비되게
> 서유럽 기독교는 인간과 자연의 이원론을 정립하였을 뿐 아니라
> 인간이 자신의 적절한 목적을 위해 자연을 착취하는 것은 하나님의
> 뜻이라고 강조한다.53)

생태학의 시각에서 비판 받는 기독교의 교리는 대략 다음과 같다. 첫째, 아담에게 모든 창조물을 지배하라고 명하신 계명 때문에 자연을 오로지 인간의 이익만을 위해 존재하는 것으로 간주하도록 되었다는 점. 둘째, 범신론적 이교로부터 기독교를 차별화하려는 노력이 인간 이외의 피조물을 무시하는 태도를 낳았다는 점, 셋째 자연세계를 세속과 암흑의 장으로 간주하는 기독교의 기본 관념이 물질과 영혼을 구분하는 전통적인 이원론에 해당한다는 점이다.54)

....

52) 이언 브레들리, 이상훈/배규식 옮김, 『녹색의 신』(뜨님, 1996), 14면 참조.
53) Lynn White, *Science*, vol. 155, no. 3767 (10. March 1967) pp.1204-1207.
54) 이언 브레들리, 앞의 책 16면 참조.

생태학의 비판을 극복하려는 기독교의 노력이라 할 수 있는 생태신학은 두 가지 방향으로 전개된다. 하나는 비판의 내용을 적극적으로 수용하여 이방종교의 태도를 도입해서라도 기독교의 기본 교리를 전체론적holistic으로 전환하고자 하는 것이고 다른 하나는 기독교가 원래 생태적이건만 사람들이 성경을 오독함으로써 생태위기를 낳았다고 보는 것이다. 따라서 이방종교의 수용을 통한 보완은 근본적인 해결이 될 수 없고 기독교의 순수한 교리에 개입한 이방 종교의 부정적인 측면을 더 철저히 제거하고 기독교 본연의 생태적 입장을 선명히 해야 한다는 입장을 취한다. 생태신학의 두 갈래에 대한 평가는 이 문제가 신학의 가장 민감한 부분을 다루는 것일 뿐 아니라 종교적 신념의 차원에서 고찰되는 것이기에 문학을 연구하는 처지에서 쉽사리 결론을 내리기 힘든 부분이라 하겠다.

일단 생태학적 자각에 따라 촉발된 생태신학의 논의가 기존의 기독교 원리에 대한 근본적인 반성의 계기가 됨으로써 진정한 성찰의 기회를 제공하였고 생태신학을 통해 기존 신학이 더욱 충실히 발전하고 생태위기를 극복하는데 기여할 수 있으리라는 점은 인정할 수 있을 것이다. 아울러 서구적 사유 체계 안에서 생태학적 대안을 모색하는 시도의 일환으로서 생태신학이 자리한다는 점도 의미 있는 부분이다.

생태윤리학ecoethics은, 보통 환경윤리학으로 일컬어진다. 윤리학 분야에서는 '생태'와 '환경'이란 명칭의 차이가 별로 중시되지 않는다. 윤리학 자체의 성격이 이들 용어의 차이를 무화시키기 때문이다. 생태윤리학은 생태론의 모색이 도달한 생태학적 대안의 핵심 문제와 관련된다는 점이 특징이다. 심층생태학이 제시하는 생태학적 세계관이든, 사회

생태학이 도달한 바람직한 공동체론이든 궁극적인 실천의 순간은 항상 가치의 선택 문제와 마주치게 된다. 생태론적 모색 끝에 도달한 각종 결과들이 현실적으로 성과를 올리기 위해서는 한 개인의 가치관에 따른 선택이 이루어져야 한다. 이 단계에서 개인의 생태학적 가치관을 형성시키는 문제가 바로 윤리학의 핵심 과제인 것이다.

윤리적 대안의 중요성을 이해하기 위해 예를 들기로 하겠다. 원자력 발전소로 인한 환경오염의 문제를 고려하는 경우 방사능 유출로 인한 오염을 방지해야 한다는 데는 모두가 동의할 것이다. 그러나 방사선이 유출될 가능성을 확률로 산정해 내는 기술력이 있다고 할 때 그 기술력이 아무리 고도로 발전하더라도 100% 안전하다는 것을 보장할 수는 없는 것이 현실이다. 원래 어떤 위험에 관한 과학적 측정치라는 것은 어디까지나 이론에 의해 구성되는 가설에 불과한 것이다. 측정 과정에서 예상되는 위험 요소들을 인간이 모두 고려할 수는 없다. 이 문제는, 체르노빌 원자력 발전소 사고와 인도 보팔시의 유니언 카바이트사의 가스 유출 사고 사례에서 확인할 수 있다.

원자력 발전소를 건설하기 위해 어떤 물질과 기술을 도입할 것인가를 결정하는 문제는 과학적 결정이 아니라 정치적 결정으로 넘겨가기 마련이다. 정치적 결정이란 새로운 윤리강령이 등장하지 않는 한 기득권 계층의 이익과 기존 권력의 메커니즘에 종속된 것이다. 환경 문제의 해결을 시도할 때 생태학적 윤리관이 확립되지 않은 상태에서 궁극적인 해결을 기대하는 것은 거의 불가능한 일이라 하겠다.

생태윤리학은 자연파괴와 환경의 위기에 직면하여 이를 극복하기 위한 실천적 윤리의 원리를 탐구하고 확정하는 것을 과제로 한다.[55] 생태윤리학 역시 생태신학의 경우와 마찬가지로 기존 윤리학의 근본적인 반성과 성찰의 계기로 작용한다. 인간 중심주의는 자연과의 새로운 관계를 모색하는 윤리적 과제를 해결하는데 결정적인 장애가 된다. 기존의 윤리학이란 근본적으로 인간중심적일 수밖에 없기 때문이다.

생태윤리학은 자연 중심적 윤리학으로 시작되었다. 요나스는 '공포의 윤리학'을 제창하면서 철학적 논변에 따라 목적론적 자연관을 주장하였고, 테일러는 자연과학적 사실을 원용하여 자연 자체의 목적성을 입증하고자 하였다. 바이에르츠는 자연의 항상성을 반증하는 사실을 지적한 다음, 자연파괴가 자연적 현상으로도 해석될 수 있다는 실증적 근거를 제시하여 자연의 합목적성을 부여하려는 시도들의 문제점을 폭로하였다.[56]

바이에르츠의 태도는, 자연이 항상 안정적이기만 한 것도 아니고 자연의 질서 속에서도 멸종이 무수하게 일어났다는 점. 그리고 인간의 기술이 발달하기 이전에도 환경의 파괴는 있었다는 점 등을 고려해야 한다는 것이다. 인간이 윤리적 선택의 주체인 이상 인간 중심주의에 대한 완전한 거부 그 자체는 또 다른 오류를 낳을 가능성이 있다.[57] 인간 중심주의는 기존의 것과 구별하는 의미에서 '생태학적으로 정향된 인본주의'로 규정할 수 있으며 인간의 종적 이기주의에 기여하는 도구적 이성을 거부한다는 점에서도 기존의 인간 중심주의와 구별되는 것이다.[58]

55) 이종관, '환경윤리학과 인간중심주의' - 생태학적 환경윤리학과 그에 대한 바이에르트 비트 비판을 중심으로,《철학》1996, 겨울, 376면 참조.
56) 위의 글, 397면 참조.
57) 위의 글, 391~394면 참조.
58) 이 부분이 앞서 언급한 바 있는 '약한 인간중심주의'에 해당한다.

생태론의 과제가 궁극적으로 생태윤리적 문제로 귀결된다는 점에서 생태문학의 긍정적 위치를 기대할 수 있다는 것이 필자의 견해이다. 인간 능력의 잘못된 사용으로 맞이하게 된 오늘의 환경위기는, 과거와 같이 인간 아닌 존재에 대한 존중의 태도를 회복하는 것만으로는 해결되기 힘들 것이다. 만물에 대한 존중은 물활론의 전통이 대표적인데 인간이 그러한 태도를 취한 것은 인간의 능력을 넘어서는 존재에 대한 경외심의 발로로 이해할 수 있다.

근대 문명의 발달과 함께 급격히 신장된 인간의 능력이 물활론적 사유를 일거에 몰아냈다는 것은 주지의 사실이다. 과거에 인간이 자연 현상에 대하여 가졌던 물활론적 경외심의 입지는, 인간이 자연 현상을 합리성에 의거 파악하게 되고 나아가 극복까지 가능하게 되면서 축소되었다. 과거의 물활론적 자연 존중 태도는 약자의 입장에서 강자에게 취한 경외심과 크게 다르지 않을 것이다.

오늘날 요구되는 생태학적 자각은 이미 강자의 처지를 경험한 바 있는 인간이 보다 큰 위험을 막기 위해 취해야 하는 존중의 태도라는 점에서 과거의 존중감과 차이가 있다. 요나스가 주장하는 '공포의 윤리학'이란 바로 과거 물활론적 경외심을 현재에 재현함으로써 보다 확실한 효과를 기대하는 것으로 이해할 수 있다. 이 경우 공포의 대상이 되는 것은, 전 지구적 이상 기후를 비롯한 각종 환경 재난의 심각함 등이다.59)

'공포의 윤리학'이 얼마나 적절한지 여부는 윤리학 분야에서 정치하

---

59) 한스 요나스, 이진우 옮김, 『책임의 원칙: 기술 시대의 생태학적 윤리』(서광사, 1994), 66~67면 참조.

게 다룰 부분이고 중요한 것은, 인간의 생태학적 선택과 그에 따른 실천이 생태론의 결정적 부분이라는 점이다. 인간의 직접적인 행동을 이끌어내기 위해서는 개인의 근본적 자각이 필수적이기 때문이다. 생태학 제론이 실효를 거두기 위해서는 궁극적으로 개인의 세계관이 생태학적으로 전향되어야 한다.

개인의 생태학적 자각을 유도하고 바람직한 생태학적 전망을 제시하는 측면에서 생태문학의 특별한 의의를 기대할 수 있다. 생태학적 실천은 당장의 물질적 이익과 배치되는 길일 수 있다는 점에서 기존의 물질주의적 가치관을 극복해야 하는 어려움이 있다. 예를 들어 경제성장 위주의 자본주의 체제에 익숙해진 가치관에 의하면, 새만금 지역의 개펄을 보존한다거나 영월의 동강을 보존하려는 입장에 쉽사리 동의하기 힘들 것이다. 개인의 생태학적 실천을 이끌어 내는 방법으로는 환경법과 같은 법규를 강력히 집행하는 것을 생각해볼 수 있다. 하지만, 현재와 같은 자본주의 체제 아래서는 비만 오면 폐수를 무단으로 방류하는 행위를 근본적으로 방지할 수 없을 것이다. 물질주의적 가치관을 가진 개인이 폐수를 정화시키지 않음으로 인하여 얻을 수 있는 단기적 이익을 자발적으로 거부하고 오폐수를 최대한 정화시켜 방류하기를 기대하기란 힘들다.

윤리적 견지에서 올바른 태도를 권고하는 방식도 생각해볼 수 있으나 윤리적 논변에 의해 설득된 내용이 현실적으로 얼마나 실효를 거둘지 의심스럽다. 오염이 갈수록 심화되고 있는 현재 폐수를 불법으로 방류하는 행위가 윤리적으로 잘못된 것이라는 사실을 모르는 이는 거의 없을 것이기 때문이다.

하지만 어떤 체험이 계기가 되어 생태학적 자각에 이르렀다면 그러한 자각은 개인에게 법률적 제재나 윤리적 권고 이상의 실천력을 발휘할 것이다. 생태문학이 개인의 생태학적 자각의 계기가 되는 경험을 제공해줄 수 있을 것으로 기대하는 것은 이러한 측면 때문이다.[60]

예술 작품은 개별적으로 수용되는 것이 특징이다. 하나의 작품이라 하더라도 감상자의 특성에 따라 매번 색다르게 수용되므로 예술 작품은 개인의 다양성을 수용하는데 강점을 지니고 있다. 생태학적 자각에 따른 예술 작품은 수용자에게 수용되는 과정을 통하여 생태학적 자각을 유도하는 개인적 체험으로 작용할 수 있을 것이다.

예술의 분야들 중에서 특히 문학은 언어를 매개로 한다는 점에서 미술과 음악에 비하여 구체적이다. 또한 예술성을 추구한다는 점에서 생태학적 자각을 유도하려는 계몽성이 야기할 우려가 큰 도식성을 상당 부분 기능적으로 극복할 수 있을 것이다. 문학 분야에서도 시는 그 언어가 작품 내에서도 전후 맥락에 의해 의미가 규정되는 '상호관계성'이 뚜렷하다는 점에서 생태적이라 할 수 있다.[61]

제반 생태론의 논리적 진술이 도달하지 못한 내용을 은유적 진술을 통하여 직관적으로 표현할 수 있으리라는 가능성도 열려 있다. 때로는 은유적 전망이 오히려 본질을 지적할 수도 있는 것이다.[62] 이 부분은,

....

60) 김욱동은 칼 헌들과 스튜어트 브라운의 이론을 도입하여 이상의 세 경우를 각각 '규제적 담론', '과학적 담론', '시적 담론'으로 구분하여 생태학적 의의를 설명한다. 자세한 내용은 김욱동의 '문학생태학론'을 점검하는 부분에서 다루도록 하겠다.

61) 시의 관계성을 들어 생태성을 강조하는 입장으로는 김종철과 송희복의 견해 참조.
김종철, '시의 마음과 생명공동체', 《녹색평론》, 1991.11-12.
송희복, '서정시와 화엄경적 생명원리', 《시와 사상》, 1995, 겨울.

생태문학 논의를 검토하는 자리에서 자세히 고찰하도록 하겠다. 바람직한 생태학적 전망을 시적 진술에 기대하는 태도 곧 생태문학의 생태학적 의의를 주장하는 목소리가, 문학 이외의 분야에서 더욱 두드러진다는 사실도 생태학의 난관을 극복하는데 생태문학의 독특한 의의를 기대하는 견해에 더욱 힘을 실어준다.

전원문학의 전통에서 찾을 수 있는 자연친화적 문학이나 동양적 사유에 입각한 전체론적인 고전의 작품이 지닌 생태문학적 의의도 고려할 필요가 있다. 자연만물에 대한 물활론적 경외심과 오늘의 자연 존중의 태도가 다르다는 점을 강자와 약자의 처지에 비유하여 고려한 바와 같이 전원문학 작품과 자연친화적 작품을 궁극적인 생태문학 작품으로 바로 인정하는 것은 문제가 있다. 정확한 문제의식을 강조하는 입장에서 보면 오늘의 생태위기에 대한 의식이 생태문학의 전제조건이 되어야 한다. 과거의 작품들은 생태위기 해결의 단초를 제공하는 측면에 대한 제한적 관련성만 인정하는 것이 타당하다.

생태문학은, 문학의 정체성 확립 작업과 맥을 같이하는 것으로서 기존의 문학에 대한 근본적 반성과 성찰의 계기를 제공할 수 있어야 할 것이다. 이러한 조건을 충족시키지 못하는 경우는, 사회운동에 해당하는 '환경보호운동'의 노선에 따라 정치적 구호를 외치는 수준을 넘어서기 힘들 것이며 문학 특유의 기능에 입각하여 생태학적 대안을 모색하는 성과 또한 기대할 수 없을 것이다. 바람직한 생태문학은 생태학적

62) 죠셉 켐벨은 신화와 같은 은유적 진술이 사회의 전망을 제시하는 진실성을 확보할 수 있다는 입장을 취한다.
조셉 켐벨·빌 모이어스, 『신화의 힘』, 이윤기 역(고려원, 1992), 311면 참조.

대안을 모색하는 작업의 일환이기도 하면서 문학 본연의 기능을 보다
발전적이면서 깊이 있게 추구하는 것이어야 한다.

　이 연구는 1990년대로 접어들면서 한국 현대시의 중요한 흐름으로
성장하고 있는 생태문학과 생태시의 개념을 확립하고 생태시를 중심으
로 생태문학의 전개양상을 체계적으로 밝히고자 한다. 이를 문학의
생태학적 전환의 원리를 체계화하는 것으로 표현할 수도 있을 것이다.
구체적으로는 '생태문학'과 '생태시'의 개념을 체계적으로 정립하는 작
업과 생태시 작품을 분석하여 그 면모를 확인하는 것이 될 것이다.
　생태 문학 작품의 경우 시 이외의 분야에서도 성과가 있지만 현재까
지는 시 분야에서 두드러진 성과를 보이고 있으므로 시 작품 만을 대상
으로 하였다. 생태시 작품을 분석함에 있어서는 생태학적 의의 뿐 아니
라 시인 개인의 미학적 성과와 어떤 관계를 이루는지 중점을 두고 고찰
할 것이다.
　제Ⅱ부 '생태문학론의 전개와 한국 현대 생태시' 부분에서는 1990년
대 이후 활발하게 제기되고 있는 생태문학 관련 논의들을 전반적으로
고찰한 다음 생태문학 부문의 선진국이라 할 수 있는 독일과 미국의
생태문학 개념도 참고하면서 생태문학 및 생태시의 개념을 규정할 것
이다.
　제Ⅲ부와 제Ⅳ부는 생태시 작품을 다룰 것이다. 생태시는 초기에는
시의식의 생태학적 전환을 강조하는 계몽성 짙은 작품이 주류를 이룬
다. 구체적으로는 환경오염 현장을 고발하고 이러한 오염을 낳은 인간
의 문명을 비판하는 작품들이 있다. 이들 작품은 문제점을 드러내느라
문학성 면에서 한계를 보였지만 점차 문학성과 철학적 깊이를 지닌

작품으로 발전하는 양상을 보인다. 이를 '생태학적 시의식의 발전'으로 설명할 수 있을 것이다. 이러한 발전이 지속된다면 언젠가 생태학적 대안에 대한 은유적 전망을 제시하는 수준의 작품이 등장할 것이다.

시의식의 생태학적 전환을 강조하는 작품들은 생태시의 초기적 특징이기도 하면서 생태시 창작에 임하는 시인들 개인사적 측면의 초기적 특징이기도 하다. 강한 계몽적 의도가 생태시의 문학성 확보에 부정적인 결과를 낳기도 했지만 이러한 성향의 작품은 생태시 창작의 초기적 형태로서 활발히 창작됨으로써 양적인 면에서 현재까지 창작된 생태시 가운데 상당 부분을 차지하고 있다.

제Ⅳ부에서 다루는 작품들은 대체로 1980년대 중반 이후의 작품이지만 제Ⅲ부에서 다루는 작품은 1980년대 이전의 작품과 최근의 작품이 함께 다루어질 것이다. 성찬경, 이건청의 작품은 시기적으로 초기 생태시의 성향을 대표적으로 보여주는 경우이고 고형렬의 작품은 그 이후의 작품이지만 개인적 차원에서 생태시 창작의 초기적 성향을 특징적으로 지니고 있는 경우이다.

초기의 계몽적 단계를 벗어난 작품들은 생태학적 인식을 창작의 토대로 하여 생태학적 의식의 배양을 추구하는 작품성향을 보이다가 점차 동양적 사유체계 또는 생태신학적 사유와 같은 특정한 사상의 깊이를 추가하고 그 나름의 생태학적 대안을 모색하는 쪽으로 발전하게 된다. 제Ⅳ부는 생태학적 시의식을 전반적으로 표출하는 작품들과 특정한 사상을 지닌 작품들로 구분하여 다룰 것이다. 정현종과 최승호의 작품은 전자에 해당하고 김지하, 고진하 등의 경우는 후자에 해당한다.

앞서 생태시의 초기적 양상이 시기적으로 1980년대 전반에만 창작되는 것이 아니란 점을 지적한 바와 같이 생태시의 발전 단계가 시인 개인사적으로도 나타나므로 제Ⅲ부와 제Ⅳ부에서 시인들을 분류한 내용은 생태시의 전반적인 성격을 설명하기 위해 특징적인 면을 강조한 결과이므로 해당 시인의 모든 작품이 이러한 분류 체계에 국한된 것이 아님을 유념해야 한다. 논의의 폭을 넓히기 위해 김광규, 김명수, 신경림, 이형기, 고재종, 박두진, 구상, 김영무, 문정희, 박용하, 이정록, 이하석, 이문재 등의 작품도 개별적으로 앞선 분류 체계에 따라 함께 다룰 것이다.

제Ⅴ부는 결론으로서 앞으로 계속 중요성이 증대될 것으로 예상되는 생태시의 미래를 전망해보고 이 연구의 남은 문제들을 정리할 것이다.

II

생태문학론의 전개와
한국 현대 생태시

'생태문학'이란 용어는 문학사적으로 그 개념이 확립된 용어가 아니지만 편의상 '현대 생태학적 문제의식을 기반으로 한 문학'으로 규정하고 논의를 전개하고자 한다. 현대 생태학적 문제의식이란, 오늘날 환경 위기의 심각성을 인식하고 위기의 원인에 대한 근본적인 분석과 반성 작업에 임하는 것이다. 아울러 생태위기의 궁극적인 극복을 통해 인류와 지구의 건강한 미래를 모색하는 것을 의미한다.

생태학적 전망에 대해서도 여러 견해가 존재하듯이 이른바 '생태문학'을 지칭하는 용어로서도 '환경문학', '생명문학', '녹색문학', '자연문학' 등 여러 가지가 사용되고 있다. 용어의 혼란을 피하고 논의를 집중적으로 발전시킬 수 있도록 정확한 개념 규정 작업이 절실한 형편이다.

생태문학을 지칭하는 각각의 용어마다 그것을 주장하는 평자가 주장한 그 나름의 정당성을 지니고 있으므로 보다 종합적이고 체계적인 검토가 필요하다. 다양한 용어들로 인한 혼란상은 한국 생태문학론의 전개 양상을 고스란히 보여주는 의의도 있다. 용어에 대한 이해가 곧 생태학의 의의에 대한 이해 정도를 반영하고 있기 때문이다. 생태문학 논의의 검토 작업에는 이른바 '생태문학'의 개념 규정 작업이 자연스럽게 포함된다.

한국문학에서 생태문학에 대한 관심이 본격적으로 등장한 것은 1990년대에 이르러서이다. 작품의 경우 1970년대부터 환경오염의 피해상이나 급격한 산업화로 인한 인간의 소외를 비판하는 작품들이 창작되었지만 생태문학으로 규정될 만큼의 움직임을 보이지는 못하였고 1980년대로 접어들면서 점차 활발하게 창작되는 양상을 보인다. 생태문학을 다루는 논의들의 경우는 작품의 경우와는 달리 1990년대 이전에는 거의 찾을 수 없다. 이 사실은 1990년대 이전까지는 작품과 비평이 따로 전개되었음을 보여준다.

문학은 예로부터 자연 친화적 태도를 보였고 물질문명으로 인한 인간성 상실을 경고하는데 적극적이었다. 그러나 최근에 이르기까지 생태위기 문제에 별다른 관심을 보이지 않다가 1990년대에 이르러서야 그것도 다른 학문에 비하여 훨씬 늦게 반응을 보인 사실은 참 의외라 하겠다. 이처럼 반응이 늦은 이류로는 생태학이 원리 자연과학의 한 분야였기 때문에 비문학적 이질감을 주었을 것이라는 점을 먼저 고려할 수 있다. 다음으로는 시민운동으로서 '환경보호운동'이 연상시키는 정치 참여적 이미지 때문에 이른바 목적문학의 문학성에 대한 거부감을 유발하였을 가능성도 생각해볼 수 있을 것이다.

한국의 1990년대는 정치 이데올로기의 영향력이 약화되었을 뿐 아니라 수십 년 지속된 경제 성장에 힘입어 환경 문제에 대한 관심이 커진 것이 특징이다. 이와 같은 사회적 분위기와 환경 담론의 융성이 문학에 영향을 끼쳐서 작품 속에 환경과 생태 문제에 대한 관심이 반영된 것이다.

김욱동은 1990년대 초엽부터 거대한 정치 이데올로기가 남기고 간 빈자리를 환경과 생태 문제가 새로이 중요한 이슈로 떠올랐다고 지적한다.[1] 서구의 환경 보호운동 역시 1960년대 미국 사회의 분위기 속에서 촉발된 것으로서 시민 계층의 성장이 중요한 기반이었다는 점과 동서 냉전체제의 부당함을 비판하면서 시작하였다는 사실은 1990년대 한국문학의 생태 지향성에 대한 사회적 여건을 이해하는 데 참조가 될 것이다.

....

1) 김욱동, 『문학생태학을 위하여』(민음사, 1998), 15면 참조.

생태문학 논의의 전체적인 특징을 간략히 세 가지로 정리하면 다음과 같다. 첫 째, 생태문학론은 제기되자마자 별다른 반대 없이 중요한 문제로 부각되었다. 생태문학의 개념에 대해서는 여러 가지 견해가 있으나 생태문학론의 정당성을 문제 삼는 견해는 거의 찾을 수 없다. 문제는 생태문학론의 필요성 여부가 아니라 계몽적 의도로 인한 작품의 목적성으로 문학성이 손상되는 것이었다.

두 번째 특징은, 비평이 창작을 선도하는 양상을 보인다는 점이다. 생태론 자체에 대한 논의가 다른 선진국의 경우에 비하여 늦었기 때문에 충분한 수준에 도달한 작품이 없는 상태에서 선진국의 진전된 이론부터 소개하게 된 것이 하나의 이유가 될 것이다. 그리고 생태학적 의의를 강조하면서 문학과 생태학을 연결하려는 시도가 창작의 방향을 제시하는 쪽으로 나타났을 경우도 생각해 볼 수 있다.

생태문학논의가 1990년대 들어서 부각되었다는 점이 시대적 상황과 깊은 관련이 있다는 점에서 창작적 성과에 의해 촉발된 논의라기보다는 시대 상황에 따라 생태문학의 융성을 요청하는 목소리가 작품에 우선한 양상으로 이해하는 것이 자연스럽다. 초기의 논의가 외국의 이론을 소개하는 것으로서 포괄적인 생태문학론을 주창하는 것이었다면, 1990년대 초엽을 지나면서 한국 생태 문학 작품에 근거한 논의로 발전한다. 그러나 1990년대 중반에 이르기까지는 종합적인 문학론으로 발전하지 못하고 작품의 유형 분류와 용어의 적합성을 다루는 수준에 그치고 있다.

세 번째 특징은, 문학의 본성과 문인의 역할에 기대어 생태문학의 생태학적 성과를 기대하는 논의들이 다방면에서 제기된다는 점이다. 이러한 논의들은 다소 직관적인 주장을 펼치는 편이지만 환경문제 해결에 문학의 역할이 대단히 중요하다는 입장을 취하고 있다. 이러한 주장을 펼친 논자들은 대부분 문학 비평가가 아니라 문학 이외의 분야에서 활동한 전문가라는 점이 흥미롭다.

문학인에 비하여 상대적으로 생태·환경 운동의 경험이 풍부한 생태운동가들과 생명의 가치 문제로 고민한 철학자들이, 자신의 분야에서 닦고 체험한 것을 바탕으로 문학의 생태학적 가능성을 높이 평가한다. 이른바 '예술적 상상력'으로서의 '생태학적 상상력'이 잘 발휘된 생태문학 작품은, 바람직한 생태학적 비전을 은유적으로 제시할 수 있다는 것이 그 내용이다. 이러한 측면은 생태문학론의 의의와 직결되는 문제이기도 하다.

이어지는 논의에서는 생태문학논의의 전개 양상을 검토한 다음 상대적으로 논의의 폭과 깊이를 확보하고 있는 것으로 판단되는 김욱동의 '문학생태학론'과 이남호의 '녹색문학론' 그리고 김지하의 '생명문학론'을 비교 검토하여 생태문학론의 범주를 설정할 것이다. 계속해서 생태시의 유형에 대한 논의를 정리하면서 한국 현대 생태시의 개념을 구체화할 것이다.

1 생태문학론의의 전개 양상

생태문학 논의는, 1990년대의 출발과 함께 비평적 주목을 받으며 전개되었다. 본격적인 문학론의 면모를 갖추는 것은 1990년대 중반이며 그 이전의 양상은 대략 네 가지 갈래로 구분하여 이해할 수 있다.

첫째 문학과 관련되는 생태학의 성격을 어떻게 이해하느냐에 따라

파생된 다양한 편차의 생태문학론들이 있다. 이 논의들은 현대 생태학의 성격을 정확히 파악하고 그에 따른 생태문학의 대안적 의의까지 주장하는 경우에서부터 생태학을 자연과학으로 간주하면서 환경 운동 차원의 목적문학으로서의 의의를 인정하는 선에 그친 경우까지 그 편차가 크다. 계몽적 목적성을 극복하는 문제와 문학의 성격 자체를 생태학적으로 다시 정립하려는 시도들도 이러한 흐름과 관련하여 이해할 수 있다.

두 번째 시인의 직관에 따라 제시된 은유적 전망이 생태학적 전망으로서 특별한 의미를 지닐 수 있을 것임을 낙관하는 논의들이 있다. 이러한 주장을 한 논자들이 대부분 문학 이외의 분야에 속하는 평자들이란 점도 특별한 사실이다.

세 번째로 생태학적 패러다임으로 새로이 부각되고 있는 동양적 사유체계에 자극을 받아 문학과 동양적 사유의 연계를 통해 바람직한 생태문학론의 위상을 정립하려는 일련의 시도들이 있다.

네 번째 흐름은 대부분의 생태문학론자들이 시를 다루고 있음에 비하여 소설 작품을 주목한 논의들로서 생태소설론으로 분류할 수 있는데 소설의 장르적 특성에 따라 사회적 현실과 깊이 관련된 방식으로 생태학적 의의를 아주 강하게 주장한다는 점이 특징이다.

생태학의 현대적 의의에 대한 이해 문제와 관련하여 생태문학의 위상을 다루는 논의는 생태위기의 현실을 들어 생태문학의 정당성을 주장한 최초의 논의부터 찾을 수 있다. 1990년대의 출발과 함께 '생태계 위기'를 문제 삼은 것은 공교롭게도 1990년 겨울호로 동시에 발간된 두 계간지의 특집 기획으로서《창작과 비평》의 '생태계의 위기와 민족민주운동의 사상'과《외국문학》의 '생태학·미래학·문학'이다.2) 양자 모두 생태 환경 문제가 당시 사회의 중심적 주제로 떠올랐음을 강조하면서 문학의 생태학적 대응을 권고하는 내용이다.

'생태계의 위기와 민족민주운동의 사상'의 경우는, 백낙청, 김세균, 김종철, 이미경, 김록호가 대담을 벌인 것으로서《녹색평론》의 발행인인 김종철과 같은 녹색 문예 운동가를 제외한 참석자들은, 사회의 발전에 관심이 많은 진보적 성향의 지식인으로 구성되었다. 토론의 내용 중에는 환경위기의 원인으로서 인류 문명 전반을 비판하는 입장과 자본주의 경제체제를 주원인으로 보는 입장 사이의 미세한 접점과 대립점이 드러나기도 한다.

정치 이데올로기가 붕괴된 시기에 녹색운동은, 지속적인 운동성을 확보하고 있다는 점에서 큰 강점을 지니고 있다. 사회 운동가의 입장에서 볼 때 녹색운동과의 연계는 생태계 위기의 원인으로서 자본주의 체제를 계속 비판할 수 있으면서도 운동의 지속적인 추동력을 확보하는 방안의 하나가 될 수 있는 것이다. 토론 과정 중에는 녹색운동이 지닌 시민운동적 성격을 비판하는 목소리도 있지만 전반적인 결론은 서로 존중하는 태도로 연대의 정당성을 인정하는 쪽으로 정리된다.

《외국문학》의 '생태학·미래학·문학' 특집은, 문학론의 성격이 강하다. 인류의 장래가 생태학적 세계관에 의하여 어떻게 대비하느냐에 달려있다는 견지에서 문학의 진로를 모색한다. 생태문학에 대한 한국적 토양이 척박함을 전제하는 평자들은, 외국의 생태문학 작품과 이론

---

2) 이 점에 대해서는 이동하도 "한국의 문학계가 본격적으로 생태계의 오염 및 파괴라는 문제에 대하여 지적인 인식의 눈을 뜨기 시작했다는 사실을 알리는 신호"라고 높이 평가한다.
   이동하, '생태계의 위기와 우리 문학'《예술과 비평》(1991, 봄), 286면.

을 소개하는 방식을 취하고 있다. 이동승은, 독일의 '생태시'를 소개하면서 '생태시'란 용어의 개념이 독일에서도 확실히 문학사적으로 정의된 것이 아니란 것을 언급한 다음 목적성을 지닐 수밖에 없는 계몽문학적 성격의 생태문학론을 소개한다.

> 너무나 절박한 생태학적 위기를 면전에 두고 <생태시>는 어떤 새로운 관념체계의 정립을 시도할 수가 없다. 사실이나 현실은 은폐된 배면에 내재하는 모순의 폭로를 수단으로, 부정에서 출발하여 긍정에 도달하려고 한다. 그런 까닭에 이 시들은 공격적이요 풍자적일 수 있고 사회비평적이고 반체제적인 경우도 있다. 이 시들은 경고, 분노, 비애, 비평, 공격 등을 직유적으로 표현한다. 그런 까닭에 이런 시들은 형식적인 면에서는 자유형들이 많고, 간명, 평이하며 어려운 상징적, 은유적인 언어구사나, 복잡한 조사법을 쓰지 않는 경향이 있다. 독자에게 직접 다가가서 계몽하려는 것을 목표로 하는 까닭이다.[3]

김성곤은 80년대 문학이 보인 사회에 대한 관심을 '문학사회학'에 대한 관심으로 규정하고 생태에 대한 관심이 반영된 문학으로서 '문학생태학'의 필요성을 역설한다.[4] 그가 말하는 '문학생태학'은, 자연과학의 일환인 생태학이 자연생태계를 그 대상으로 하는 것과 마찬가지로 인간의 정신생태계를 다루는 것을 의미한다. 단순한 체제저항문학과 사회저항문학에서 한 단계 더 성숙한 고발문학으로서 미래학, 환경학,

---

3) 이동승, '독일의 생태시' 그것의 이해를 위한 서론, 《외국문학》, 1990, 겨울, 55면.

4) 김성곤, '문학생태학을 위하여', 《외국문학》, 1990, 겨울, 80면 참조.

생태학 그리고 테크놀로지와 긴밀한 연관을 갖고, 지구의 파멸 위기에 대한 경고와 필연적인 파멸을 지연시킬 수 있는 가능성들을 탐색하는 학문이라 설명하고 있다.

김성곤이 말하는 문학생태학은 생태계 파괴 때문에 인간 정신이 피폐해짐을 지적하고 그것의 치유를 시도하려는 것인지 아니면 문학 자체를 대상으로 하는 큰 범주의 생태학을 정리하는 것인지 명확하지 않은 면이 있다.

일종의 미래학이자 종합학문으로서 성장한 현대 생태학에 대한 적절한 이해는 김용민에게서 찾을 수 있다. 이동승과 마찬가지로 생태시 창작이 우리보다 앞선 독일의 경우를 중심으로 '환경·생태시'를 다루었는데 생태학에 대한 비교적 정확한 지식에 근거하여 '생태시'와 '생태문학'의 개념 규정을 시도한다.5) 그는 문학 분야에서 생태학 개념을 이해할 때 겪는 혼란과 어려움은 바로 생태학이 1970년대 이래 생물학의 한 분야에서 종합학문으로 성장한 변이와 포괄성에 기인한다는 것이다.

생태학이 산업화의 문제, 기술문명과 인간사회의 문제에 개입하게 되어 '생태정치학'이 출현하게 되었던 것과 마찬가지로 '사회생태학', '인류생태학', '사회학적 인류생태학' 등이 잇따라 등장하게 되었고 결국에는 인문·사회과학적 관점의 도입이 요구되었다고 한다. 생태문학의 출현도 이러한 맥락에서 그 정당성을 인정할 수 있다고 주장한다.

....

5) 김용민, '생태학-환경운동-환경·생태시': 독일의 경우를 중심으로, 《이론》 1991, 겨울.
김용민은 이후 '생태문학' 개념을 채택한 단행본 『생태문학』(책세상, 2003)을 출간함.

독일의 경우에도 '자연시', '환경시', '녹색시', '정치적 자연시', '현대적 자연시' 등 다양한 용어가 존재한다. 그러나 대체로 1960년대 이후 등장한 것으로서 생태학적 위기에 대한 문학적 반응을 의미한다는 마이어-타쉬의 포괄적 개념과 그에 그치지 않고 미래사회에 대한 대안을 모색하는 단계로 나아간 것이어야 한다는 군터 로이스의 개념을 양극단에 두고 각 용어들이 다양한 스펙트럼을 형성하고 있다고 한다.

김용민은, 환경문제를 고발하는 수준의 작품은 '환경시'로 규정하고 단순한 고발에 그치지 않고 대안을 모색하는 작품을 진정한 '생태시'로 구별할 것을 주장한 다음 한 걸음 더 나아가 생태시가 기존의 목가적 전원시 내지 자연 친화적 작품들과는 엄연히 구별된다는 점을 강조한다. 이는 생태위기의 실제적 경험이 생태시의 전제가 되어야 한다는 입장을 취한 견해이다.

> 새로운 문학조류로서의 생태시의 출발점은 따라서 자연이 도처에 오염되고 파괴된 상태로 존재하며, 완전히 사라져 버릴 위험에 처해 있고, 그 결과 생태계 전체에 치명적 영향을 끼칠 것이라는 실제적 경험이다. 이것은 그 전의, 자연을 전원적이고 목가적 풍경으로 묘사하거나, 일상에서의 골치 아픈 일들을 잊게 해주는 도피처나, 망가지지 않은 온전한 세계로 그리던 전통적 자연시와 생태시를 그 기반부터 구별시켜 주는 기준이 된다.[6]

이용웅과 박태일의 논리는 지방의 연구자로서 생태시의 논리를 지역 발전론과 접맥하려는 현실적 의도를 뚜렷하게 드러내면서 기존의 문학

---

6) 김용민, 앞의 글, 82~83면.

론적 영역을 넘어서는 논리를 내세운다. "생태문학은 모름지기 생태문제에 근본 원인으로 작용하고 있는 거대 자본주의 생산과 소비 체계뿐 아니라 그에 일정하게 이바지하는 여러 하위 모순에 대한 비판을 주요한 일거리로 삼는다."[7]고 주장하는 데서 그 성격을 짐작할 수 있다.

이 외에도 이건청과 장석주는[8] 시적 현실로서 생태위기를 강조하면서 생태문학의 시대적 정당성을 주장하고 남송우와 이운용[9]은 생태학을 자연과학 수준의 것으로 이해하여 생태문학을 환경운동 차원의 것으로 규정하는 한계를 보인다. 기타 초기적 성과로는 1991년 11월 환경-생태학 문제를 전문적으로 다루는 인문 교양 잡지로서《녹색평론》이 창간되었다는 점과 '생태-환경시집'이라는 부제가 달린 시집『새들은 왜 녹색 별을 떠나는가』(다산글방, 1991)의 발간을 들 수 있다.

두 번째는 문학 특히 시의 성격이 근본적으로 생태적이라는 점을 이유로 생태학적 전망을 제시하는 수준까지 발전할 것을 낙관하는 논의들이 있다. 김종철은 오늘의 과학기술문명이, 환경재난을 낳았을 뿐 아니라 산업문화의 퇴폐성과 인간성의 황폐화 문제와도 직결되었다고 비판한 다음 '시적 사유를 통한 공동체 회복'을 대안으로 주장하였다.

'시적 사유'라는 것은, 은유적 방식에 의존하는 것으로서 본질적으로 모든 생명을 하나로 보는 사고방식에 해당하는 것이기 때문에 이를

....

7) 이용응, 박태일, '현대문학과 생태학적 상상력',《경남어문논집》, 1995. 12, 60면.

8) 이건청, '시적 현실로서의 환경오염과 생태파괴', 장석주, '시의 생태학적 상상력을 향하여',《현대시학》, 1992, 8.

9) 남송우, '환경시의 현황과 과제',《현대시》, 1993. 5.
   이운용, '생태환경위기와 시적 대응',《시문학》, 1994. 6.

통해 공동체 회복이 가능하다는 입장이다. 시적 비유를 형식적인 측면으로만 이해하려는 경향이 있으나 비유의 기저에는 사물들 간의 내재적 친연성을 직관적으로 파악하는 마음이 밑바탕을 이루고 있음을 강조한다. 이는 송희복이 주장한 화엄경의 원리와도 맥이 닿아있다.[10)

박이문은, 철학자의 입장에서 생태문학의 의의를 강조한다. 환경 재난의 시대에 생태학적 자연관을 수용하는 것은 선택의 문제가 아니라 당위의 문제이므로 당연히 '생태학적 세계관'을 수용해야 한다는 것이다. 예술 작품의 경우 작품의 한 부분의 의의를 그 작품 전체와의 관계를 고려하지 않고 주장할 수 없다는 점에서 부분과 전체의 관계를 강조하는 생태학적 성격과 상통하는 것이라 한다.

'예술적 상상력'과 '생태학적 세계관' 사이의 친연성을 고려할 때 예술 본연의 기능에 충실한 것이 곧 생태학적인 것과 통한다는 입장이다. 따라서 환경위기의 시대를 맞이한 예술가들은 진정한 예술을 통해 환경위기를 극복한다는 자세로 진지하게 반성하고 노력해야 한다는 것이다.

공해, 자연환경의 파괴, 즉 생태학적 문제를 지구의 엄청난 병을 치료하는 처방으로서 예술적 감수성, 예술적 세계관, 그리고 예술작품의 제작을 제시하는 바다. 그러나 이러한 나의 입장은 오늘날 실제로 예술의 기능이 옳게 인식되어 있다는 말도 아니며, 예술이 옳게 그러한 기능을 하고 있다는 뜻도 아니다. 불행히도 속일 수 없는 상황은 오히려 그 반대인 성싶다. 오늘 예술 작품은 투자의

10) 김종철, '시의 마음과 생명공동체', (1991년 7월, 《문화비평》 주최, 문학의 밤 행사 강연 내용) 김종철 편, 『녹색평론선집1』(녹색평론사, 1993), 75면 참조.

대상으로, 재산축적의 수단으로 상품화되어 가고 있다. (…) 이러한 상황에서 예술가 자신들도 스스로를 상업문화 앞에 굴복하여 그러한 물결에서 헤어나지 못하고 수동적으로 끌려가고 있다는 인상이다. (…) 예술가들은 예술의 본래적 기능을 새삼 의식하고 그 기능을 충분히 맡기 위해서는 과학적 세계관, 기존의 모든 체제, 가치관 등에 종속되어 추종하고 싶은 유혹을 깨뜨리고 언제나 저항적 자세를 가져야 하며 언제나 신선한 시각을 버리지 말아야 한다.[11] (생략, 인용자)

이러한 견해는, 자본주의 사회의 소비문화 속에서 진정한 생태학적 대응을 기대하기란 어려운 일이라고 비판하면서 생태학적 자각에 기여할 문화적 측면의 의의를 강조한 크리스 브라이트의 견해와도 상통한다.[12]

김용민도 생태위기를 타개하기 위한 비전을 제시할 수 있다는 점에 기대어 모든 자연과학적, 사회과학적 분석을 뛰어넘는 시인의 민감한 감수성과 새로운 사회에 대한 비전을 선취해서 보여주는 문학적 상상의 힘을 높이 평가한다.[13]

이진아는, 전문 환경운동가의 입장에서 생태문학의 역할을 강조한다. 환경운동 체험을 통해 얻은 문제의식과 생태학적 지식을 바탕으로 생각할 때 문학 특유의 총체성과 전체론적 사유가 사회운동 과정에서 맞은 문제들을 해결하는 실마리를 제공할 수 있을 것이라는 입장을

----

11) 박이문, '생태학과 예술적 상상력', 《현대예술비평》 (1991, 겨울), 33~34면.
12) 크리스 브라이트, '기후변화와 생태환경', 『지구환경보고서 1997』(따님, 1997), 174면 참조.
13) 김용민, '생태학-환경운동-환경·생태시', 《이론》, 1991, 겨울, 88면 참조.

밝힌다. 이는 가장 현실적인 단계로 나아간 사회운동가의 입장에서 문학의 현실적 영향력을 인정하는 견해라는 점에서 생태문학의 생태학적 의의를 이해하는 데 좋은 사례를 제공한다.

> 필자는 환경문제를 해결하는 데 있어서 문학의 역할이 대단히 중요하다고 생각하는 편이다. 총체성은 문학의 소중한 특성으로 사회과학이 조각조각 내와서 이해하기 어려웠던 인간의 살아가는 모습을 파악하고 전달하는 데 대단히 유용하기 때문이다.14)

이진아는 나아가 생태계의 본질적 특성15)을 정리한 다음 사물을 바라보는 방법론적 측면 뿐 아니라 자연계의 질서가 갖는 위력 곧 자연의 길natural's way을 충분히 존중하는 가치관까지 포함하는 태도가 필요함을 역설한다. "환경을 총체적으로 보고 생태계의 작용원리를 잘 이해하여 파악하며 자연원리를 존중하여 판단하는 방식 혹은 능력"으로 '생태학

----

14) 이진아, '한국 사회와 생태학적 상상력', 《실천문학》, 1996, 가을, 171면.
15) 위의 글, 181~182면 참조.
   (1) 연결성connection 혹은 상호의존성interdependence: 어떤 동식물도 혼자 서는 살아갈 수 없으며 같은 생태계 안의 다른 생물과 상호 의존하며 살아간다.
   (2) 순환circulation: 생태계 내의 무생물인 공기, 물, 흙 등도 역시 상호연결되는 그물망의 일부를 이루고 있어서 생물들과 상호작용하며 생태계 내를 돌고 돈다. 이들은 생물간의 상호교류의 매체가 되거나 기반을 형성하여 에너지를 전이하며 오염물질도 전이시킨다.
   (3) 변화change와 적응adaption: 생태계 안의 모든 생물들은 주변의 생물과 무생물을 이용하여 주어진 환경에 최대한 적응해서 살며 끊임없이 일어나는 변화는 끊임없는 적응에의 노력을 일으킨다. 그러나 변화가 점진적으로 일어날 때는 적응이 가능하지만 급격하고 강도 높은 변화는 혼란 및 파괴를 초래하게 된다.

적 상상력'이 요구된다는 것이다.[16] 이진아의 견해 중에서 두드러진 부분은 최근 생태학의 종합학문적 성격을 강조하면서 환경 문제 해결에 문학이 특별한 기능을 수행할 것이라고 예상하는 부분이다.

> 최근 학제적 접근inter disciplinary approach이라 하여 분야를 종합적으로 연계하여 사물을 보려는 학문적 노력이 진전되고 있지만, 인간이 사는 모습을 총체적으로 파악하고 전달하는 힘은 어느 학문 분야에서 기대하기 어렵다. 문학이야말로 이렇게 총체적으로 환경문제를 둘러싼 현재의 사회 상황을 생생하게 형상화해낼 수 있는 힘이 있다고 생각되며, 거듭 말하지만 환경문제를 해결하는 데 있어서 문학이 할 수 있는 역할이 대단히 크다고 본다. 그러나 환경문제에 본격적으로 관심을 갖는 문학인의 수는 별로 많은 것 같지 않다. 이것은 환경문제와 관련되어온 사람들, 즉 환경전문가나 환경운동가에게도 그 책임이 있다고 생각된다. 환경문제가 마치 환경계의 전유물인 듯한 결벽성을 보여온 점이 어느 정도 있기 때문이다.[17]

이진아가 강조한 문학의 총체성 부분은 최근 사회학 분야에서 환경에 대한 분석 작업에서 일어나고 있는 자각의 한 측면과 상통한다. 이는 환경적 조건을 해석함에 있어서 정치적·사회적·문화적 과정들을 주목하여 기존의 배타적인 접근방법이 지닌 한계를 극복하려는 것

....

16) 이진아, 앞의 글, 182면 참조.
17) 위의 글, 190면, 이 외에도 시의 언어가 미래에 대한 전망을 제시할 수 있다는 점에서 생태학적 의의를 강조하는 견해가 있다.
　　김우창, '문학의 옹호' - 말 많은 세상의 언어와 시의 언어, 《펜과 문학》, 1996, 가을.
　　이승하, '한국시의 새 지평을 찾아서', 《현대시》, 1997. 2.

이다.[18]

김용민은, 독일의 시인인 에리히 프리트의 예를 통해 이전보다 발전된 견해를 제시한다.[19] 현대 생태학의 발전상을 고려하여 생태론적인 의식을 '생태주의'로 지칭하며 사회주의나 자본주의처럼 어떤 특정한 정치적 이데올로기를 바탕으로 한 것이 아니라 생태주의에 의해 구성되고 조직화된 사회를 만들려는 모든 다양한 노력과 성찰이 들어 있는 문학을 '생태문학'이라 한다. "우리 주위의 환경이 급속도로 파괴되어 가고 있는 현실을 감안한다면 생태학이 생존을 위한 학문이 된 것처럼 생태학적 문학도 인류의 미래를 담당하는 문학으로 발전할 수 있"[20]다는 것이다.

시인의 작업이 그 시대에 전망을 제시할 수 있으리라는 기대는 최동호의 정신주의 주장과 관련해서 그 의의를 더할 수 있을 것이다. 최동호는 사회의 전망에 대한 모색 작업이 시인의 숙명적인 과업임을 밝히고 혼돈의 시대에 시인의 의의가 더욱 부각될 수 있음을 강조한 바 있다.

> 시인의 정신은 어떤 현실의 압력 속에서도 이를 시적인 용기(容器) 속에 담아내는 힘을 뜻한다. (…) 즉 무정형하게 떠도는 시대 정신의 핵심을 시적 언어로 치환시킬 수 있는 능력을 뜻한다. (…) 시인이란 명칭은 절대로 특권적인 것이 아니다. 오히려 이 모든 인간적 고통을 감내하고 객관화된 언어적 표현을 성취한 자에게 부여하는 잔인한 이름일 것이다.[21]

....

18) John A. Hannigan, *Environmental Sociology*(routledge, 1995), pp.30~31.
19) 김용민, '새로운 생태문학을 위한 시도'-에리히 프리트의 사회주의 생태시, 《현상과 인식》, 1993. 겨울, 11면. 참조.
20) 위의 글, 13면.

한층 더 나아가 정신주의 시의 목표를 "눈앞의 것만을 부정하고 비판하는 시각을 넘어서서 더 크고 넓은 역사 지평에서 창조적 주체가 되는 것"22)이라 주장하는 단계에 이르면 환경위기 시대에 정신주의 시의 목표와 생태시의 목표는 그 겹치는 부분이 더욱 커진다.23)

세 번째 흐름으로서 동양적인 것의 수용을 통해 생태문학의 성격을 확립하려는 움직임이 있다. 생태학적 자각은 동양적 사유의 현대적 계승에 대한 관심을 촉발시켰다. 이경호는24) 생태학적 대안을 모색하는 작업의 실마리를 동양적인 것에서 찾을 수 있으리라는 가능성에 주목하여 서구의 분석적 방식과 달리 자연을 인간을 위한 환경으로만 생각하지 않고 인간을 자연생태계의 일원으로 생각했던 先人들의 마음에서 대안의 한 방향을 찾을 수 있으리라 기대한다.

동양적인 것에서 대안을 찾는 시도의 구체적 사례는 정효구, 송희복, 홍용희, 박희병의 작업으로 이어지며 구중서와 도정일은 이러한 흐름의 추상성의 극복을 과제로 지적한다.

정효구는, 우주공동체적 세계관을 통해 생태문학의 구체적 가능성을 모색한다. 오늘날의 생태위기에 대한 근거로 지적되는 서양의 '인간중

....

21) 최동호, '서정시와 정신주의적 극복' - 1990년대 서정시에 대한 하나의 전망, 『삶의 깊이와 시적 상상』(민음사, 1995), 15~16면.

22) 최동호, '정신주의와 우리 시의 창조적 지평' - 1990년대 시의 전망을 위하여, 『삶의 깊이와 시적 상상』(민음사, 1995), 35면.

23) 성찬경도 현대문명의 폐해를 극복하기 위한 대안으로 정신주의를 내세운다. 성찬경, '한국 현대시에 나타난 문명관' - 물질에서 정신에로의 오솔길, 《현대문학》, 1993. 10.

24) 이경호, '풀무치의 눈에 보이는 초록의 길', 환경시집 『새들은 왜 녹색 별을 떠나는가』(다산글방, 1991), 서문.

심적 세계관'과 '물질 만능주의' 그리고 '기술 지향주의'를 극복하기 위해 '中庸의 태도', '老莊', '禪', '佛教的 태도'로서 '반인간중심주의'와 '우주공동체적 세계관'의 수립을 내세운다. 정효구가 말하는 세계관이란, 陰 또는 女性性의 힘이 보강된 것으로서 '慈悲', '사랑', '解脫', '無爲', '무소유', '불살생' 등으로 표출되는 것이다.

'생태학적 세계관'이란 것이 자연과 인간의 관계고리에 대한 인식을 전제로 한다고 했을 때 우주공동체적 세계관은 관계망을 이루는 영역을 지구 차원을 넘어 전 우주 차원의 것으로 확대한 것이다. 지구 차원을 우주 차원으로 확대한 것은 인간 중심주의를 궁극적으로 극복하기 위해서라고 한다. 정효구는 인간들이 무기체라고 여겨온 것들도 사실은 우주 속에서 그 나름의 기능을 다하며 생명을 가진 채 살아 존재한다고 하여 삼라만상 모두에 깃든 영성을 인정할 것을 주장하는 단계까지 나아간다.[25]

이상의 논리는 김지하의 생명사상의 영향을 받은 것으로 보이는데 '우주공동체'라는 것이 추상적인 개념일 수밖에 없는 현실이 논리의 추상성을 낳은 것 같다. 이 경우도 심층생태학과 마찬가지로 논리의 추상성에 대한 비판으로부터 자유로울 수 없을 것이다. 추상적 개념에 대한 신념은 일종의 종교적 신념과 통하는 것으로 볼 수 있으므로 현실적 대안을 구체적으로 제시함에 있어 어려움이 예상된다.

송희복은[26], 서정시는 자아와 대상의 동일화된 관계 속에서 불가해한 세계의 화음을 엿듣는 독특한 양식의 글이며, 화엄경은 뭇 생명들의

....

25) 정효구, '우주공동체와 문학', 《현대시학》, 1993, 9·10, 104면.
26) 송희복, '서정시의 화엄경적 생명 원리', 《시와 사상》, 1995, 겨울.

동체적同體的 관계 속에서 비밀스런 생명의 존엄성과 우주의 실상을 해명하고 있는 글이라는 점에서 근본적으로 서로 통한다고 한다. 인간과 자연 만물이 마찬가지로 존귀하며 서로 의존하여 세계를 이루어간다는 심층 생태학적 인식과 자연스럽게 이어지는 논리이다.

홍용희는27), 근대의 패러다임이 생태위기의 원인이므로 동학 사상을 중심으로 한 전통 사상을 창조적으로 계승하여 위기를 극복할 수 있다고 한다. "모든 개체, 입자, 물질, 육체 안에 살아 움직이는 우주 생명의 상호 관계성, 순환성, 다양성, 영성이 서로 관계를 맺으면서 상호 공명하고 생성하는 살림의 가치와 맥박을 재발견하고 되살리는 일"을 강조하는 부분를 보면 김지하의 논리28)에 크게 기대고 있음을 알 수 있다. 생태문학의 가장 중요한 본령으로 '생명원상의 세계의 복원'을 내세우지만 어떻게 복원할 것인지 여부가 여전히 과제로 남는다.

박희병의 작업29)은 이른바 동양적인 것에서 생태학적 대안을 찾고자 하는 일련의 시도들이 추상성을 극복하지 못하고 구체적인 실체를 지적하지 못하고 있음을 고려할 때 그러한 아쉬움을 극복하는 측면에서 소중한 성과라 하겠다. 그는 시적이자 미학적이며, 협소한 인간중심주의를 넘어 인간과 자연, 인간과 만물이 근원적으로 동일한 존재로서

----

27) 홍용희, '신생의 꿈과 언어', 《시와 사상》, 1995, 겨울.
28) 김지하는, 1990년 8월 14일 해월 최시형 선생 도통전수 제127주년 지일 기념 강연에서 동학의 후천개벽사상에 입각하여 현재의 위기가 진정한 개벽의 기회임을 강조한 다음, 우주의 생명을 자기 안에 회복시키며 모든 존재의 생명을 인정하고 공경하는 태도를 통해 생태적 질서를 회복시킬 것을 주장한 바 있다. 자세한 내용은 김지하의 작품과 함께 다루도록 하겠다.
29) 박희병, '한국 고전문학의 전통과 생태적 관점', 《창작과 비평》, 1995, 겨울.

'생생지리生生之理'에 따라 생명의 율동을 구가하고 있음이 우리 고전문학의 전통 속에서 강조되어 왔다는 점을 밝혔다.

박희병의 연구에 따르면 이규보는 장자莊子의 제물론적齊物論的 사유思惟에 연결된 것으로서 "만물이 근원적으로 동일한 존재라는 깨달음"에 도달하였고, 김시습은 생태계를 장엄한 생명의 장, 커다란 조화와 공생의 장으로 파악하고 사람과 만물이 동일하다는 천인감응설天人感應說을 주장하였으며 강백년은 인간과 만물이 일체요 저마다 하나의 주체라는 깨달음을 보였고 홍대용은 유가적·인간본위적 관점을 타파하고 사람과 物의 차별성이나 가치적 위계를 부정하고 근본적인 대등함을 설파하였다.

구중서는30) 동양적 사유체계에 기댄 일련의 논리가 자연을 강조하다보니 지나치게 반인간중심적으로 되었다는 점을 지적한다. 인간이 생태계의 큰 고리 안에 자연 만물과 함께 연계되어 있다는 점은 동의하지만 인간이란 존재가 스스로 선악을 판단하며 자살까지 하는 독특한 존재라는 점에서 다른 생명체와 다른 특수성을 인정해야 한다는 입장이다. 인간 문명이 낳은 결과 중 긍정적 측면을 인정할 수 있는 합리적 자세를 취함으로써 신비적 초월론을 극복해야 한다고 한다.

도정일도 구중서와 마찬가지로 문명에 대한 전면적인 부정은 실천 가능성이 희박한 순수 아이디어일 뿐이라고 비판하고 '문명의 재편'이 현실적이라는 견지에서 인간과 자연에 대한 생태학적 관계의 회복을 도모하는 문학교육 프로그램의 개발을 우선적으로 주장한다.31) 교육

....

30) 구중서, '문학과 생명운동', 『문학과 리얼리즘』(태학사, 1996).

31) 도정일, '시인은 숲으로 가지 못한다', 『시인은 숲으로 가지 못한다.』(민음사,

프로그램이라는 가장 구체적인 대안을 제시한 사례라 하겠다.

　네 번째 흐름으로서는 소설 중심의 논의가 있다. 정현기, 정호웅, 김동환 등은, 소설은 시에 비하여 구체적인 사례를 등장시킬 수 있기 때문에 생태학적 사회 비판 및 미래관을 제시하는 측면에 있어서 시보다 강점을 지니고 있다고 주장한다. 정현기는 물질적 풍요에 대한 집착으로 야기되는 갖가지 폐단을 소설 작품이 앞서 비판적으로 예시한 사실을 높이 평가한다. 김승옥의『霧津紀行』은 60년대 경제개발에 매진하던 사회 분위기 속에서도 미래가 그렇게 낙관적일 수는 없을 것임을 선구적으로 제시한 작품이고, 김원일의『도요새에 관한 명상』은 레이첼 카슨의『침묵의 봄』과 같이 환경오염의 폐해를 탁월하게 보여준 선구적 의미가 있다는 것이다. 조세희의『난장이가 쏘아올린 작은 공』은 70년대 산업화 사회가 낳은 인간의 소외를 풍자한 것이며 최상규의「어떤 조후兆候」, 박범신의 단편「그들은 그렇게 잊었다」, 노수자의 단편「나무도 아닌 것이 풀도 아닌 것이」등도 "'풍요'라는 이름의 배를 타고 떠난 근대화호가 어떻게 죽음의 항진을 계속하고 있는지를 성공적으로 보여"[32]주었다고 그 의의를 높이 평가한다.

　정호웅은 생태계 문제에 대한 문학적 수용이 소재 확장의 측면에 머무르지 말고 진정한 세계관의 수용이어야 함을 강조하고 박경리의『토지』를 분석하여 오늘의 생태계 문제를 야기한 '인간중심주의', '산업기술주의', '직선적 시간관'에 대한 작가의 비판이 작품 속에 어떻게

1994).

32) 정현기, '풍요號로 출발한 죽음의 항로 - 한국 현대문학에 나타난 환경문제', 《문학사상》, 1992. 11, 139면.

구현되었는지를 보여준다.33)

    김동환은 문학 특유의 감응력이 생태윤리관을 이끄는 계기로 작용할 수 있음을 들어 문학의 생태학적 의의를 주장하며 레이첼 카슨의『침묵의 봄』을 그 대표적 사례로 제시한다.34) 김동환이 생각하는 생태계 위기 극복의 관건은, 대중을 얼마나 설득할 수 있느냐 여부이다. 문학은 은유를 통한 주장으로서 감정과 이성 모두에 작용할 수 있는 강한 설득력을 지니고 있으며 보이지 않는 것을 보여줄 수 있고 "한 부분을 제시하더라도 그것을 통해 사회 전반의 모습들을 설득력있게 보여줄 수 있는 힘을"35)지니고 있는 것이 가장 큰 장점이라고 한다.

    이문구의『관촌수필』은, 우리의 내면 깊숙이 잠재해 있는 고향 의식을 통해, 그것을 그려냄으로써 생태계 문제에 접근할 수 있는 한 통로를 제공해 주었다는 의미를 지닌 작품으로 평가할 수 있고 김원일의『도요새에 관한 명상』은 레이첼 카슨의『침묵의 봄』처럼 생태계 문제에 대한 구체적인 접근법을 보여준 작품이라고 한다. 이 외에도 우한용의 『불바람』과 조세희의『난장이가 쏘아 올린 작은 공』, 한정희의『불타는 폐선』 등에 대해서도 환경문제의 세부적 문제를 직접 다룬 의미를 부여한다.

    용어 문제에 대해서는 '생태소설'이 적합하다는 견해를 밝힌다. '녹색소설', '환경소설' 등 여러 용어가 혼용되고 있지만 "당위성이 좀더

----

33) 정호웅, '녹색사상과 생태학적 상상력',《문학사상》, 1995. 12.
34) 김동환, '생태학적 위기와 소설의 대응력',《실천문학》, 1996, 가을, 220면 참조.
35) 위의 글, 222면.

강조되어야 할 방향성을 지닌 소설이라는 점을 중시하는 측면"에서 대안을 모색하는 생태학적 의의와 관련된 용어로서 '생태소설'이란 용어가 타당하다는 것이다.

1990년대 후반으로 접어들면서는 생태문학론이 본격적인 문학 연구의 무대에 자리 잡았고 생태학적 의의 측면에서 문학이 구체적인 대안을 제시하는 문제를 과제로 우선하게 된다. 바람직한 생태문학의 전제조건으로서 문학 자체에 대한 근본적 반성을 요구하는 목소리도 강화된다. 창작 성과가 축적됨에 따라 한국의 생태문학 작품의 내용에 바탕을 둔 논리를 세우려는 움직임이 나타났으며 '문학생태학', '녹색문학' 등의 용어를 사용하여 생태문학론을 포괄적으로 정립하려는 발전적 시도로 이어진다.

이희중은36) 생태학이 환경 재앙에 대처하기 위한 노력으로 인해 일종의 미래학적 의의를 지니게 되었음을 인정하면서도 그것이 어디까지나 자연과학적 성격을 탈피할 수 없다고 보며 생태문학의 가능성을 진단한다. 이희중이 보는 생태시의 문제 또한 생태론적 대안 모색으로서의 성과보다는 지나친 목적성으로 인한 문학성의 손상을 어떻게 방지할 것이냐 여부에 집중된다. 창작 지침에 따라 창작되는 도식성을 기대하여 제시하는 것이 아님을 분명히 한 가운데 창작 테제가 필요함을 주장한다. 그 테제는 문학성 확보를 강조하는 취지에서 생태시 창작 시 고려해야 할 테제37)이다.

....

36) 이희중, '새로운 윤리적 문학의 요청과 시의 길', 《현대시》, 1996. 5.
37) ① 문학적 형상의 본원적 아름다움을 포기해선 안된다.
    ② 위기의 진상을 주장하기 위해 흥분해선 안된다.
    ③ 위기의 진상에 대한 깨달음을 과장해서는 안된다.

생태문학론을 본격적인 문학 연구의 무대로 끌어들인 시도 중에서는 최동호의 작업[38]이 두드러진다. '생태시'에 대한 개념 규정이 확실하지 않은 점을 들어 '생태지향시'라는 용어를 쓰긴 했지만 생태시를 기존의 현대시사 분류 방식에 따라 '민중적 생태지향시', '전통적 생태지향시', '모더니즘적 생태지향시'로 분류하여 문학사 속에 수용하였다. 1970년대 초반 민중적 감성에 의한 현실비판의 시에서 출발한 생태시가 1990년대 후반으로 접어든 현재 특정 계파의 구별이 없이 여러 시적 경향들이 다양하게 반응하는 범문학적 쟁점으로 부상하였을 뿐 아니라 이미 문학사적 의미망 안에 포섭되었다는 입장이다.

1990년대 초반 환경위기의 심각성에 기대어 그 문제의 문학적 수용의 정당성을 주장하거나 외국의 이론과 작품에 기대어 바람직한 생태시의 면모를 더듬어보는 수준에 머물렀던 생태문학 논의의 위상을, 본격적인 문학론으로 끌어올렸다는 점에서 한국 생태문학론 연구의 뚜렷한 전환점을 이룬다.

논자의 생태학적 견해는, 심층생태학의 추상성을 비판하면서 인간의 특성과 기존의 문명이 낳은 긍정적 측면에 대한 선별적 수용을 인정하는 선에 자리한다. 생태학적 대안이 오늘의 과학기술주의를 능가하는

....

④ 적대의식을 과도하게 부각해서는 안된다.
⑤ 동화적이고 도식적인 구도로 문제를 단순화해서는 안된다.
⑥ 실천의 작은 명제에 갇히지 않아야 한다.
⑦ 문학의 전통과 미덕과 기제를 적극적으로 활용해야 한다.
⑧ 누구나 수긍할 수 있는 이상적인 세계를 꿈꿔야 한다.
38) 최동호, '문학과 환경', 「현대 한국 사회와 문학」(1996 문학의 해 기념 세미나 발표문), 1996, 6.

체계적 합리성을 갖추어야 한다면서 그 실현 가능성을 강조하고, 김지하의 논리가 지닌 추상성으로 말미암아 현실적 유효성이 떨어진다고 비판하는 부분에서 이를 확인할 수 있다.[39]

이숭원은,[40] 소설보다 시 분야에서 더 두드러진 성과가 나타나는 현상을 설명하기 위해 자아와 세계의 합일을 지향하는 시의 속성을 강조한다. 생태시가 발상의 전환을 유도하여 인간과 자연의 관계성에 대한 인식을 확장시킬 수 있음을 높이 평가하면서 목적성을 문학적 형상성으로 치환할 수 있는 시적 창조력의 중요성을 강조하고 신비주의적 대안의 추상성이 지닌 한계를 지적한다.

앞서 우주공동체론을 주장한 바 있는 정효구는, "자연도 그것이 신비화되기 시작하면 실제의 현실 속에 살아있는 구체적인 존재가 아니라 단순히 허황한 관념으로 전락해버릴 수 있다"[41]고 하면서 생태시의 추상성을 비판하고 바람직한 생태시 창작을 위해 시인 자신의 근본적 성찰 작업이 중요함을 피력한다.

정과리는, 문학의 오래된 본성인 '반성적 성찰의 기능'에 의존하여 생태위기에 대한 문학의 대응에 기대하는 입장이다. 한국 문학이 생태계 위기라는 역사적이고 현실적인 사안을 '생명'이라는 대승적 관점으로 치환해 파악하는 특성을 보여준다고 한다.[42]

생태문학론의 학술적 연구에 체계적으로 나선 이는 신덕룡이다. 그

39) 최동호, 위의 글, 264~269면 참조.
40) 이숭원, '생태학적 상상력과 우리 시의 방향', 《실천문학》, 1996, 가을.
41) 정효구, '최근 생태시에 나타난 문제점', 《시와 사람》, 1996. 가을, (신덕룡, 『초록 생명의 길』, 시와 사람사, 1997, 327면에서 재인용)
42) 정과리, '문학과 환경', 제1회 김달진문학제 기념문집 『불휘』, 1996. 11.

는 시 분야를 중심으로 기존의 생태문학 논의들을 정리하여 본격적인 연구의 기반을 마련하는 최초의 연구사에 해당하는 성과를 보였다.[43] 자신의 글을 포함한 주요 생태문학론과 생태시 선집을 엮어 『초록 생명의 길』(시와 사람사, 1997)이란 연구서를 내놓았는데 신덕룡이 '생태시'에 해당하는 용어로 잠정적으로 선택한 것은 '생명시'이다. '생태'와 '환경'이란 용어가 보이는 대비점을 넘어서는 제3의 용어로 '생명'을 제시한 것이다.

기존의 생태시론이 서양의 근대적 세계관을 극복하기 위해 동양적 세계관을 강조하는 것과 사회체제의 변혁을 중시하는 것으로 양분된다고 분석하고 앞서 소개한 김종철, 홍용희, 정효구, 송희복, 장석주 등의 글이 전자에 해당하고 도정일의 경우[44]가 후자에 해당한다고 보았다. 생태론의 주요 흐름을 심층생태론과 사회생태론으로 나눈 것과 거의 같은 맥락에서 이해할 수 있다.

신덕룡이 분석한 생명시 논의의 특징은 다섯 가지로 정리할 수 있다. 첫째, 정치적 변화와 밀접하게 관련되어 있다는 점. 둘째, 1990년대의 중요한 담론으로 부각하였고 생태계 위기의 근본 원인에 대한 견해에 따라 문학적 편차가 나타난다는 점. 셋째, 생태시 분류 기준이 시적 소재, 시인의 전망, 시적 대응에 따라 다르게 나타나므로 한층 정밀한 관찰과 폭넓은 합의를 바탕으로 한 분류가 필요하다는 점, 넷째, 목적성을 극복하기 위한 미학적 형상과 대상에 대한 진지한 접근이 필요하고

43) 신덕룡, '생명시 논의의 흐름과 갈래', 《시와 사람》, 1997, 봄.
44) 도정일, '풀잎, 갱생, 역사'-순환의 노래와 역사적 상상력, 《문예중앙》, 1993, 겨울.

윤리적 차원의 실천이 시인에게 요구된다는 점, 다섯 째, 시에 대한 다양한 명칭을 통일하는 작업이 필요하다는 점이다.[45] 아울러 정치 이데올로기의 시대가 물러나면서 생태론이 시대적 담론으로 부상한 점을 강조하면서 다양한 용어들의 특성과 자리를 규명하는 것과 생태 문학의 개념을 정립하는 작업이 절실함을 주장한다.

이상에서 살펴 본 바와 같이 한국 생태문학 논의는 1990년대로 들어서면서 집중적으로 전개되었다. 이는 경제 성장으로 인하여 삶의 질 차원에서 환경 문제에 대한 관심이 증대된 것과 정치 이데올로기가 쇠퇴하게 되었다는 사실이 생태학적 가치관의 대두를 이끈 것으로 이해할 수 있다.

생태문학의 의의를 강조하는 견해는, 자연과학의 일환이었던 생태학이 현대에 이르러 환경위기의 극복을 추구하는 종합 학문적 성격을 갖추게 되었다는 측면을 이해하기 시작하면서 본격적으로 주장된다. 생태학적 패러다임에 대한 문학적 수용이라는 맥락에서 문학의 생태학적 전환의 정당성을 주장하는 견해로부터 더 나아가 문학의 현대 생태학적 의의를 주장하는 쪽으로 발전한다.

생태문학의 작품성 여부에 있어서는 초기에 문학의 생태학적 전환이 가진 의의를 강조하는 계몽성 짙은 작품을 낳는 현실을 비판하는 목소리가 강하다. 그러나 환경위기의 극복에 기여하는 것이면서도 문학성을 살릴 수 있는 문학이어야 한다는 쪽으로 그 개념이 다듬어지는 것을 확인할 수 있다. 이 견해 역시 문학의 고유한 특성이 생태학적 대안을 모색하는 데 결정적으로 기여할 수 있다는 입장으로 발전한다.

....

45) 신덕룡, 앞의 글, 26~27면.

이른바 동양적 사유체계에 기반한 논의들은 생태학적 대안을 모색하
는 작업의 일환으로 제시되었으나 아직까지는 충분한 성과를 얻지 못
하고 있다. 이 문제는 앞으로 생태문학의 지속적인 발전을 통해 도달해
야 할 목표로 남아있다. 아울러 생태문학을 지칭하는 여러 용어들이
존재하여 혼란상을 보인 점과 시 분야에 비하여 소설 분야의 성과가
상대적으로 미약한 점 등도 남은 과제인데 생태문학론의 심화에 따라
해결의 실마리를 찾을 수 있을 것이다.

2 '생태문학'의 범주

한국의 본격적인 생태문학론의 성격을 고찰하기에 앞서 이 분야의
선진국이라 할 수 있는 미국과 독일의 경우를 먼저 살펴 볼 필요가
있다. 이는 우리의 수준을 점검하는 데 유용한 참조점을 제공할 수
있을 것이다. 이 내용은, 미국의 '문학과 환경 학회'를 주도하고 있는
쉐릴 그로트 펠티의 글 '환경위기 시대의 문학 연구'46)를 주로 참조한
것이며 독일의 경우는 앞서 소개한 바 있는 김용민과 이동승의 글47)을

....

46) Cheryll Glotfelty, Literary Studies in an Age of Envirinmental Crisis, *The
   Ecocriticism Reader,: Landmarks in Literary Ecology*, Ed. by Cheryll Glotfelty
   & Harold Fromm(The University of Georgia Press, 1996)
47) 이동승, '독일의 생태시': 그것의 이해를 위한 서론, 『외국문학』, 1990, 가을.
   김용민, '생태학 - 환경운동 - 환경·생태시', 『현대예술비평』, 1991, 겨울.
   김용민, '새로운 생태문학을 위한 시도': 에리히 프리트의 사회주의 생태시,
   『현상과 인식』, 1993, 겨울.

중심으로 하여 정리한 것이다.

미국의 경우 환경 문제에 대한 관심은 1960년대 이후 부각되었으나 그것의 문학적 수용은 1970년대에 이르러 개별적으로 이루어졌다. 그것은 생태문학이라는 주제 아래 결집된 것이 아니라 '미국학', '지역주의', '목가주의', '인간생태학', '과학과 문학', '문학 속의 자연', '문학 속의 풍경' 등의 주제로 다루어지거나 자연 친화적 작품을 창작한 특정 작가에 대한 작가론 형태로 이루어졌다.

환경 중심적 문학 연구는 1980년대 중반 촉발되었으나 1990년대 초에 이르러 본격적으로 이루어지게 된다. 1990년 네바다 주립대(리노)에서 문학과 환경에 대한 최초의 학사과정이 개설되었고 1992년 서부 문학 협회 정례 모임에서 문학과 환경을 다룰 새로운 모임인 '문학과 환경 학회'ASLE48)가 결성된다. 이 학회는 인간과 자연세계 사이의 관계에 대한 고려가 문학에 반영될 수 있도록 각종 사상과 정보의 변화를 도모하는 것을 목표로 한다. 출발부터 종합학문적 성격이 강한 학회이다. 이 학회는 실화實話에서부터 자연시가, 환경소설 외에도 인간과 자연 모두를 조명하는 것이라면 어떤 형태의 문학이라도 포용하는 입장을 취한다. 1993년에 이르면 생태학적 문학 연구가 하나의 비평적 학파로 자리잡는다.49)

생태비평ecocriticism이란, 문학과 물리적 환경 사이의 관련 양상에 대한 연구로 정의할 수 있다. 페미니스트의 비평이 남성적 의식에 기초한 문학과 언어를 다루고 맑시스트의 비평이 그 텍스트로부터 경제적 계

....

48) ASSOCIATION FOR THE STUDY OF LITERATURE & ENVIRONMENT
49) Cheryll Glotfelt, Ibid, pp. ⅹⅵ~ⅹⅶ.

급과 생산양식에 대한 경각심을 환기하듯 생태비평은 문학 연구에서 환경과 자연을 중시하는 태도를 보이는 것이라 한다.

생태비평은 다양한 세부 갈래에도 불구하고 인류 문명이 물리적 세계와 관련되어 있으며 서로 영향을 주고받는다는 것을 기본 전제로 하며 이론적 담론으로서 인간과 비인간 사이를 다룬다. 일반적인 문학 이론에 따르면 한 작품은 세계 혹은 더 구체적으로 사회의 반영물로 간주된다. 반면 생태비평에서는 작품이 반영하는 세계의 차원을 전 생태계를 포함하는 수준의 것으로 확장한다. 하지만 생태비평이 다루는 성향의 문학 작품에 대한 분류 작업은 아직 완전히 정립되지 않았다.

생태비평이란 용어는 1978년 윌리엄 루커트의 에세이 <문학과 생태학: 생태비평의 한 시도>에서 처음 제기된 것으로서 그 의미는 '문학 연구에 생태학적 개념들과 생태학을 적용하는 것'이었다.[50] 김성곤과 김욱동이 받아들이고 있는 '문학생태학'literary ecology이란 용어는 죠셉 미커가 제기한 것으로서 '문학 작품에 나타난 생물학적인 주제들과 관계들에 대한 연구'를 의미하는 것이었다.[51]

이러한 용어에 대한 규정 작업이 중요하다는 견해와 그렇지 않다는 견해가 상존하고 있지만 대체로 생태비평ecocriticism이란 용어가 선호되는 편이다. 그 이유는 생태비평적ecocritical, 생태비평가ecocritic, 생태시학 ecopoetics 등과 같이 관련 용어로 파생시키기 용이하고 간단하기 때문이다. 특히 생태eco라는 접두어는 생태학에서 나온 것으로서 인간의 문화

---

50) William Rueckert, Literature and Ecology, Ibid, pp.105~121.

51) Joseph Meeker, *The Comedy of Survival: Studies in Literary Ecology*(N.Y: Charles Scribner's Sons, 1974), pp.3-4.

와 물리적 세계 사이의 관계성을 강조하는 성격을 지니고 있으므로 기본적 취지도 바람직한 용어이다.[52]

생태문학은 생태학으로부터 생태계의 개념 뿐 아니라 사회에서의 시의 기능에 대한 은유로서의 에너지 흐름과 상호 관련성을 강조하는 태도 등을 도입한다. 생태비평가는 심층생태학으로 알려진 철학을 고려하며 심층 생태학의 인간중심주의에 대한 근본적 비판이 문학 연구에 가져올 연루를 탐구한다.[53]

독일의 경우는 '생태시'와 관련된 논의를 중심으로 살펴볼 수 있다. 이 용어는 마이어-타쉬Mayer-Tasch라는 정치학자가 1981년에 『직선들의 뇌우 속에서, 독일의 생태시』라는 사화집에서 처음으로 사용한 것으로서 '균형과 불균형, 節度와 무절제와 같은 생태학적 주제가 특별히 압축되어 표현되고 있는 시'를 지칭하는 것이었으며 점차 현 문명의 현실에 불만을 토로한 것으로 확대된다.

독일문학사에서도 '자연시', '환경시', '정치적 자연시', '현대적 자연시' 등 여러 용어가 등장하는 혼란상을 보였는데 대체로 마이어-타쉬가 내린 정의 이후에 생태시란 용어가 자리 잡는다. 구체적으로는 1970년대 이후 등장한 새로운 자연시의 경향을 설명하기 위해 차용하면서 자리를 잡았다. 그러나 이 개념은 한 작품이 문명 비판적이고 기술적대적인 전통과 결부되면서 현 문명에 대한 불만을 토로하기만 하면 그 작품의 생태학적 기반의 유무와 상관없이 생태시에 포함시켜야 하고 지금까지 창작된 모든 사회비판적 작품을 생태시에 포함시켜야 한

---

52) Ibid, pp. xviii~xix.
53) Ibid, p. xxiv.

다는 문제가 있다.

군터 로이스는 환경시와 생태시로 구분하는데 환경시로는 망가진 자연의 실상을 기록한 작품과 경제적·사회적 이데올로기와 관련된 것으로서 환경 파괴를 다룬 작품을 들었고 생태시로는 환경파괴를 극복할 수 있는 대체 프로그램을 제시하고 모색하는 작품으로 규정하였다.

생태시의 세부 갈래는, 파괴된 자연의 실상을 있는 그대로 고발하는 '정치적 자연시'와 환경 파괴를 불러일으킨 서구 문명과 사고방식을 비판하는 '사회 및 문명 비판시' 그리고 새로운 생산 유통 소비 질서를 주창하는 '대안적 문학'과 '반전·반핵문학' 등으로 분류할 수 있다. 전 지구적 차원의 사고와 미래 사회에 대한 대안적 프로그램을 모색해야 한다는 과제가 생태문학에 주어짐으로써 생태시의 영역이 넓어지게 된다.54)

에리히 프리트는 자신의 작품을 비롯한 동시대의 다른 생태문학 작품들이 문학적 다양성을 상실하였음을 비판한다. 생태문학 작품이 현재의 문제점을 지적하고 비판하는데 전념하느라 생태 중심주의의 유토피아 사회를 문학적으로 선취하여 보여주는 것 대신 구호나 당위성의 주장하는 것으로 떨어져 버렸다는 것이다. 이러한 계몽적 작품은 여론과 대중에게 생태위기를 인식시키는 측면에서 일정한 기여를 하였을 것이지만 생태학적 인식이 어느 정도 보편화된 시점에서는 새로운 방식과 주제를 모색해야 한다는 것이다.55)

....

54) 김용민, '생태학-환경운동-환경·생태시', 《현대예술비평》, 1991, 겨울, 77~ 81면 참조.

55) 김용민, '새로운 생태문학을 위한 시도': 에리히 프리트의 사회주의 생태시, 《현상과 인식》, 1993, 겨울, 11~29면 참조.

독일의 생태문학 개념은 현대 생태학의 성격과 깊은 관련이 있다. 1970년대 이후 등장한 초기의 생태문학 작품들은, 생태학적 인식을 확산시키려는 계몽적 성향을 띠면서 일정 정도의 성과를 얻은 것은 사실이지만 문학성이 떨어지는 한계를 보인다. 최근의 생태문학은 문학 고유의 감수성으로써 일상적 경험을 형상화해야 한다는 것과 생태학적 유토피아를 선취하여 제시할 수 있어야 한다는 과제를 지니고 있다.

본격적인 문학론으로서 생태문학론은, 이남호와 김욱동의 작업에서 시작된다. 기존의 성과를 자연스레 반영하여 둘 다 비슷한 시기56)에 제기된 것으로서 김욱동은 '문학생태학'으로 이남호는 '녹색문학'으로 자신의 생태문학론을 규정하고 있다.

김욱동은 주로 미국의 이론을 참고하여 '문학생태학literary ecology'을 주장한다. '사회생태학'이 사회를 생태학적으로 분석한 결과이며 '심층생태학'이 철학을 생태학적으로 본 것과 마찬가지로 문학을 생태학적으로 보는 것으로서의 '문학생태학'을 주장한다. 이러한 견해는 엄밀한 의미에서 생태학을 문학에 적용한 것으로서 문학론의 한 갈래라기보다는 생태학의 한 분야로서의 성격이 강하다.57) 앞서 미국의 경우를 정리하면서 살펴 본 바와 같이 '생태비평'이란 용어가 '문학생태학'이란 용어보다 문학론의 성격이 더 강한 것으로 이해할 수 있다.

결국 김욱동의 '문학생태학' 개념은 순수한 문학론이 아니라 생태학

56) 이남호의 '녹색문학을 위하여'는 《포에티카》 1997, 겨울호에 발표되었고 김욱동은 1997년 10월 이후 《현대시학》의 지면을 통해 연재한 내용을 포함하여 『문학생태학을 위하여』(민음사, 1998)를 상재하였다.

57) 김욱동, 『문학생태학을 위하여』(민음사, 1998), 32면 참조.

적 관점에서 문학을 새로이 재단하는 것으로서 문학과 물리적 환경 사이의 관련 양상에 대한 연구로 규정할 수 있다.[58] 저자가 밝히는 문학생태학의 관심 분야만 하더라도 기존 장르가 생태학적으로 생존 가능한 것인지를 검토하는 것, 문학의 장르 개념을 확장하여 자연과 환경에 관한 문학을 체계적으로 분류하는 것 그리고 생태학적 세계관과 관련하여 특정 장르의 의미를 새롭게 밝히는 것 등이 있다. 따라서 문학과 장르 자체의 생태를 연구하는 생태학적 성격이 강한 것을 확인할 수 있다.[59]

김욱동은 '문학생태학'이 문학론이라는 주장도 하였기에 이해의 혼란을 초래할 우려가 있다. 그는 '환경문학'은 생태환경오염이나 자연의 파괴를 고발하는 문학으로 규정하고 생태문학은 생태의식을 불러일으키는 쪽에 관심을 기울이는 문학으로 규정한 다음 이 두 가지 문학에 더하여 자연을 소재로 한 '자연문학'까지 포괄하는 의미로서 '문학생태학'을 주장한다. 여기에 더하여 다시 이를 '녹색문학'이라 불러도 무관하다는 견해를 밝히는 것이다.[60]

이러한 주장을 검토해보면 '생태학적 문제의식을 수용한 문학'과 '문학의 생태를 연구하는 생태학' 사이의 미세한 차이를 정확히 구분하지 않고 진술하였음을 알 수 있다.[61] '문학생태학'에 포함된다고 제시한

---

58) 김욱동의 견해보다 더욱 생태학적 입장에 가까운 논리는 채수영의 『문학생태학』(새미, 1997)에서 찾을 수 있다.
59) 김욱동, 앞의 책, 279면 참조.
60) 김욱동, 앞의 책, 39면 참조.
61) 문학생태학은 생태학이 아니라 생태주의의 표현일 수 있다고 한다. 앞의 책, 33면 참조.

'환경문학', '생태문학', '자연문학'이란 개념 또한, 한국의 현실에서 확실히 규정된 것이 아니고 저자가 규정한 내용도 그대로 인정하기에도 타당성에 문제가 있는 것으로 보인다.

'환경운동'의 이미지 때문에 환경문제를 직접적으로 다룬 작품을 '환경문학'으로 간주하는 입장에는 어느 정도 동의할 수 있으나 '생태문학'을 생태학적 자각을 추구하는 것으로 한정하는 견해는 그 설득력이 떨어진다.

문학에서 '생태문학'이란 용어는, 앞서 소개한 '환경문학'까지 포함하는 것으로서 문학의 바람직한 생태학적 면모를 규정하기 위해 시험적으로 지칭된 용어이거나 자연과학인 생태학의 이미지를 지적하기 위해 사용되었을 정도이다. 그럼에도 불구하고 김욱동은, '환경'이란 용어가 지닌 인간중심적 성격을 지적하여 '생태'란 용어와 구분하는 생태학의 기본 인식을 그대로 수용하여 문학의 분류에 적용하고 있다.

'자연문학'의 경우는 미국문학의 전통에서 자리하고 있는 'natural writting'이란 용어를 번역한 것으로 보이는데 문학의 보편적인 용어로 받아들이기에는 미국적 성격이 너무 강하다는 점을 지적할 수 있다. 미국문학에서는 서부지방을 중심으로 하여 광활한 대평원과 수려한 자연경관을 직접 소재로 취한 자연문학 작품들이 오랜 전통을 이루고 있다. 최근 생태비평의 대두를 계기로 하여 자연의 장소와 문학의 직접적 관계에 대한 관심을 새롭게 부각시키고 있는 장르로서의 의미가 부각되고 있다는 점을 고려할 때 상당히 미국적인 의미의 용어라 하겠다.[62)]

....

62) Cheryll Glotfelty, Ibid, pp.xii~xx.

김욱동의 '문학생태학'은, 그 문학론적 성격에 대해서는 혼란의 여지가 있지만 기존의 문학론에 대한 근본적인 비판과 혁신을 강조하기 위해 생태학적 시각으로 문학을 본다는 문제의식이 반영된 포괄적인 범주의 용어로서 이해하는 것이 자연스럽다. 지금까지의 문학이 과연 친생태적이었는지 여부를 문제로 삼으며 문학의 반생태적 태도를 비롯하여 근본적인 반성이 필요함을 강조하는 부분도 저자의 의도를 짐작할 수 있는 부분이다.

> 이상하게 들릴는지 모르지만 생태위기를 가져오는 데 문학도 한 몫 톡톡히 맡았다. 동양이나 서양을 가르지 않고 지금까지 적지 않은 문학가들이 자연에 대한 인간 지배를 아주 당연한 것처럼 여겨 왔다. 또한 인간이 자연과 비교하여 도덕적으로나 지적으로나 더 낫다고 보았다. (…) 이 세계에는 인간의 삶보다 훨씬 더 중요한 어떤 초월적 질서나 추상적 관념이 존재하고, 이 질서나 관념을 위해서라면 기꺼이 고통 받거나 심지어 목숨을 바쳐야 한다는 믿음도 생태 의식과는 거리가 멀다. 비록 간접적이나마 이러한 태도는 자연을 지키고 환경을 보호하는 데 부정적인 결과를 낳았다.[63] (생략, 인용자)

칼 헌들의 세 가지 담론 개념인 '규제적 담론', '과학적 담론', '시적 담론'[64]을 소개하면서 시적 담론의 특성에 기대어 생태위기의 극복을 전망하는 부분은, 필자가 앞서 생태문학이 생태학적 성과를 이끌어내

---

63) 김욱동, 앞의 책, 20~21면.
64) Cael G.Herndle & Sturt C.Brown, 'Introduction', *Green Culture: Environmental Rhetoric in Contemporary America*, ed. by Carl G. Herndle and Sturt C Brown(Madison: University of Wisconsin Press, 1996) pp. 10-12.

90

는 측면을 설명하면서 법규의 제약과 윤리적 논변의 효과를 넘어서는 개인적 체험의 의의를 강조한 내용과 같은 맥락으로 이해할 수 있다.

> 그 영향력으로 보나 그 효과로 보나 생태 의식을 불러일으킴으로써 자연을 보호하고 환경을 지키는 일에 있어서는 역시 시적 담론이 과학적 담론이나 규제적 담론보다 훨씬 더 중요하다. (…) 예술가의 정신은 마치 초음파로 소리를 알아차리는 박쥐의 레이다와 같아서 시대가 안고 있는 문제를 민감하게 포착할 뿐만 아니라 그것을 좀더 설득력 있게 표현한다.[65] (생략, 인용자)

칼 헌들이 규정한 세 가지 담론의 내용을 보자면 첫째, '규제적 담론'은 환경 정책을 세우고 결정하는 제도의 담론으로서 자연을 보다 유용한 사회 복지를 위한 자원으로 여기는 입장을 취한다. 둘째, '과학적 담론'은 환경 과학자들이 주로 쓰는 특수한 담론으로서 자연을 과학적 방법론이 만들어 내는 지식의 대상으로 간주한다. 셋째, '시적 담론'은 문학예술가들이 자연의 아름다움이나 가치 또는 정서적 힘을 말할 때 쓰는 담론으로서 자연을 영혼이나 초월적 존재로 간주한다. 이들 세 담론은 상호 보완적 관계를 이룬다.

'시적 담론'을 통해 시대가 안고 있는 문제를 포착하고 설득력 있게 표현할 수 있다는 논리는 앞서 소개한 바 있는 것으로서 문학예술의 생태학적 대안 모색의 의의를 강조하는 주장들[66]과 함께 생태문학의

....

65) 김욱동, 앞의 책, 30~31면.
66) 박이문, '생태학과 예술적 상상력', 《현대예술비평》, 1991, 겨울.
   이진아, '한국 사회와 생태학적 상상력', 《실천문학》, 1996, 가을.
   김동환, '생태학적 위기와 소설의 대응력', 《실천문학》, 1996, 가을.

의의를 내세우는 견해에 해당한다.

　이남호는 환경위기를 계기로 생태학과 문학이 관계를 갖게 되었음을 밝히고 문학 자체의 녹색성을 강조한다. 녹색문학이라는 말에서 '녹색'은 포괄적인 지향성을 의미하는 것이다. 그의 주장은 문학과 생태학 이론과의 관계에서부터 대중소비문화와의 관계에 이르기까지 폭넓은 영역을 다루며 여러 측면에서 녹색문학의 성격을 규정한다. 그 결과 일반적인 문학론의 영역을 넘어 인문과학적 성격의 논리를 이루고 있다.

　'문학은 녹색이다'라는 화두는, 문학 본연의 긍정적 속성을 잘 살리면 생태위기 시대에 바람직한 문학의 기능을 수행할 수 있다는 견해를 함축하고 있는 것으로 이해할 수 있다. 녹색문학이 녹색가치와 녹색미학의 아름다움에 대한 민감한 감성을 일깨워 물질문명적 삶의 황폐화에 대한 항체로서 기능한다는 주장을 고려하면, 녹색문학의 의의는, 생태학적 자각을 직접적으로 이끌어내기보다는 감각과 미학의 건강성을 회복시켜 녹색이념에 기여하는 것으로 찾을 수 있다.[67]

　'녹색문학'이라 할 때 '녹색green'이란 접두어는 '생태eco'라는 말에 비

....

크리스 브라이트, '기후변화와 생태환경', 『지구환경보고서 1997』(뜨님, 1997)

Ernst Gellner, crisis in the Humanities and the mainstream of philosophy, *Crisis in the Humanities*, ed by J H. Plumb, Harmondworth(Penguin, 1964).

John A. Hannigan, *Environmental Sociology*(routledge, 1995).

앞서 소개하지는 않았으나 애런 게르도 생태학적 상상력을 통하여 사람들의 생태학적 실천을 이끌 수 있음을 강조하는 견해를 펼친다. Arran E. Gare, *Postmodernism and the Environmental Crisis*(Routledge, London, 1995) pp. 107~144.

67) 이남호, '녹색문학을 위하여', 《포에티카》, 1997, 겨울, 21면 참조.

하여 참신한 이미지를 갖고 있으며 현재 다양한 분야에서 활용되고 있는 것이 특징이다. 현재 '녹색'이란 말은 독일의 '녹색당'과 한국의 '녹색운동연합'이란 정치적 단체의 명칭이 주는 정치적 성격 외에도 상업주의적 성격까지 지니고 있다. 특히 소비자에 대한 상품의 친화력을 높이기 위한 방안으로 각종 제품의 이름에 부여되고 있을 뿐 아니라 심지어 녹지를 훼손하여 건립되는 각종 시설에도 사용되는 실정이다. 그러므로 '녹색문학'이라고 하는 경우, 생태론 내부에서 야기되는 다양한 이론의 편차와는 일정한 거리를 유지한 상태에서 생태주의적 경향을 미학적으로 수용하였음을 의미하는 정도로 받아들이는 것이 타당하다.

이남호는 문학을 사랑하는 입장과 자연을 사랑하는 입장의 공통점에 기대어 생태위기의 시대에 문학인으로서 어떻게 처신할 것인가에 대하여 한 방향을 제시한다. "약한 인간중심주의'를 인정하는 것이 비인간중심주의를 무조건 주장하는 것보다 더 사려 깊은 태도"[68]라는 견해는 극단적인 대안이 추상적 당위론에 빠지는 것을 우려한 태도로서 문인의 생태적 처신에 대한 구체적 방안으로 기여할 수 있을 것이다.

녹색문학의 중요한 덕목으로 제시한 자연에 대한 '염치의 마음'[69]은 한 존재가 자신의 목숨을 유지하기 위해 섭취하는 다른 생명체에 대한 부담감과 성찰을 뜻한다. 지구상에 존재하는 어떤 생명체라도 자신의 생명을 유지하기 위해서는 다른 생명체를 섭취해야만 한다. 이러한 섭식의 관계로부터 자유로운 생명체는 없다. 자신의 생명을 존중하는 것과 마찬가지로 다른 생명의 소중함을 존중한다고 할 때 궁극적으로

....

68) 이남호, 앞의 글 28면.
69) 위의 글, 31면.

해결해야 하는 것이 바로 섭식의 관계이다. 어차피 다른 생명을 취해야만 하는 것이라면 최소한의 필요량으로 제한하면서 희생된 생명에 대하여 염치의 마음을 가지는 것이 현실적일 수 있다.

이남호가 녹색비평의 과제로서 제시하는 세 가지는 다음과 같다. 첫째 문학 작품 속에 나타난 자연과 생태 의식을 밝히는 일, 둘째 문학사에서 비교적 소외되었던 작품들 가운데서 녹색가치와 미학을 구현하고 있는 작품들을 발견하고 재평가하는 일과 현재의 녹색문학에 문학사적 의의를 부여하는 일, 셋째 녹색문학론을 이론적으로 확립하는 일[70]이 그것이다. 생태문학론이란 이 중 세 번째 단계에 속하는 것이면서도 내용적으로는 앞선 두 단계의 내용을 포함하고 있는 셈이다.

'녹색비평'에 대해 언급한 부분에서는 문학론 고유의 성격이 강하게 나타난다. '녹색비평'의 목적을 녹색가치를 명시적으로 강조하고 '생태 의식의 계발'을 논리적으로 설득하는 것으로 정의한다. 이는 생태의식의 계발을 시도한다는 점에서 녹색사상과 공유하는 면이 많지만 어디까지나 문학에 대한 깊은 이해 위에서 문학을 중심 매개로 하여 그러한 주장을 하는 것이라고 함으로써 문학론적 성격을 보강한다.[71]

앞서 언급한 녹색비평의 과제 중 세 번째 '녹색문학론'을 이론적으로 확립하는 것은, 포괄적인 의미에서의 녹색문학이 아니라 문학론으로서의 각론을 확립해야 한다는 의미로 이해할 수 있다. 이 지점에서 지금 다루고 있는 '생태문학론'과 '생태시'의 개념 욕시 문학론으로서 생태학적 자각을 수용한 것을 의미한다는 점을 다시 한 번 강조하고자 한다.

....

70) 위의 글, 46면 참조.
71) 위의 글, 46면 참조.

'생명문학론' 또는 '생명시학'이란 말은 김지하의 생명사상에서 나온 용어로서 김지하가 스스로 제기하였다기보다는 평자들이 김지하 문학의 특성을 언급하는 과정에서 자연스럽게 도출된 용어이다. 김지하의 생명사상은, 동학의 시천주侍天主 사상과 강증산의 후천개벽後天開闢 사상을 중심으로 그 사상 체계를 잡아나가고 있다. 동학의 사상 체계를 중심으로 하여 그 위에 불교, 기, 역, 미륵 사상 등과 같은 토착사상에서부터 최근의 생태철학과 신과학의 학문적인 성과까지 포괄하여 독특한 사상 체계를 형성하고 있다.72)

김지하는, 환경위기를 동학에서 말하는 後天開闢의 기회로 간주한다. 환경위기를 극복하기 위해 생명 존중의 논리가 더욱 부각되어 전파될 것이며 그 결과 한편으로 생명 존중의 논리를 세우고 다른 한편으로 환경위기도 극복할 수 있으리라 기대한다. 여기서 '생명'이란 용어를 선택한 것은 '환경'과 '생태' 모두 한계가 있는 것으로 보기 때문이다. '환경'이란 말은 원래 인간중심적인 사상에서 비롯된 것이라는 점에서 적합하지 않으며 '생태'라는 말은 생태학이 무기물의 생명성을 인정하지 않는다는 점에서 모든 존재의 생명성을 이해하지 못하므로 적합하지 않다는 것이다.

김지하의 생명론은 인간 아닌 존재에 대한 사랑과 존중의 태도를 강조한다.73) 이는 인간중심적 패러다임을 비판하는 측면에서는 강점이 있으나 이러한 입장을 수용하려면 무기물을 포함한 모든 것의 생명

---

72) 김은석, '김지하 문학 연구 - 생명사상을 중심으로', 중앙대 석사논문, 1996, 2면 참조.
73) 김지하, '생명 사상·생명 운동이란 무엇인가', 『생명과 자치』(솔, 1996), 45면 참조.

성을 어떻게 이해할 것이냐의 문제와 모든 존재를 존중한다면서 우리
자신의 삶을 위해 타 생명을 섭취하는 것은 어떻게 이해할 것이냐의
문제와 같은 난제를 풀어야 할 것이다.

김지하가 말하는 생명의 패러다임은, 모든 존재를 서로 서로가 연결
된 우주적 차원의 관계 그물망 속에서 파악하려는 관점을 지닌다. 이는
생태론의 기본 인식과 상통하는 것이지만, 관계망의 차원이 지구 차원
에서 우주적 차원으로 확대되었다는 차이가 있다. 김지하가 주장하는
관계성은 모든 존재에 대한 존중을 강조하면서도 인간의 우월성을 인
정해야 한다는 점에서 특징적이다. 여기서 인간의 우월성은 우주의
거대한 차원 변화에 대하여 창조적 개입을 하는 존재라는 점을 강조하
는 것으로서 자연을 착취할 수 있는 권리를 지닌 존재로서의 우월성이
아니라 생명의 원리와 관계성을 바람직하게 이끌 존재로서의 우월성을
의미한다.[74]

김지하의 '생명론'은 그 내용이 종교적 신념의 차원으로 전개되는
성향이 강하여 '구체적 대안'으로서 그 실체가 명확히 떠오르기 어렵다
는 한계가 있다. 여기서 '구체적 대안'이란 앞서 생태론과 윤리적 과제
를 언급한 부분에서 지적한 바와 같이, 생태학적 모색의 결과가 구체적
으로 실효를 얻으려면 개인의 생태학적 자각에 입각한 현실적인 실천
이 있어야 한다는 점을 강조하는 의미에서 사용한 용어이다. 생태학적
대안 내지 윤리관이 개인의 현실적 실천을 유도할 수 있으려면 구체적
인 설득력을 갖추어야 할 것이다. 김지하가 생태 문제 해결을 위한
조건으로 제시한 것은 초인적 노력에 의해 모두가 바람직한 방향으로

----

74) 위의 책, 110면 참조.

실천하는 것이다.

> 인간 영성의 자유로운 창조적 활동의 추동성, 자주적 창조력에
> 그 기본이 있는 것이지, 현상과 같은 과학적 체계를 동원한다고
> 하여 지구를 외과적 치료로 뜯어고치는 방법으로 지구를 살릴 수는
> 없는 것입니다. (…) 우리 모두가 초인적인 노력으로 그 방향을 자아
> 집중하여 그러한 중심과 가치와 창조적 자유를 인식하고 모셔서
> 실천하는 방향으로 개인적 집단적 각자 각자의 자발적 노력이 이루
> 어져야 한다는 것이 유일한 조건입니다.[75] (생략, 인용자)

개인의 자각이 중요하고 자발적으로 이루어져야 한다는 점을 강조하
는 부분을 이해하기 위해서는 김지하가 현대 사회의 바람직한 운동성
에 대하여 언급한 내용을 참고할 필요가 있다. 그는 "오늘날처럼 개인
이 중요하고 개인의 인권과 가치가 최고도로 높여지기를 바라는 개성
시대에 진정한 시민 운동은 그 개인의 자율성의 최대치를, 그 자유의
최대치를, 즉 그 자유의 만개를 보장하고 존중하며 그것을 유도하는
형태로서의, 자율적 사회화에 자각적 촉매로서의 운동일 수밖에 없"[76]
다고 한다. 이처럼 모든 이의 자율성과 자유가 최대치를 보장받을 수
있다는 견해는 그러한 상황이 현실적으로 가능하다면 진정 바람직한
일일 것이지만 현실성을 낙관하기 어렵고 이러한 태도가 개인의 다양
성을 근본적으로 몰각한 것일 수도 있다는 점에서 한계가 있다.

김지하의 논리는 이상적 깨달음으로서는 인정할 수 있으나 현실에
적용하기는 상당히 어렵다. 생명론의 생태학적 측면에 있어서도 기존

---

75) 김지하, 앞의 책, 218~219면.
76) 위의 책, 158면.

의 논의가 지닌 부정적 측면을 극복하는 방향을 제시하는 데는 효과적
일 수 있을 것이지만 그러한 방향으로 나아가기 위한 실천 지침을 제시
하는 측면에 있어서는 개개인의 이해관계를 해소가기 쉽지 않을 것이
다. 예를 들어 김지하의 생명 사상을 제대로 이해하기 위해서는 동학의
종교적 신념을 먼저 수용해야 한다면 다양한 개인에게 효과적으로 수
용될 것을 누구도 확신할 수 없을 것이다.

　김지하의 '생명문학론'은 그 내용의 충분한 이해가 쉽지 않은 것이긴
하지만 생태학적 의의를 지닌 것으로서 자기 논리를 어느 정도 확보한
것이라 하겠다. 현대 생태학이 도달한 성과와 한계를 한편으로 인정하
기도 하고 다른 한편으로 지적하면서 보다 바람직한 방향을 모색하고
있는 것이다. 앞서 생태문학 논의의 전개 양상을 다룬 바와 같이 이
논리는 정효구와 홍용희의 생태문학론에 영향을 끼쳤다.

　지금까지 살펴본 바와 같이 생태문학과 관련된 논리로서 제 나름의
논리를 지닌 것으로는 '문학생태학'과 '녹색문학론', '생명문학론'이 있
다. '문학생태학'은 생태학의 시각으로 문학의 근간에 대한 전면적 재
검토를 요구하고 있으며 문학의 생태를 다각도로 점검한다는 점에서
문학론의 영역을 넘어서는 포괄적인 이론이라 하겠다.

　'녹색문학'은 심층생태학의 세계관과 닿아있는 가치관에 따라 문학
의 고유한 성격이 녹색임을 들어 문예학적 측면까지 확장한 논리로서
일반적인 문학론의 수준을 포용하는 광의의 개념이다. 이 연구가 다루
고 있는 생태문학은 녹색비평의 한 갈래에 해당하는 것으로 문학론
고유의 성격을 존중하는 것이다.

　'생명문학'의 경우는, 생명의 존중이라는 점에서는 강점을 지니고
있고 자기 나름의 논리가 강한 편이다. 특히 한국의 독창적인 논리라는

성격도 강하다. 다만 동학이라는 종교적 신념의 논리로 뒷받침되는 측면을 '깨달음'으로서의 의미를 넘어 현실적으로 어떻게 받아들일 것이냐의 문제가 과제로 남는다.

이후 논자들은 용어의 정의에 직접 나서기보다는 체계적인 개념 규정 작업의 필요성을 지적하면서 생태문학 작품 자체의 생태학적 의의를 논하거나 구체적인 생태학적 대안을 모색하는 측면에 대한 관심을 피력한다. 독일이나 미국의 경우에서 볼 수 있듯이 용어에 대한 개념 규정 작업이 이루어지면 생태문학 연구의 본격적인 움직임이 활발해질 수 있을 것으로 기대된다.

다음의 인용문은, 생태문학에 대한 정확한 개념 규정이 이루어지지는 않았지만 현재 어느 정도 무형의 합의를 바탕으로 의사소통이 이루어지고 있음을 보여주는 사례이다. 인용문의 저자가 '생태문학', '녹색의 문학', '환경문학'이란 용어를 동시에 구사하였지만 독자가 저자의 논지를 파악하는데 별 문제가 없는 것을 확인할 수 있다. 여기서 흥미로운 사실은 각 용어가 동의어로 사용된 것이 아니라 다른 용어와의 비교를 통해 변별성을 확보하는 양상을 보인다는 점이다. 이러한 사실은 '생태문학'의 개념을 규정하는 부분에서 언급한 여러 용어들의 성격을 고려하면 더욱 분명하게 확인할 수 있을 것이다.

결국 앞으로 우리의 사고가 종전의 포스트 모더니즘이나 민중의식, 리얼리즘 같은 것으로부터 건강성을 찾으려면 **생태문학** 쪽으로 나아가야 한다고 생각했습니다. 그때 제가 탐색한 바에 의하면 그 나름의 철학적인 사고와 논리를 갖고 있는 것은 박경리 선생이나 김지하, 정현종씨 등의 작품이라고 생각했는데 그때도 역시 저의 생각은 이런 분들의 생각이 현대적 상황에 맞는 것이어야 하는데 그분들의 논리는 당위적인 차원의 것이 아닐까 여기서 좀더 철학적으로 이것을 뒷받침하는 논리를 찾아야 한다는 것이었습니다. (…) **환경문학**이라는 것이 해체시니 포스트 모더니즘이니 하며 자폐적이고 병적이며 소모적인 불구화된 문학에서 나와 건강성을 부여하는 **녹색의 문학**으로 나아가야 한다는 것입니다. 다만 이런 것도 철학적이고 심오한 사상이 밑받침된 것에서 나올 때만이 **환경문학**이 우리 문학의 중심권에서 새로운 세계를 선도하는 문학이 될 것입니다.[77] (강조, 생략, 인용자)

정순진은 용어를 정의하는 문제에 얽메이지 않고 생태시의 바람직한 면모를 모색한다. 모두가 어울려 존속할 수 있는 공존의 윤리가 중요하다고 하면서 이를 위해 동양적 사유가 도움이 될 것으로 예상한다. 이 경우 문제는 동양적인 것의 추상성을 극복하는 것이라고 한다.[78]

위대한 문학은 감동을 통해 태도의 변화를 가져온다는 괴테의 말을 인용하면서 생태문학의 생태학적 전망 모색의 의의를 높이 평가한다. "당위적 진술은 지식에 그치지만 문학은 구체적 형상화를 통해 촌철살인 같은 감동을 줄 수 있다. 고래로 수많은 사람들이 간접적일 수밖에 없는데도 불구하고 문학이 갖는 설득과 교화의 힘을 높이 평가하는 이유가 바로 여기에 있다."[79] 아울러 현실적으로 바람직한 수준의 작품이 없다는 점을 지적하면서 시인의 분발을 권유하는 데 생태문학이

----

77) 최동호, '특별 대담, 21세기 문학을 향하여', 《문학과 의식》, 1998, 봄, 32~3면.
78) 정순진, '순환의 질서를 위하여'-현대시와 생태윤리, 《녹색평론》, 1998. 7-8. (1998. 5. 29. 용인대, 제6회 한국 비평문학회 세미나 '21세기와 생태주의 문학' 발표문)
79) 위의 글, 84면.

생태학적 대안을 제시할 수 있도록 발전해야 한다는 점을 다시 한 번 확인할 수 있는 부분이다.[80]

박진환은, 21세기적 위협에 대처할 수 있는 정신적 능력이 마련되지 못하였기 때문에 '녹색시학'이니 '생명시학'이니, '생태주의문학'이니 하는 용어만 선행했을 뿐 그 방법론으로서의 시법詩法이 아직 정립되어 있지 못하였다고 분석한 다음 진정한 생태문학을 위해서는 소재주의적 한계를 넘어 생태학적 패러다임이 수립되어야 함을 주장한다.[81]

생태시가 전망을 제시하는 면과 관련해서는 시와 종교의 등가성을 주장한 괴테, 시가 결국 신화적 평가에 의존한다는 엘리엇, 시인이 전망을 제시하는 특성이 있음을 강조한 알레베스의 경우를 들어, 생태주의 문학이 구원의 역할로서의 정신적이고 내면적인 힘을 발견할 수 있을 것으로 기대한다.[82]

지금까지 1990년대 들어 한국문단의 중심 주제로 부상한 생태문학 논의의 전개 양상을 살펴보았다. 그 결과 생태학적 세계관을 반영한

....

80) 한만수도 생태문학이 제시하는 생태학적 대안의 모습을 기대하면서, 충격적 고발에 그치지 않고 근본적인 문제의식으로 독자를 유도할 수 있는 작품을 요구한다.
　(1) '넘치는 비판, 아쉬운 대안', 《녹색평론》 1997. 5-6.
　(2) '뽕나무에 세 번 절하고', 《녹색평론》 1998. 5-6.
81) 박진환, '存在·生命 위기의식과 구원의식' - 시를 중심으로 박진환,《문예운동》, 1998, 가을, 222면 참조.
　송명희도 김원일의 『도요새에 대한 명상』을 생태학적으로 분석하면서 생태주의가 일종의 정치 이데올로기로서 21세기적 대안을 수립해야 함을 주장한다. (「도요새에 대한 명상」과 에코페미니즘, 《문예운동》, 1998, 가을.)
82) 위의 글, 223면 참조.

문학을 지칭하는 용어로서 '생태문학', '환경문학', '생명문학', '녹색문학', '문학생태학'이란 명칭이 혼용됨을 알 수 있었다.

'환경문학'은 '환경'이란 말이 근원적으로 인간중심적 성격을 지니고 있고 '환경보호운동'에서 연상되는 사회운동적 성격을 지니고 있다는 점에서 생태학적 문학을 지칭하는 용어로서는 한계가 있다.

김지하가 주창한 '생명문학'은 생태학의 기본인식 중 인간과 인간 아닌 존재와의 관계성과 생명성을 강조하고 심화시키는 데 강점이 있다. 기존의 논리에 대한 반론과 그 대안적 방향을 주장하고는 있으나 그 내용에 공감하는 것이 동학의 종교적 신념을 수용하는 것과 유사한 성격을 지니고 있다. 이 성격이 개인의 생태학적 실천을 이끌어 내는 측면에 긍정적으로 기여할 지 여부는 쉽사리 단정하기 어렵다.

'문학생태학'은 문학의 생태를 다루는 생태학이란 뜻으로서 기존의 문학론과 차원을 달리하는 것으로 보인다. '녹색문학'은 인문학 정도의 폭넓은 범주를 가진 용어이다. '녹색'이란 용어가 상당히 다양한 의미를 지니고 있는 현실을 고려할 때 문학적 용어로서 그 정확한 개념을 확립하는 데 어려움이 예상된다.

'생태문학'이란 말은 생태학에서 비롯된 것이다. 문학이 생태학을 중요하게 의식하게 된 시점의 생태학은, 현대 생태학이다. 이는 자연과학의 단계를 넘어서 사회과학 및 인문과학적 성격을 포함하는 종합학문으로 성장한 것으로서 지구 생태계 및 인간 공동체의 건강한 미래를 모색하는 미래학적 의의까지 지닌 것이다.

필자는 환경위기의 극복을 추구하면서 현대 생태학의 인식을 기반으로 한 문학으로서 '생태문학'이란 용어가 타당하다고 규정한 바 있다. 생태문학론이라 하면 녹색문학 중에서 녹색비평의 한 갈래로 규정할 수 있으며 '생태시', '생태시학' 등의 용어도 같은 맥락에서 이해할 수 있을 것이다. 미국과 독일의 경우와 비교하여도 생태문학이란 용어의 타당성이 힘을 얻을 것이다.

3 '생태시의 유형' 논의와 생태시의 발전

생태시 작품의 유형에 대한 논의는 생태문학 논의가 출발할 때부터 활발하게 전개된 것으로서 각 평자들이 지닌 생태문학에 대한 이해 정도를 고스란히 보여줄 뿐만 아니라 생태시의 개념을 정교하게 확립해 나아가는 계기로 기여하였다는 데 그 의의가 있다.

김용민은 독일문학의 사례를 통한 주장이지만, 생태학적 전망을 모색하느냐 못하느냐 여부에 따라 작품을 구분한 다음 환경문제를 고발하는 데 그치는 계몽의식이 강한 작품은 '환경시'로 규정하고 생태학적 대안을 모색하는 것을 '진정한 생태시'로 규정한다.[83] 이는 현대 생태학적 문제의식을 지닌 작품이냐 여부에 따라 구분하고 생태시 작품이 생태학적 전망을 모색하는 차원의 의의를 정확히 지적한 견해이다.

박상배는[84] 잠정적 개념으로서 '생태환경시'란 용어를 사용하였고 당시의 작품을 첫 번째 파괴된 자연을 사실적으로 묘사하고 고발하는 시. 두 번째 산업문명의 원리와 자본주의의 원리에 대한 비판시. 세 번째 새로운 삶의 관점을 제시하려는 시로 구분한다. "첫 번째 유형의

....

83) 김용민, 생태학-환경운동-환경·생태시, 《이론》, 1991, 겨울.
84) 박상배, '생태-환경시와 녹색운동', 《현대시》, 1992. 6.

생태시가 환경파괴의 심각성을 널리 알리는 계몽적 역할을 수행한 것으로 그 사명과 임무를 다했다면 두 번째 유형의 생태시가 제기해 놓은 기존 사회체계의 문제점이 셋째 유형의 생태시에서 비로소 해결책을 찾을 수 있을 것"[85]이라는 주장을 고려하면 생태시가 초기에는 고발문학적 성격을 띠다가 점차 생태학적 문제의식이 심화되면서 생태학적 전망을 제시하려는 시도로 발전한다는 점을 충분히 의식한 것으로 파악된다.

이건청 역시 잠정적 개념으로서 '생태환경시'라 표현하면서 작품의 소재에 따라 세 가지로 분류하고 각각의 의의를 밝힌다.[86] 첫째 생태환경 파괴의 심각성을 직접 노래함으로써 문제의식을 부여시키고 있는 시, 둘째 생태 파괴나 환경오염 문제를 직접 다루는 것이 아니라 그런 문제들로 인해 당면하고 있는 비극적 상황을 형상화하고 있는 시, 셋째 생명의 존귀함을 노래함으로써 생명보존의 필요성을 노래해 보여주고 있는 시가 그것이다.

첫째 유형과 두 번째 유형은 계몽적 의식이 강한 것으로서 구분하는 근거가 명확하지 않다. 마지막 유형도 생명의 소중함을 강조하는 수준을 넘어서 생태학적 전망을 제시하는 수준의 인식에는 이르지 못하고 있다.

정의홍은 첫째 공해로 인한 인간의 피해상황을 사실적으로 묘사하고 고발함으로써 산업문명의 후유증으로부터 인간을 구제하려는 작품, 둘째 공해로 인한 자연 환경의 피해상황을 노래함으로써 생태계 파괴에

85) 박상배, 앞의 글, 42면.
86) 이건청, '시적 현실로서의 환경오염과 생태파괴', 《현대시학》, 1992. 8.

대한 문제의식을 부각시킨 작품으로 양분하였다.[87] 이러한 분류는 양자 모두 현장 고발과 현대문명에 대한 비판의식을 담은 작품을 의미하는 것으로서 생태시의 계몽적 성격을 강조한 것이다.

정의홍은, 목적성이 야기한 문학성의 손상을 보완하기 위하여 생태시의 요건으로서 '참신한 시형식이 주제나 내용에 효과적으로 배합되어 절실한 호소력을 지닌 시'를 창작할 것과 이를 위해 '상징', '아이러니', '패러디', '요설' 등의 기법을 적극 활용하여 문학성 확보에 주력할 것을 권유한다.[88] 생태시의 문학성 확보를 중요시한 점은 인정되지만 생태시의 범주를 지나치게 좁게 잡은 것이 한계이다.

남송우는[89] '생명시학'이란 용어를 사용한다. 생태위기의 자각과 극복이 결국 생명에 대한 문제로 귀결된다는 견지에서 생명을 주제로 다룬 작품을 진정한 생태시로 간주한다. 생명 자체를 소재로 취하여 생명의 본질과 의미 그리고 그 가치를 추구하거나 비생명적인 것을 다루면서 그것을 극복하고자 노력하는 것을 대상으로 삼았다. 이는 앞서 이건청이 제시한 유형의 세 번째 유형에 해당되는 작품만을 인정하는 셈이다.

남송우는 생명시로 분류한 작품들을 소재에 따라 세 가지로 세분하였다. 먼저 김지하의 작품 「생명」과 같이 생명 자체를 다루고 있는 것을 한 가지로 삼았고 장옥관의 「무꽃」, 고재종의 「綿綿함에 대하여」,

---

87) 정의홍, '우리 시에 나타난 환경문제', 《시문학》, 1994. 6. 16, 120~123면 참조.
88) 위의 글, 130~131면 참조.
89) 남송우, '생명시학을 위하여', 《시와 사람》, 1996, 가을.

이동순의 「나무에 대하여」와 같이 식물성 이미지를 통해 생명의식을 고양하는 작품을 두 번째 유형으로 분류하였으며 세 번째로 조정권의 「산정묘지」와 「신성한 숲」의 경우와 같이 신생의 꿈을 통해 생명의식을 고양시키고 있는 작품을 분류하였다.90) 이렇게 나누는 방식은 생태학적 대안을 모색하는 측면을 포용할 수 없고 그 구분 근거 또한 명확하지 않다. 특히 생명의식을 고취하기 위한 시인의 다양한 상상력을 세 가지로 포괄하기에는 근본적인 한계가 있다.

생태시가 독자의 생태학적 자각에 긍정적으로 기여할 수 있으리라 기대하는 송희복의 경우는, 시인 의식이 비관적이냐 낙관적이냐에 따라 생태학적 문명비판시와 생태학적 서정시로 양분하였다.91) 이러한 구분은 지나치게 포괄적이다. 특히 비판의식이 반드시 부정적 인식에 의해서 나오는 것이 아니란 점에서 논리를 무리하게 적용한 것으로 보인다. 신덕룡도 이 점에 대하여 목적시와 순수시의 해묵은 논쟁을 연상시킨다고 비판한다.92)

최동호는 생태시 장르의 세부 특성과 용어의 개념에 대한 구체적인 정의가 문학사적으로 아직 이루어지지 않은 상태임을 고려한 결과 잠정적 용어로서 '생태지향시'로 표현하였고 시인들의 기존 성향에 따라 첫째 중적 생태지향시, 둘째 전통적 생태지향시, 셋째 모더니즘적 생태지향시로 구분하였다.93) 이는 기성 시인들의 생태학적 자각을 강조하

---

90) 남송우, 앞의 글, 223면 참조.

91) 송희복, '푸르른 울음, 생생한 초록의 광휘-에코토피아의 시학', 《현대시》, 1996. 5.

92) 신덕룡, '생명시 논의의 흐름과 갈래', 《시와 사람》, 1997, 봄.

93) 최동호, '21세기를 향한 에코토피아의 시학'-시적 상상력의 생태학적 전환,

면서 문학사적 흐름과 생태시의 의의를 자연스럽게 연결하여 새로운 논의를 문학사적 의미망 속에 포함시켰다는 데 그 의의가 있다.

다만 '민중시인', '전통시인', '모더니즘 시인'으로 구분되는 기성 시인들의 분류체계를 중심으로 한 구분이기 때문에 새로이 부각된 열린 유형으로서의 생태시적 특성을 충분히 포괄하지 못한다는 점과 해당 시인들 각각의 특성과 시인 개인사적 변화를 인식하는데 약점이 있다는 비판94)도 있다.

이숭원은 최동호의 분류 방식을 비판하면서 첫째 우리가 처한 생태 환경의 오염실태를 제시하면서 고발과 비판과 분노의 목소리를 담은 시편, 둘째 훼손된 삶의 공간에서 우리는 어떠한 정신의 변화를 도모해야 하는가를 모색한 시편 두 가지로 구분하였다. 전자는 생태시 초기의 특성이라 할 수 있는 것으로서 시의식의 생태학적 전환을 강조하는 단계의 작품에 해당되고 후자는 생태학적 시의식이 발전하는 단계의 작품으로 설명할 수 있을 것이다. 그러나 생태시가 생태학적 전망을 제시하는 측면에 대한 고려가 없다는 점이 아쉽다.

이상에서 살펴본 생태시 유형 논의는, 생태시의 개념이 발전되는 과정에서 겪는 문제들을 잘 보여준다. 생태 패러다임의 시대적 정당성을 인정하는 입장을 취하고 있는 논자들 사이에서도 몇 가지 문제를 중심으로 견해가 갈라진다. 이러한 문제로는 우선 생태시의 초기적 양상인 계몽적 목적성이 강한 작품을 문학적으로 어떻게 극복할 것이냐의 문제가 그 한 가지이고 생태문학이 생태학적 대안을 제시할 수

《현대한국사회와 문학》(1996, 문학의 해 기념 특별 세미나 발표문)
94) 이숭원, '생태학적 상상력과 우리 시의 방향', 《실천문학》, 1996, 가을.

있을 것으로 보는지 여부가 또 다른 문제이다.

위의 문제들을 다루면서 합의된 내용을 대략적으로 정리하면, 먼저 생태시의 초기적 양상으로서 환경오염의 현장을 고발하고 그러한 오염을 낳은 원인으로서 현대문명에 대한 비판적 작품이 창작되었다는 것을 확인할 수 있다.

문학사적으로나 시인 개인사적으로 초기적 양상의 작품을 넘어 발전하게 되면, 생태학적 의식을 다양하게 구현하여 독자의 생태학적 자각을 유도하는 작품들이 창작되는 것을 알 수 있다. 생태시가 궁극적으로 지향하는 것은 다음 단계로서 생태학적 전망을 시적으로 구현하는 것이다. 물론 이 단계에 해당하는 작품은 아직 충분한 수준에 도달하지 못하고 있으며 미래 생태시의 가능성으로서 열려 있는 상태이다.

생태시가 지향하는 바는 문학성 확보와 생태학적 세계관의 확산 그리고 생태학적 대안을 은유적으로 제시하는 것이다. 초기적 양상으로서 생태학적 자각을 강조하는 작품들은 그 자체로서도 상당한 의의를 지니고 있지만 이러한 작품들은 근본적으로 고발성 기사나 다큐멘터리 영상물 이상의 의의를 얻기 힘들 것이다. 생태시가 궁극적으로 지향하는 바는 시인 특유의 직관과 시적 언어 특유의 은유성을 통해 발현되는 생태학적 의식의 발전이며 나아가 생태학적 대안을 제시하는 것이다.

III

시의식의 생태학적 전환

생태시 창작의 근간은 생태학적 상상력이다. 작품에 반영된 생태학적 상상력은 시인의 생태학적 자각의 면모에 따라 그 빛깔이 좌우된다. 생태시의 성격은 시인의 깨달음의 성격에 따라 크게 영향을 받는 것으로 볼 수 있다. 한 개인이 생태학적 자각에 이르는 과정은 여러 가지가 있을 것이지만 환경오염으로 인한 생태계의 파괴 현장을 인지하고 그 폐단을 느끼는 것이 대표적인 경우라 하겠다.

한국 현대 생태시의 초기적 양상은 이러한 현장 고발성 작품과 이러한 폐해를 낳은 원인들에 대한 비판의 목소리가 강한 작품으로 나타난다. 이러한 한국 생태시의 초기 양상을 '시의식의 생태학적 전환'으로 표현할 수 있을 것이다. 시인이 생태문제에 관심을 갖게되고 그 문제의식을 작품으로 표현하는 움직임의 초기적 양상으로서 시의식의 생태학적 전환을 의미하는 것이다. 이 단계의 작품들은 깨달음이 문학적으로 충분히 무르익기 전에 작품화된 결과를 보인다. 이 단계의 작품들은 의도성을 강하게 드러내는 특성을 보인다.

비판과 고발에 주력하는 초기 작품들은 목적성과 문학성의 균형 문제에 대한 논의를 촉발시켰고 한 편으로 생태시가 자리잡는 데 부정적인 영향을 미치기도 하였으나 문학 작품도 생태학적 자각을 이끌어내야 한다는 당위성에 기대어 출발한 작품이라는 점에서 그 의의를 인정할 수 있을 것이다.

생태학적 자각을 의식한 목적성을 문학 작품의 주제의식으로 승화시키기 위해서는 두 가지 문제를 해결해야 할 것이다. 첫째 문학적 형상화 측면에서 강한 의도성이 야기하는 예술성의 한계를 극복하여야 한다는 점과 둘째 생태학적 인식이 진정한 생태학적 대안 모색으로 발전하는 과정의 한 단계로서 기여할 수 있어야 한다는 점이다.

시인의 생태학적 모색에 임하는 과정은, 일면 시인이 동시대의 문제를 적극적으로 수용하여 바람직한 해결 방향을 추구하는 태도의 일환으로 볼 수 있다는 점에서 독특한 의의를 인정할 수 있다..

한국 현대 시인 중에서 생태위기의 심각함을 부각시켜 생태적 자각에 기여한 이로는 성찬경과 고형렬이 대표적이다. 이들은 생태시를 통해 환경오염으로 인한 문제의 심각성을 고발하였을 뿐 아니라 환경문제의 원인으로 판단한 인류 문명의 부정적 측면을 적극적으로 비판하였다.

성찬경은 1970년대부터 생태시 창작에 임하여 생태시의 초기적 특성을 시기적으로도 적절히 보여주며 고형렬은 1990년대의 시인이지만 현장 고발과 문명 비판에 주력한 결과 개인 차원에서 초동적 단계의 생태시가 지닌 특성을 보여주는 사례가 된다. 여기서 언급한 초기적 양상의 작품은 반드시 1980년대 이전의 초기적 작품에 한정된 것이 아니라 최근에 이르기까지 꾸준히 창작되고 있다. 결국 생태학적 시의식이 충분히 발전하지 못한 단계의 작품 성향으로 이해할 수 있다.

성찬경은 1970년대 급속한 산업화 정책의 이면에 번져가던 생태계 파괴의 양상을 격한 어조로 폭로하였고 인간 중심적 물질문명의 폐해를 적극적으로 탐구하였다. 고형렬은, 생태위기의 원인으로 인간의 무지한 욕망과 그 욕망의 원리에 의해 성장한 문명의 무자비한 속성을 문제로 여긴다. 1990년대 들어 생태담론이 전에 없이 활발히 제기되고 있지만 극심한 오염으로 인하여 인류 문명이 종말을 향해 치닫는 양상이 조금도 누그러짐이 없다는 점을 지적한다.

환경 문제를 중심 주제로 삼아 이른바 '환경시'를 모아 발표한 『서울은 안녕한가』(삼진기획, 1991)는, 고진하·이경호의 '생태·환경시집'

『새들은 왜 녹색별을 떠나는가』와 함께 환경 문제를 집중적으로 다룬 시집이다.

성찬경과 고형렬의 작품 외에도 김광규의 「시름의 도시」, 신경림의 「이제 이 땅은 썩어만 가고 있는 것이 아니다」, 김명수의 「유적들」, 「가사미산」, 이형기의 「석녀石女들의 마을」, 「고독한 달걀」, 이하석의 「또 다른 가야산에서」, 이문재의 「산성눈 내리네」, 「오존 묵시록」, 「고비사막」, 박용하의 「지금 그곳에선」 등의 작품이 이러한 유형에 해당된다.

제Ⅲ부에서는 이상에서 언급한 작품들을 중심으로 하여 다시 두 가지로 나누어 고찰할 것이다. 먼저 생태위기와 환경오염의 현장을 고발하여 위기의식을 확산시키려는 '현장 고발시'가 한 가지이고 이러한 위기를 낳은 원인으로서 인간의 문명을 비판적으로 다룸으로써 생태학적 자각을 유도하려는 '문명비판시'가 다른 한 가지이다.

1 '현장 고발시'와 위기의식

성찬경은 작품 「公害時代와 詩人」에서 환경오염이 낳은 피해상을 열거하며 비판함으로써 환경위기의 심각성을 일깨우고자 하였다. 그러나 시인의 비판적 견해가 직설적 어조로 노출되고 있을 정도로 목적성 짙은 작품이 되었다. 그 결과 생태시의 초기 양상으로서 계몽적 짙은 작품의 전형적 모습을 갖추게 되었다.

韓國 서울에서 온 세계의 인류의 마음에 이 글을 던진다. ― 1974

년 3월 20일

子宮도 오염되었다.
胎兒에게 생명을 대는 탯줄의 혈액에서
100ml당 24.3ml의 무서운 납이 檢出되었다.
胎兒가 죽어서 태어나리라
日本 東京에선 100엥짜리 동전을 받고
5리터의 공기와 산소를 팔고 있다
하늘에서 별들이 사라져 간다
보라, 숨 넘어갈 듯 빛을 잃은 장군별들을
아우슈비츠의 개스실이 온 세계에 퍼진다
物質의 核이 터지고 光明 아닌 殺人光線이 나온다.
죽음의 재가 하늘을 흐른다
새들이 사라진다
물 속에도 毒이 흐른다
물고기들이 怪魚로 변한다
우리의 혈액에서 D.D.T가 나온다.
쌀에서도 水銀이 나온다
독버섯 밖엔 뿌리를 박을 식물이 없어진다.
        (…중략…)
뭇 사람의 가슴에서 詩人이 깨어날 때
비로소 하늘이 개이고
물이 맑아지고, 大地가 淨해지고,
비로소 詩人의 소리가 우렁차게 퍼지고
기계가 소리를 죽이고,
마음과 마음에, 마을과 마을에 길이 뚫리리니.
        -「公害時代와 詩人」 총 10연 중 1연, 2연 일부, 9연[1]

....

1) 성찬경, 『時間吟』(문학예술사, 1982), 101~110면.

이 작품에서 시인의 다양한 상상력을 찾아보기는 힘들다. 다만 환경 오염의 폐해를 다룬 작품으로서는 거의 최초의 사례라는 의미가 크고 생태위기와 환경 문제에 대한 인식이 보편화되기 이전 시기의 작품이라는 점에서 일정 정도의 선구적 의의 또한 인정할 수 있다.

'공해시대公害時代'로 표현된 시대는 전반적으로 암울한 분위기로 묘사된다. 시인이 이러한 시대상을 표현하기 위해 등장시킨 소재는 자궁이다. 자궁은 인류의 영원한 안식처를 상징하는 것으로 볼 수 있다. 이 작품에서 태아가 깃들어 있는 어머니의 자궁은 더 이상 안전하고 포근한 곳이 아니다. 생명을 위협하는 중금속에 오염된 공간이다. 자궁 속의 태아는 모든 것을 자궁의 조건에 종속된 처지라는 점에서 지구의 환경에 자신의 삶을 전적으로 의존해야 하는 인류를 상징하는 것으로 보인다. 지구 공동체 차원의 생태계를 의식한다면 무책임한 오염 행위가 곧 자궁을 더럽히는 경우와 다를 바 없다. 현재와 같은 생태계 파괴를 조장하였고 스스로 종말을 향해 나아가는 인류의 미래를 중금속에 오염된 태아의 비극적 미래상으로 보여주고 있다.

대기가 오염되어 맑은 공기와 산소를 돈을 주고 구입하여 마셔야 하는 도쿄의 모습은 인류의 종말에 대한 전조가 된다.[2] 물과 공기와 같은 것은 생명 유지에 절대적인 요소이면서도 너무 쉽게 얻을 수 있기 때문에 그 중요성에 대한 인식이 부족한 실정이다. 태아가 어머니와 연결된 탯줄을 통해 양분을 공급받는 상황에 비유하여 깨끗한 공기의

....

2) 대기 오염이 심하여 거리에 일회용 산소캔이 등장한 1998년 도쿄의 사례를 든 것임. 2021년 현재 대한민국은 불행하게도 오염 사례를 다른 나라에서 찾을 필요가 없을 정도로 대기 오염이 일상이 되었음.

소중함을 강조한다.

태양은 지구 에너지의 원천이지만 자외선을 포함하고 있다. 극심한 대기 오염은 이산화탄소의 양을 증가시키고 오존층을 갈수록 약화시킨다. 약화된 오존층은 지구로 유입되는 자외선의 양을 충분히 차단시키지 못하고 자외선이 과다하게 포함된 햇볕은 인체에 직접 닿아 갖가지 질환을 유발시킨다. 대기 오염의 심화는 인간이 햇볕을 아예 피하며 살아야 할 상황까지 예고하는 것이다. 지구상에서 햇볕을 피하며 살아도 건강한 곳은 없을 것이다. 태양 에너지는 모든 생명체의 근원적 에너지를 제공하기 때문이다. 강력한 자외선을 포함한 햇볕에 무방비로 노출된 인간이란 아우츠비츠 수용소의 가스실에 갇힌 유태인과 다를 바 없을 것이다.

나치는 유태인을 효과적으로 말살하기 위하여 가스실을 이용했는데 가스실에서 희생된 시체를 치우기 위해 다음 차례의 희생자들이 동원되었다고 한다. 가스실 안의 시체들은 겹겹이 포개져 있었다. 공기보다 무거운 독가스가 낮은 곳부터 서서히 채웠을 것이므로 조금이라도 숨쉴 수 있는 공기를 찾아 서로를 밟아서라도 위로 올라가려한 처절한 몸부림의 결과였다. 한 틈의 공간도 없이 쌓여있는 자신들의 미래상을 뜯어내어 날라야 했던 당시 유태인들의 심정은 어떠했을까? 밀폐된 공간임을 알면서도 위를 향해 딛고 서려는 인간들의 마음속에 어떤 대안이 존재했을까? 자신들이 들어갈 공간을 마련하기 이해 자신들의 불행한 미래 모습을 뜯어내며 치워야 하는 현실을 맞이하지 않도록 미연에 방지하는 것 이외에는 방법이 없을 것이다. 환경 재앙을 피하는 길은 예방뿐이다.

작품의 마지막은 오염이 극복된 상황을 그리고 있다. 시인은 인간

각자의 마음 속에 자리한 '詩人의 마음'을 일깨움으로써 환경오염을 극복할 수 있을 것으로 전망한다. 여기서 '詩人의 마음'이란 자연의 순환을 이어주고 인간과 자연의 교통을 추구하는 마음을 뜻한다.

　이 작품이 세상에 나온 지 사반세기가 지난 오늘날, 대도시의 경우 오존경보의 발령이 갈수록 잦아지고 있으며 대낮에도 연무 현상 때문에 주변 산이 보이지 않는 경우가 많아졌다. 이러한 사실은 과거 시인이 경고한 상황으로 점차 다가가고 있음을 입증하는 것이다. 1990년대에 이르러 환경 문제의 심각함에 대한 인식이 높아진 것도 사실이지만 일반인이 그 심각성을 체감할 수 있을 정도로 오염상이 심해졌음을 반영하는 것이기도 하다. 문제는 바람직한 선택의 방향을 알면서도 인간이 실행에 옮기지 못하는 현실이다. 이 문제의 해결은 현대 생태학의 주된 과제이기도 하다.

　이건청도 성찬경과 더불어 생태시 창작에 일찍이 참여한 시인이다. 1990년대 후반에 이르면 생태학적 자각의 깊이를 더하여 전망을 모색하는 작품을 창작하지만 초기의 작품은 생태학적 자각을 내세우는 의도가 강하게 나타나는 작품 성향을 보인다. 초기의 생태시에 해당하는 작품 <새길2>는 도로를 건설하기 위해 나무들이 잘리는 상황을 고발하는 내용이다.

　　새 길을 내기 위해서 저쪽 산비탈의 나무들을 모두 자르고 있다. 참나무, 자작나무, 소나무, 그리고 피나무, 모든 나무들이 쓰러져 있었다. 나무들은 쓰러지고 길은 그 비탈을 지나 어디론가 갈 것이다. (…중략…) 아, 우리는 그렇게 그려진 횡단보도를 건너며 잘리어진 밑둥과 파헤쳐진 뿌리를 생각지 않는다. 비탈에 쓰러진 것들을 생각지 않는다. 새 길이 우리를 향해 서서히 다가오고 있음을, 무수히 많은 횡단보도가 그려지고 있음을 생각지 않는다.

— 「새길2」 부분.3)

화자는 도로 건설을 위해 잘리는 나무들의 참상을 묘사하면서 이에 무심한 인간들을 비판한다. 인간들은 새로운 길이 만들어지는 것에만 관심이 있을 뿐 나무들이 뿌리까지 파헤쳐졌기 때문에 더 이상의 생명을 이어갈 수 없다는 사실은 전혀 의식하지 않는다. 이 경우 나무들의 처지에서 본다면 새로운 길의 건설은 자신들의 죽음을 의미하는 것이다. 작품의 말미에 인간의 자각을 요구한다. "새길이 우리를 향해 서서히 다가오고 있"다는 표현은 작품의 초반에 언급한 "길은 그 비탈을 지나 어디론가 갈 것이다"란 예상에 대한 답변이다. 길이 새롭게 건설될 지역의 존재들은 나무와 같이 밑둥까지 잘리고 뿌리까지 파헤쳐질 운명에 처한 셈이다. 이 단계에 이르면 작품의 전반부에 표현된 나무들의 아픔이 우리 자신의 아픔과 동격으로 간주됨을 알 수 있다. 우리 자신을 사랑하는 마음으로 자연을 사랑할 것을 권고한다.

인류 문명의 발전이 궁극적으로 모든 존재의 발전을 보장할 수 없다는 사실, 그 발전의 이면에는 특정 존재의 희생이 있어야 한다는 사실, 단기적으로 볼 때 인간은 희생의 대상에서 예외일 수 있으나 장기적으로 본다면 인간도 그 희생의 대상에서 예외일 수 없다는 점을 보여주는 작품이다. 시인의 생태학적 자각이 충분히 엿보이는 작품이긴 하지만 지나치게 진술적인 문장으로 이루어진 작품이라는 데 아쉬움이 있다.

....

3) 이건청, 『망초꽃 하나』(문학세계사, 1983), 18면.

다야 램의 한 살짜리 딸, 아브람 캄은 죽기 전에 눈이 멀었다.
두손으로 따가운 눈을 비비다 죽었다. 지상의 저 많은 꽃들과 풀잎을
마주보기도 전, 피는 꽃과 지는 꽃의 짧은 한 해가 다하기 전, 잇몸에
이빨이 채 솟아나기도 전 아브람 칸은 죽었다. 작은 가슴엔 사탕알처
럼 응고된 작은 심장, 아, 메틸 아소시아네이트가 칸의 두눈을 멀게
하고 가슴을 터뜨려 피를 응고시켰다.

　아버지 다야 램은 작은 주검 위에 빨간 수건을 덮었다. 아가를
위해 마련된 최후의 전별은 타월 한 장이 모두였다. 연기 자욱한
화장장을 향해 다야 램은 앞장을 서고 바로 뒤에 빨간 수건에 덮인
아브람 칸을 안은 눈먼 아내 산즈 비가 남편 손에 의지해 가고 있었다.
　　　　　　　　　— 「눈먼 자를 위하여」 전체 10연 중 제 2연.4)

　작품 <눈먼 자를 위하여>는 1984년 인도 보팔시에서 있었던 '유니언
카바이트사'의 살충제 원료 공장에서 발생한 가스 유출 사고의 참상을
고발하는 작품으로서 이 사고의 희생자에 대한 애도의 뜻을 담은 작품이
다. 이 사고는 체르노빌 원자력 발전소의 피폭사건과 더불어 20세기의
대표적 참사로 기록될 정도로 엄청난 희생을 낳았다. 2,500명 이상이
사망하였고 20만 명 이상이 시력을 상실하였다. 이 사고 당시 유출된
가스는 물과 급격히 반응하는 성질을 지닌 것이므로 대기 중으로 퍼지면
서 접하는 생명체에게 화상을 입혔다. 신체 중 수분을 지니고 공기와
만나는 부분인 눈에 피해가 집중되어 시력 상실자가 많은 것이다.

　인용한 부분은 어린 딸의 죽음을 감내해야 하는 아버지의 비극적
상황을 상세히 그리고 있다. 시인은 계속해서 인간의 기준으로 판단한
해충을 잡으려던 의도가 오히려 사람에게 해를 입히는 결과를 낳았다

....

4) 이건청, 『하이에나』(문학세계사, 1989), 24면.

는 점을 부각한다. 아울러 이 사고가 인간의 실수로 발생한 것이라는 점을 들어 완전할 수 없는 인간의 한계를 자각할 것을 권고한다. 인간의 능력으로 무엇인가를 이룩하겠다는 의지에 대한 근본적인 비판에 이른 것이다.

이 작품은 사건이 발생한 지역의 여건과 진행 사항을 르뽀문학과 같이 표현하고 있다. 희생자에 대한 애도의 심정과 문제적 태도에 대한 비판의식이 그 나름의 의의를 지닌 것이지만 작품성을 들어 판단할 경우 사건 자체의 비극성이 워낙 강하기 때문에 시인의 문학적 상상력을 통한 특별한 효과가 그렇게 두드러지지 않는다.

생태시가 고발성 기사와 보도 사진이 주는 효과를 넘어서는 생태학적 성과를 올릴 수 있으려면 문학 특유의 장점을 발휘할 수 있어야 할 것이다. 그런 점에서 이 작품도 시의식이 생태학적으로 전환하는 계기를 보여주는 작품으로서의 의미 이상의 성과를 인정하기 힘든 한계를 지닌 것으로 판단된다.

고형렬의 작품 「오염천지」와 「햇살폭포」는 1990년대의 작품으로서 1970년대에 이미 환경오염의 폐해에 대한 성찬경의 경고이 있었음에도 불구하고 오염 상황이 여전히 개선되지 않고 있음을 보여주는 증거가 된다. 시인은 최근에 이르러 생태시 창작에 임한 작가에 해당하지만 생태학적 자각을 중시하는 작품 창작에 적극적으로 나서는 것이 특징이다.

> 광막하게 쏟아지는 눈들을 보라
> 우리들이 버린 모든 욕망의 쓰레기들이
> 이 집에 되돌아오는 저 난동을 보라
> 옛것으로 남은 것이 있는가

거짓의 백의를 걸치고 휘날린다
탈색시킨 죽탄의 흰 가래침들
죽음의 날개를 달고 달려온다
정적이 감도는 도로에 질척이는 순백의 사신들
　　　(…중략…)
저 오염 천지의 마지막 세상에서도
우리 아이들은 어른들의 욕망을 배우리

- 「오염천지」, 부분5)

　하얀 눈은 세상을 정화시키는 이미지를 지니고 있다. 순백의 세상을
연출하는 눈은 문학의 오랜 소재이다. 이 작품에서는 눈이 더 이상
정결함의 상징일 수 없었다. 오염된 눈을 "거짓의 백의"로 표현한다.
죽음을 배태한 존재로서 가식적인 흰빛을 지닌 존재라는 것이다. 시인
은 천지를 덮는 하얀 눈 이면에 자리한 쓰레기와 가래침과 저주를 주목
한다. '쓰레기', '가래침', '저주' 등은 우리가 자신 아닌 곳으로 방출하
는 것들이다. 그러나 이들이 순백의 눈으로 변장하고 우리 자신에게로
되돌아온다는 것이다.

　쓰레기는 인간의 필요성을 충족시키지 못하기 때문에 버려진 것이고
가래침은 신체가 더 이상 품기를 거부한 물질이기에 몸 밖으로 배출된
것이다. 이러한 존재는 인간이 거부한 것이라고 할 수 있다. 그러나
인간이 이러한 불순물 처리에 최선을 다하지 않으면 자연은 그것들을
부메랑 효과처럼 인간에게 되돌려 준다. 타인에게 보낸 저주가 스스로
에게 되돌아오는 형국이다. 배출하는 오염물과 불순물 등이 이웃에게
영향을 미치고 결국에는 자신에게로 돌아오는 것이란 점을 의식하는

---

5) 고형렬, 『마당식사가 그립다』(고려원, 1995), 105면.

것은 모든 존재가 서로 연관되어 있다는 관계성을 의식해야 가능한
것이다. 이 관계성 인식은 생태학적 인식의 대표적인 것이다.

　시인은 현재의 환경오염상이 후손에게 이어지면서 비극적 운명이
이어질 것을 경고한다. 생태계 파괴로 인한 폐해는 대를 이어 지속되는
것이 특징이다. 후손의 비극적 운명을 연상시킴으로써 생태 친화적인
자가이 시급함을 주장한다.

> 지구의 것인 만큼 누구의 것이 아닌 하늘은
> 과거 현재 미래 모든 인류의 것은
> 벌겋게 단 석쇠가 된 뒤
> 사랑과 노래는 주지 못하리
> 　　(…중략…)
> 자외선 폭포는, 하늘의 구멍은
> 다만 인간에게 한 뉴스일 뿐이다."
>
> 　　　　　　　　　　　　　- 「햇살폭포」, 부분[6]

　「햇살폭포」는 자외선 양을 적절히 조절하는 기능을 가진 오존층이
파괴되어 일어나는 비극상을 소재로 한 작품이다. 오존층이 파괴되면
인체에 심각한 피해를 입힐 수 있는 자외선 양이 증가한다. 자외선은
熱線이다. 일반적으로 파란 하늘은 건강함을 지닌 것으로 볼 수 있지만
시인의 눈에 비친 하늘은 벌겋게 단 석쇠였다. 지금까지 이어 왔던
인류의 문화는 파란 하늘 아래 이루어진 것으로서 적절한 양의 자외선
을 함유한 햇살의 따사로운 은총 속에서 전개된 것이었다. 그러나 자외
선 양이 증가되어 인간의 안전을 크게 위협하는 상황이 되었음에도

....

6) 앞의 시집, 114~115면.

우리 인간은 자신과 무관한 뉴스에 불과한 것으로 간주하는 무지한 존재이다.

햇살이 폭포수처럼 쏟아지는 상황과 열을 받아 달구어진 석쇠와 같은 하늘을 표현한 부분에서 시인이 생태학적 인식을 독자에게 적절히 유도하려는 노력을 확인할 수 있다. 그러나 이 작품 역시 미학적 측면에서는 한계를 지니고 있다.

환경 문제를 다룬 것 뿐 아니라 어떤 현상을 고발하는 작품이라서 작가의 상상력이 효과적으로 발휘되지 않는다면 오히려 고발 의도마저 충분한 성과를 올리기 힘들 것이다. 예술 작품인 이상 문학적 감동을 줄 수 있는 경우에만 독자에게 수용될 수 있기 때문이다. 의도성 짙은 작품이 성과를 얻을 수 있는 경우는 그 문제에 대한 독자의 소양이 충분하지 않은 상황에서 선구적으로 제시되는 경우 정도를 예상할 수 있다.

특정 사실에 대한 고발 작품은 현실에 깊이 관련된 상태에서 목적성을 띠어야 하는 관계로 구체적 사실의 제약을 크게 받을 것이다. 비판의식을 작품으로 형상화하는 경우 그 의도성을 문학적 진술로 녹아내는 시인의 역량이 더욱 중요하다. 생생한 효과 면에서는 영상물을 넘어설 수 없을 것이고 정보의 구체성과 양에 있어서 고발 기사를 넘어설 수는 없을 것이기 때문이다.

생태시 논의를 점검한 부분에서 확인한 바와 같이 시의식의 생태학적 전환상을 보여주는 초기적 작품들은 강한 의도성으로 인하여 문학성에 한계를 지니고 있으나 오히려 생태시의 문학성 확보 문제를 강화시키는 계기로도 작용한다.

고형렬은 구체적인 환경운동과 같은 맥락에서 이해할 수 있는 작품도 창작하였다. 작품 「명파 핵발전소」는 금강산과 설악산 자락이 이어 지는 곳에 들어설 핵발전소 건설 계획에 반대하는 내용을 담고 있다.

핵발전소가 지닌 위험성은 체르노빌 원자력 발전소의 피폭사건을 연상하면 충분히 짐작할 수 있으나 모든 핵발전소가 체르노빌과 같은 위험성을 지니고 있다고 주장할 수는 없다. 세부적인 기술 문제 등으로 체르노빌의 경우와 다른 점을 내세우는 반대 또한 만만치 않기 때문이 다. 시인은 자연에 대한 애정과 고향에 대한 그리움, 인간 아닌 존재들 의 공동체에 대한 존중감 등을 연상시킴으로써 독자의 공감을 이끌었 다. 이런 성과에도 직설적인 운동성 구호가 되지 않도록 배려하는 부분 에 있어서는 다소 미흡한 면이 있다.

> 금강산과 설악산은 하나다
> 새 하늘 바위 나무 짐승이 사는 은혜의
> 서울보다 큰 공기 벌레 흙의 대도시
> 저 대자연에 삽날 하나 대지 말라
> 　　(…중략…)
> 시로도조차 음악으로도조차 짓지를 말라
> 금강과 설악을 거기 그냥 있도록 해라
>
> 어마어마한 전력을 발전시키겠다고
> 금강과 설악 나의 처녀의 예쁜 자궁에
> 핵원료를 쓰는 발전소가 무슨 말이냐
> 　　(…중략…)
> 저 빛나는 설악과 금강과 동해의
> 모든 사랑을 방사선 칠 하려는 것이냐
> 정부는 국회는 한전은 부디부디
> 은어가 들어오고 연어가 돌아오도록

영원한 이 땅의 고향으로 바라보고
과거가 미래에 남는 자연을 놓아주십시오.
- 「명파 핵 발전소」, 부분7)

화자는 발전소 건설 예정지를 새, 하늘, 바위, 나무, 짐승이 살고 있는 대도시로 표현한다. 인간 아닌 존재들을 인간들이 이룩한 대도시의 구성원으로 묘사한 것은 인간들이 이들을 자신들과 별 다를 것 없는 존재로 보고 존중하기를 바라는 마음을 담은 것이다. 이러한 시선의 이면에서 인간 중심적인 목적을 최우선으로 놓는 의식에 대한 반박도 읽을 수 있다.

도시는 특히 인간들의 이익을 추구하기 위해 형성된 인류 문명의 산물이다. 다수의 인간들이 모여 사는 대도시는 전세계 어디를 막론하고 주변 지역의 생태계를 파괴하는 부작용을 냈다. 예를 들어 대도시의 식수를 공급하는 문제로 인근 지역과 대수층의 권리를 두고 벌이는 갈등은 이미 세계적으로 보편화된 현상이다. 서울의 경우 식수원 확보를 위한 각종 정책이 한강 주변의 주민들의 이해 관계와 얽혀 끊임없이 갈등을 일으키고 있다. 동강댐 건설에 대한 논란도 그 중 하나이다.

인간적 가치만을 강조하는 태도에 대한 시인의 반감은, 인위에 대한 극단적 거부의 태도로 강하게 표현된다. "시로도조차 음악으로도조차 짓지를 말라"라는 표현은 이해관계로부터 비교적 자유로운 순수 예술일지라도 그것이 인간의 욕망에 따른 것이라면 거부하겠다는 뜻이다. 성찬경이 중금속에 오염된 자궁을 형상화하였다면 고형렬은 핵발전소

7) 앞의 시집, 108~109면.

가 들어설 곳을 아예 예쁜 처녀의 자궁으로 묘사한다. 자궁 속의 태아를 지구 생태계 속의 인간으로 보는 상상력과 같은 맥락으로 이해할 수 있다. 발전소 건설 행위가 얼마나 반생명적인지 적절히 표현한 부분이다. 우리는 아름다운 연인에 대한 사랑, 나아가 사랑스런 인간 전체에 대한 애정을 자연에도 쏟아야 할 것이다.

시인의 생태 중심적 비판이 현실적으로 힘을 얻으려면 핵발전소를 건설함으로써 얻어지는 경제적 이익에 대한 보상을 제시할 수 있어야 할 것이다. 이 경우 경제적 이익을 보상하거나 가치관에 대한 의식의 전환이 대안으로서 의미를 얻을 수 있을 것이다. 경제적 이익으로 보상하는 것으로서는 자연 그대로의 모습을 상품으로 개발하여 이익을 얻는 것을 생각해볼 수 있다. 가치관의 전환으로 보상하는 경우는 당장의 불편을 감수하는 생태학적 가치관으로의 전환이 먼저 이루어져야 가능할 것이다.

마지막 행은 우리가 자연을 보호하는 것이 후손에 대한 거룩한 임무임을 강조한다. 생태학적 의식은 미래지향적인 것으로서 건강한 미래를 추구하는 것이며 구체적으로는 후손에게 건강한 자연을 전달하는 것이다. 후손에 대한 책임감은 경제적 원인에 버금가는 영향력을 행사할 수 있으니 이를 이용하면 생태학적 가치관 형성에 충분히 기여할 것이다.

동맥경화증에 걸려 있다
동맥강의 날씨가 요즘은 좋지 않아
마음의 소리도 들리지 않는다
사람들이 아파 누워도 어디가 어떻게 아픈지
소문을 내지도 묻지도 않는다

(…중략…)
아버지는 흔들흔들 죽음을 느낀다
눈뜬 식구들은 탄압과 저항에 바빠도
부친의 혈관병을 잊은 채
성명과 비난의 포문을 열면서
새로운 선거전에 낮밤을 잊었으니
검은 물쓰레기가 둥둥 떠서
심방을 지나가는 내일을 누가 막으랴

- 「動脈」, 부분8)

　산의 계곡을 처녀의 자궁으로 보는 상상력은 하천을 인체의 혈관으로 이해하는 상상력으로 이어진다. 작품 「動脈」은 강이 오염되어 썩어가는 현실을 신체의 동맥이 손상되어 겪는 위험성을 의식하지 못하는 상황에 비유하여 표현한 작품이다. 신체 중에서 동맥은 심장이 생성한 피를 신체 각 부위로 순환시키면서 영양을 공급하는 기능을 한다. 작품 속에 등장하는 인간들은 동맥경화증이 심화되어 건강을 잃어가는 아버지를 돌보기는커녕 밤낮을 잊고 선거전에 몰두한다.

　현실 정치의 가장 중요한 주제는 행복한 삶을 영위하는 것이지만 욕망에 종속된 인간은 생명의 연결관로가 막히는 현실을 보지 못하고 근시안적인 문제에 휩쓸려 다닌다. 동맥경화증으로 시달리는 아버지는 곧 오염된 하천 때문에 시달리는 우리 자신이다.

　작품 속의 아버지는 가족들의 홀대에 대하여 한 마디의 불평도 없이 그대로 고사하는 운명을 받아들인다. 깨끗한 피를 공급받지 못하는 생명체의 미래는 죽음 뿐이다. 자연의 순환성을 고려한 하수처리에

----

8) 앞의 시집, 112~113면.

적극적으로 나서지 않으면 전 지구적 생명을 유지시키는 데 큰 역할을 하는 물이 오염될 것이다. 물의 순환은 생명의 고리를 이어주는 중요한 현상이다. 이 과정이 오염되어 균형이 파괴되는 경우 유발될 상황을 연상하는 데 시인의 상상력이 적극적으로 발휘될 필요가 있다. 작품에서 언급한 동맥강은 하천을 의미하기도 하면서 자연의 물질들이 순환하는 관계를 의미하기도 한다. 작품 「動脈」은 생태학적 문제의식에 충실하지 못한 인간의 우매함을 경고하고 생태적 자각이 시급함을 강조하는 작품이다.

지금까지 살펴 본 성찬경과 이건청, 고형렬의 작품 이외에도 김광규의 「시름의 도시」, 신경림의 「이제 이 땅은 썩어만 가고 있는 것이 아니다」, 김명수의 「유적들」, 「가사미산」, 이형기의 「석녀石女들의 마을」, 「고독한 달걀」, 이하석의 「또 다른 가야산에서」, 이문재의 「산성눈 내리네」, 「오존 묵시록」, 「고비사막」, 박용하의 「지금 그곳에선」 등의 작품이 환경오염의 현장을 고발하는 작품에 해당된다.

생태시를 창작하는 시인들은 작품의 수적인 면에서 개인적인 차이가 있지만 대체로 이러한 성향의 작품을 한 두편 이상 창작한 것을 확인할 수 있다. 이러한 작품들이 생태시가 궁극적으로 지향하는 수준의 작품이 아닌 것은 물론이지만 생태시 발전 과정의 필수적인 단계의 작품으로 이해할 필요가 있다. 또한 현상적으로 활발히 창작된 결과 생태시 작품의 다수를 이루고 있다는 점도 무시할 수 없다.

신경림의 작품 「이제 이 땅은 썩어만 가고 있는 것이 아니다」의 경우, 환경오염으로 인한 문제적 현실 대부분을 다루면서 고발하는 내용으로 구성되어 있다. "봄이 되어도 꽃이 붉지를 않고 /비를 맞고도 풀이 싱싱하지를 않다"고 하면서 생태계의 항상성에 이상이 생겼음을

지적하는 내용으로 시작되는 이 작품은 현실의 구체적인 사례를 수용
하려는 욕구가 강하여 상당히 긴 분량의 작품을 이루었으나 고발과
비판에 주력하였기 때문에 시인의 개성적 언어가 충분히 발휘되지 못
한 결과를 낳았다.

봄이 되어도 꽃이 붉지를 않고
비를 맞고도 풀이 싱싱하지를 않다.
햇살에 빛나던 바위는 누런 때로 덮이고
우리들 어린 꿈으로 아롱졌던 길은
힘겹게 고개를 걸려 처져 있다.
썩은 실개천에서 그래도 아이들은
등 굽은 고기를 건져올리고
늙은이들은 소줏집에 모여 기침과 함께
농약으로 얼룩진 상추에 병든 돼지고기를 싸고 있다.
한낮인데도 사방은 저녁 어스름처럼 어둡고
골목에는 고추잠자리 한 마리 없다.
바람에서도 화약 냄새가 난다.
종소리에서도 가스 냄새가 난다.

왜 이렇게 되었는가, 언제부터 이렇게 되었는가.
꽃과 노래와 춤으로 덮였던 내 땅
햇빛과 이슬로 찬란하던 내 나라가
언제부터 죽음의 고장으로 바뀌었는가.
쩌이며 흐르던 강물이 시커멓게 썩어
스스로 부끄러워 몸을 비틀고
입술을 대면 꿈틀대며 일어서던 흙이
몸 가득 안은 죽음과 병을 숨기느라
웅크리고 도사리고 쩔쩔매게 되었는가.

언제부터 죽음의 안개가 이 나라의
산과 들을 덮게 되었는가.
쓰레기와 오물로 이 땅이 가득 차게 되었는가.

우리는 너무 허둥대지 않았는가.
잘살아보겠다고 너무 서두르지 않았는가.
이웃과 형제를 속이고 짓밟고라도
잘살아보겠다고 너무 발버둥치지 않았는가.
그래서 먼 나라 남이 버린 것까지 들여다가
목숨을 빼앗는 것이라 해서 이미 버릴 데가 없어
쩔쩔매던 것까지 몰래 들여다가
이웃의 돈을 울궈내려 하지는 않았는가.
몇푼 돈 거둬들이고 울궈내는 재미에
나라는 장사군과 한통속이 되어
이 땅을 쓰레기장으로 만들지는 않았는가.
이 나라를 온갖 찌꺼기
모으는 곳으로 만들지는 않았는가.

우리는 안다, 썩어가고 있는 곳이
내 나라만이 아니라는 것을.
죽어가고 있는 것이 내 땅만이 아니라는 것을.
저 시베리아의 얼음벌판에 내리는 눈에도
사람의 눈을 멀게 하는 산이 섞여 있고
아프리카 깊은 원시림 외진 강에서도
눈이 하나뿐인 고기가 잡힌다는 것을.
미시시피 강가의 한 마을에서는
목뼈가 없는 아기가 줄이어 태어나고
외국 군대가 진을 치고 있는
옛날엔 천국이 따로 없다던 남태평양의 섬에서도

에이즈와 암으로 사람들이 죽어가고 있다는 것을.

뿌옇게 지구를 감고 있는
연기와 먼지는 드디어
온통 이 세상을 겨울도 봄도 여름도 없는,
삶도 죽음도 아닌 세상으로 만들어버렸다는 것을.
연옥도 지옥도 아닌 버려진 땅으로 만들었다는 것을.
돈에 눈이 멀어 허둥댄 것이 우리만이 아니란 것을.
그러나 그것도 이미 좋았던 시절의 얘기다.
지금 지구는 언제 폭발해 저 자신을
잿더미로 만들지 모를 핵으로 가득 차 있다.
핵은 우리들 모두의 머리 위에서
우리들의 발밑에서, 우리들의 등 뒤에서,
죽음의 입김을 서서히 내뿜으면서
그 음험한 눈으로 우리를 노리고 있다.
보라, 삼천리 그 가운데서도 남쪽 반
이 좁은 땅덩어리 속에서만도 많은 핵발전소가
돈이 덜 든다는 구실 아래
곳곳에 도사려 우리를 집어삼킬
채비를 서두르고 있지 않은가.
또 저 북녘 굶주린 땅에서도
전쟁을 막는다는 핑계로 쌓인 핵들이
단숨에 백두에서 한라까지 죽음의 재로 덮을
음모를 꾸미고 있지 않은가.
어리석은 불장난에 쓰여지고 있지 않은가.

이제 이 땅은 썩어만 가고 있는 것이 아니다.
이제 이 지구는 죽어만 가고 있는 것이 아니다.
내 땅 내 나라, 아니 온 세계가 이제

단숨에 흔적도 없이 날아가버릴
마침내 그 벼랑에까지 와 서있다.
　　- 「이제 이 땅은 썩어만 가고 있는 것이 아니다」, 전문9)

　시인은 금수강산錦繡江山이라 불리던 한반도가 오염으로 더럽혀진
사실을 강조하면서 독자의 시선을 끈 다음 성장위주의 정책과 경제
논리가 야기한 생태 파괴상을 일일이 지적한다. 생태위기의 심각성을
인식하지 못하고 오히려 반생태적인 처사를 계속하고 있는 위정자들의
태도를 비판하는 부분과 이러한 부정적 상황이 초래된 기본 원리라는
점에서 자본주의 사회의 속성을 지적하는 부분은 그 동안 민중 중심적
인 작품 세계를 이어온 신경림 시인의 기본적 태도를 잘 반영하고 있다.
　작품 속에 반생태적인 처사의 근거로 묘사된 내용들은, 이익을 위한
부당한 경비 절감, 권력자들의 이기주의 등으로서 시인이 지속적으로
비판했던 한국 사회의 문제점들이다. 또한 핵발전소 문제를 다루면서
핵문제가 정치적으로 대미 위협수단으로서 활용되는 북한의 사례까지
지적하여 분단국의 현실을 생태위기와 연계하여 다룬다.
　핵문제는 한반도 내부의 문제로 머물지 않는다. 방사능 오염의 확산
적 성격과 핵무기의 파괴력을 고려할 때 전 지구적 성격의 문제로 보아
야 한다. 시인은 이 문제를 전 지구적 기상이변으로 대표되는 환경위기
의 전 지구적 성격과 연결시킨다. 인류의 터전인 지구의 운명이 결코
완벽할 수 없는 인간의 이기심 아래 놓여있는 현실이 얼마나 위험한지
강한 어조로 경고하는 것이다. 이 작품도 환경 문제에 대한 고발과

----

9) 고진하·이경호편, 『새들은 왜 녹색 별을 떠나는가』(다산글방, 1991), 83~87
　면.

비판의식이 강하게 드러나서 초기 생태시가 보여주는 상투성을 대표적으로 보여준다.

> 황해 바다 밀물과 썰물 날마다
> 드나들며 큰물 한 자락 멀리서
> 바라보는 위안을 주던 갯고랑에
> 둑을 쌓아 물길 막고
> 땅을 만들어 지도를 바꾸었다
> 게와 망둥이 숨어 살던 갯벌 사라져버리고
> 　　　(…중략…)
> 간척 지구 담수호에 폐유와 오수가 고여
> 역겨운 냄새 풍기는 시름의 도시
> 머지않아 인구 백만을 넘기면
> 숲도 산도 바다도 모르는 이곳
> 아이들이 요란스럽게 오토바이 몰고 다니며
> 주인 없는 폐농 헛간에서 비디오 흉내를 내고
> 先人의 祠堂에 못을 박지 않을지
> 공시지가는 해마다 높아지고
> 바퀴벌레와 솔잎혹파리는 나날이 늘어가고
> 　　　　　　　　　　　- 「시름의 도시」, 일부10)

　김광규의 「시름의 도시」는 새로운 도시를 건설하기 위하여 자연을 파괴하는 현실을 고발하는 작품이다. 자연의 조화를 무시하고 자연의 원형을 무지막지하게 파괴하는 인간의 행위가 인륜이 무너지는 상황까지 이어짐을 경고하는 의지를 엿볼 수 있다. 시화호와 안산시 개발의

---

10) 김광규, 『가진 것 하나도 없지만』(문학과지성사, 1998), 50~51면.

부작용이 작품의 소재인 것 같다.

인구가 백만으로 늘어난다는 것은 일면적으로 인간의 성장을 의미하는 것일 수 있다. 그런데 시인은 그렇게 되면 아이들이 숲도 산도 바다도 모르는 피폐한 삶을 살게 될 것으로 전망한다. 게와 망둥이의 터전이었던 개펄을 없애면서까지 인간의 보금자리라고 마련한 것의 결과가 피폐한 정신을 지닌 후손이라면 정당하다 할 수 없을 것이다.

바다를 바라보며 위안을 얻기도 했던 상황을 거부하고 아이들이 선인의 사당에 못을 박지나 않을지 걱정하는 현실을 초래하였다는 지적에서 그 이유의 하나를 생각해볼 수 있을 것이다. 정신적 가치, 무형의 가치를 제공하던 자연의 소중함을 무시하고 물질적 가치만 추구한 결과 혈연 관계의 정까지 메말라 버리는 양상을 우려하게 된 것이다.

아이들이 오토바이로 무리지어 폭주하는 것과 폐농 헛간에서 그들만의 모임을 갖고 비디오 흉내를 내는 것은 자신들 이외의 존재에 대한 거부로 이해할 수 있다. 이러한 태도는 자신 이외의 존재를 이해하고 배려하는 마음과는 정반대의 태도이다. 인간 이외의 존재를 무시하는 태도는 궁극적으로 인간 자체의 존재를 파괴하는 결과를 낳는다는 것이 시인의 비판점이다. 인간의 미래상은 아이들이 방황하는 모습으로 상징된다. 청소년들의 미래는 인류의 미래이다. 작품 속의 아이들은 혼란스런 가치관과 피폐화된 정서를 지닌 존재로서 인류의 암울한 미래상을 상징한다.

김명수의 작품 「유적들」은 시화지구 사업으로 인한 유적의 파괴상을 소재로 취하였음을 구체적으로 확인할 수 있는 작품이다. 앞서 김광규의 작품이 아이들의 암울한 모습을 통해 자연의 파괴상이 인간 정신의 파괴로 이어지는 측면을 강조한 것이었다면 김명수는 정신문화라

할 수 있는 문화재가 파괴되는 현상을 다룸으로써 정신사적 의미에서 자행되는 인류문명의 파괴행위를 부각시킨다. "~다"로 끝나는 짤막한 문장으로 자신의 일상사를 고백하는 듯한 어조는 비판적인 의도를 과하지 않게 표현하는 데 효과적이다. 이 담담한 표현이 표현 이면에 깔린 의미를 구차하게 설명하지 않으면서도 자연스럽게 독자가 연상할 수 있도록 한다는 점에서 긍정적인 시도로 평가할 수 있다.

> 시화지구사업 때 없어졌다
> '핑고구덩이'라고 부르던
> 그 유적들 없어졌다
>   (…중략…)
> 암울한 세상에서
> 올바른 학문의 근원을 밝혔던
> 그 성호 이익 선생 학문터도 없어졌다
> 그 모든 유적들 다 없애고
> 시화지구 반월공단이 생겼다
> 옛부터 사람들이
> 성호, 그 이익 선생의 고향을
> 오랫동안 '성호동'이라고 불러왔는데
> 이제는 정부에서
> 행정편의주의인지 부르기 좋다고
> 그저, 일동, 이동이라고 바꿔 부르는
> 그 일동 550번지가
> 내 주소가 되었다.
>
>   - 「유적들」 전문[11]

---

11) 김명수, 『바다의 눈』(창작과비평사), 1995, 92~93면.

이 작품에는 시화지구 반월공단을 조성하면서 파괴한 유적들이 여러 가지 등장한다. 시인이 특히 강조하고 있는 것은 성호星湖 이익李瀷과 관련된 유적의 파괴이다. 현실적 이익을 추구하기 위하여 사라지게 된 유적이, 실학의 대표적 학자인 이익의 주거지라는 점은 시사하는 바 크다. 눈앞의 이익을 쫓느라 실학이 추구했던 근본적인 가치를 상실 하는 역설을 보여준다. 이익의 주거지 유적이 사라지면서 주소를 지칭 하는 기준까지 변하게 된 측면은 정신사적 흐름을 단절하는 물질 지향 적 가치관의 폐해를 다시 한 번 생각하게 해준다.

이익의 고향이라는 점에서 '성호동'으로 불리던 곳을 그저 아라비아 숫자에 따라 '일동', '이동'으로 부르게 되었다는 것은 대표적인 고유명 사인 이름을 보통명사로 바꾼 것이다. 이러한 태도는 이익의 고향 자체 에 대한 부정을 상징하는 것이다. 시화지구 사업이 낳은 파괴는 단순한 지형의 변형이 아니라 그 지형 자체의 말살을 의미한다. 이익의 고향이 사라졌다는 것은 현상적으로는 그 지역의 소멸일 것이지만 이면에는 정신적 고향의 상실이 자리하고 있다. 무분별한 개발이 우리 스스로의 정신적 전통을 지워버리는 것일 수 있다는 점에서 더욱 문제적이다.

이상에서 살펴 본 생태시들은 생태시 발전 단계의 초기적 양상으로 서 환경위기의 실상을 부각시켜 그 심각성을 강조하려는 시인의 계몽 적 의도가 강하게 드러난 작품들이다. 이들 작품들은 고발의 대상이 되는 구체적 현실의 내용에 종속된 측면이 강하다. 그 결과 문학적 상상력이 발휘된 정도가 일반적인 문학 작품에 비하여 미약하다는 한 계를 보인다. 시인의 의도가 강하게 드러났음에도 불구하고 그러한 의도가 독자에게 수용되는 측면에서 한계를 지니고 있다는 점은 문학성 확보의 중요성을 역설적으로 입증하는 사례가 된다. 이러한 작품들은 생태시가 문학적 성과를 통해 생태학적 의의를 얻는 수준으로 발전하기 위한 전단계로서 시의식의 생태학적 전환 단계의 사례이다. 미학적 한계를 지니고 있으나 생태시가 발전하는 과정에서 지양극복의 대상으로서 기여한 측면도 충분히 인정해야 한다.

2 '문명 비판시'와 생태학적 자각

환경위기의 현실을 고발하는 작품에 못지않게 활발히 창작되는 것으로서 인간의 문명을 비판하는 작품들이 있다. 단순히 문명을 비판하는 작품을 모두 생태시로 간주할 수는 없지만 환경위기상를 낳은 원인으로서 인간의 문명을 지적하면서 그에 대한 비판에 주력한 작품들은 생태시의 초기적 양상으로서 인정할 수 있을 것이다.

성찬경은 이전의 환경오염의 실상을 고발하는 작품에 이어 그러한 현실을 낳은 원인으로서 인류 문명의 속성을 지적한다. 작품 「歲寒點描」는, 자본주의 체제가 초래한 개인의 소외 문제를 환경 문제와 함께 연관해서 표현한 것으로서 종말을 향해 질주하는 인류 문명에 대한 묵시록적 경고에 해당한다.

가난이 즐거워라
번식하는 장판의 얼룩
어느 名家의 추상화보다도
살아서 精妙해라
　　(…중략…)

이젠 一等星밖엔 안 보이는 서울의 하늘을
잠시 떠났거니
　　(…중략…)
文明의 썩은 밭에 얽힌 나의 덩굴
다시 독을 빨지 않고선 살 수 없는
이 中毒患者의 설움이여.
　　(…중략…)
異常暖冬이 話題지만
겨울이 칼날을 잃은 지가
어찌 어제 오늘의 일인가
내 고향 無限川이 結氷을 못하게 된 지가
벌써 이십 년이 넘는걸.

(1973. 4)
- 「歲寒點描」 일부12)

　1970년대 초반의 한국 사회는 한민족의 오랜 업보였던 '보릿고개'를
타파한 여세를 몰아 경제발전에 국가적 역량이 집중되던 시대였다.
민주화 문제가 사회의 한 편에서 계속 제기되기는 했으나 '100억불
수출, 1000불 소득'이란 구호는 어떤 시구보다 국민들의 뇌리에 깊은
희망과 의지를 심어주고 있었다.
　성찬경은, 이런 분위기 속에서 산업화가 낳은 인간 문명의 폐해를
지적한다. 빈한함이란 자본주의 사회에서 결코 내세울만한 것이 아니
지만, 화자는 그 가난을 감추거나 슬퍼하지 않는다. 누군가는 짊어져야
하는 것이 가난이라면 그 짐을 스스로 감당한다는 태도에서 일종의
숭고한 헌신을 읽을 수 있다.

....

12) 성찬경, 앞의 시집, 69~70면.

화자는 장판에 곰팡이가 번진 모습을 인간미 묻어나는 담담한 어조로 고가의 추상화에 비유한다. 곰팡이는 방에 불을 충분히 지피지 못해 피어나는 것이다. 빈곤함을 상징하는 곰팡이가 화자에게서 살아 생동하는 미술품으로 승화된다. 화자가 보인 여유로운 마음은 성장하는 도시의 물질적 풍요와 함께 부각되는 비인간적 속성과 대비되면서 따뜻한 마음이 중요함을 강조한다.

서울은 물질적 풍요를 추구하면서 지속 성장을 거듭한 끝에 거대 도시로 변모하였지만 시인에겐 "썩은 밭"일 뿐이다. 썩은 밭은 아무 것도 생산할 수 없는 곳으로서 오염된 지역이라 하겠다. 서울에 자리 잡은 이들은 어느새 그 독성에서 쉽사리 벗어날 수 없는 존재가 됨을 비판한다.

화자는 밤이 되어도 일등성 외에는 보이지 않을 정도로 심각한 대기 오염을 피해 고향으로 돌아간다. 밤하늘에 아기별들이 존재할 것으로 기대되는 고향 하늘을 찾아 떠난 것이다. 하지만 알게 모르게 축적된 독성은 인간의 몸과 마음까지 중독시킨 다음이었다. 화자는 고향에 가서도 자신의 의지와 상관없이 썩은 밭에 익숙해진 몸과 마음이 중독된 지역을 지향하고 있음을 발견한다. 이미 "中毒患者"의 단계에 들어선 것이다. 정신도 물질문명의 영향에서 자유로울 수 없다.

고향 또한 더 이상 안전한 곳이 아니다. 고향의 강물은 벌써 20년 이상 겨울에도 얼지 않는다. 강물을 얼릴 수 없는 겨울이 건강한 겨울일 수는 없다. 썰매를 지치는 즐거움도, 빨갛게 언 코를 매워하며 언 강 위로 돌은 던져보는 정겨움도 기대할 수 없는 겨울 강, 시인은 이 지점에서 후손에 대한 책임감을 떠올린다. 그해 겨울의 異常暖冬만을 거론하는 현대인의 무신경증을 지적하는 시인에게 20년 이상 겨울 다운 겨울이 오지 않았음은 무엇을 의미하는가? 숲도 산도 바다도 모르는 아이들처럼 겨울이 칼날같이 매서워야 함을 인식하지 못하는 세대가 등장할 것을 예고하는 것이다.

문제의식조차 기대할 수 없는 세대의 등장은, 화자가 가장 걱정하는 내용일 것이다. 생태학적 자각을 환기함에 있어서 후손에 대한 책임감은 적절한 동기로 작용할 수 있다. 근시안적 시선을 거부하고 20년 이상을 조망하는 시인의 눈은, 오염의 시간을 실제적인 시간으로 전환시켜 그 심각성을 구체적으로 보여주는데 성공하고 있다. 생태학적 자각에 한 걸음 접근한 태도라 하겠다.

생태학적 자각은 여러 측면에서 볼 것을 요구한다. 시인은 한쪽 면만 보고 달리는 근시안적인 시대를 "참을 여읜 시간"이라 비판한 다음 '공해를 먹고'[13] 찌운 살이 과연 건강한 태아를 키울 수 있을지, 건강한 미래를 기대할 수 있을지 계속해서 의문을 던진다. 성찬경의 시선은, 환경오염의 폐해를 지적하면서 현대 물질문명에 대한 근본적인 비판으로 나아가는 양상을 보인다.

고형렬의 문제의식은 장시 『리틀보이』(넥서스, 1995)로 집대성된다. 「리틀보이」는, 1991년 3,000행의 작품으로 발표된 이래 총 8,000여 행

....

13) 천길 꿈의 바다 속에 숨어서 속삭여라. / 참을 여읜 시간이 / 기도 없는 일월이 흐른다 / 진리가 목숨보다 귀하다는 진리는 이제 / 해골들이 지키고 있다 / 카인의 혈구가 씩 웃는다 / 빨간 양탄자의 쾌락에 세계가 탄다 / 토막난 것들이 금관 쓰고 뛴다 **공해를 먹고 살찐 것들이 묘기한다** / 역사는 사 차원의 크나큰 흰 무덤 / 주여, 십삼년을 더 견뎌야 합니까 / 십삼년이 십삼년을 낳아도 견뎌야 하느니라. 아아, 영원토록. 쓸데없는 노리개 인생 (1973.10) - 「十三行의 黙示語錄」 전문(강조, 인용자)

으로 개작되어 발표된 대작이다. 여기서 '리틀보이'는 히로시마에 투하된 원자폭탄의 이름인데 제목에서도 알 수 있듯이 히로시마 원폭투하 사건을 다룬 작품이다.

히로시마의 원자탄 투하 사건은 지금까지 여러 가지 의미를 부여받아 왔다. 전세계적 차원에서 보면 제2차 세계 대전을 종식시킨 결정적 계기로서 인정될 수 있을 것이고 일본 제국주의의 식민지였던 조선의 입장에서 보면 해방의 계기가 될 수 있다. 또한 피폭 당사국인 일본의 입장에서는 반핵의식이 자리잡는 계기이기도 하면서 일본 민족 최대의 비극일 수도 있는 것이다. 이에 대한 시인의 문제의식은 다음 시구에서 확인할 수 있다.

> 히로시마 하늘의 허공에서
> 떨컹, 티베츠는 핵폭탄창을 열었다.
> 미국 사내아이의 순산이었을까, 아니면
> 일본의 파멸인가, 조선의 해방인가,
> 그 어느 것도 아닌 듯한 대파괴의 지옥이
> 지금 떨어지려고 하는 순간[14]

히로시마 원폭투하 사건은 무엇인가? 제2차 세계 대전 이후 전 세계의 초강대국으로서 주도권을 행사하고 있는 미국의 등장을 알리는 신호탄이었는가? 세계대전이란 참극의 종식을 의미하는 일본 제국주의의 패망을 앞당긴 사건인가? 아니면 일제 식민지 치하에서 허덕이던 조선의 해방을 알리는 감격의 나팔소리인가? 시인은, 인간 중심적 욕망

....

14) 고형렬, 『리틀보이』(넥서스, 1995), 18면.

의 통제 아래 이루어진 과학기술의 혁명이면서 대파괴의 지옥을 연출
한 비극임을 강조한다.

작품의 출발부터 여러 층위의 견해를 문제 삼고 있으므로 長詩의
형식을 빌어 총체적 접근을 시도한다. 이 작품의 화자는 세 명이다.
하나는 원자폭탄인 리틀보이이고 다른 두 화자는 히로시마에 징용되었
던 조선인 가족의 한 어린이인 김중휘와 그의 삼촌 이옥장이다. 리틀보
이가 간간이 독백하듯 진술하는 내용과 김중휘를 중심으로 전개되는
재일 조선인의 이야기가 주요 갈래를 이루며 진술의 이면에 10살 남짓
한 어린 아이 김중휘와 또 다른 어린 아이(리틀보이)의 만남을 대비적
으로 제시하고 있다.

> 나는 꼬마, 모든 쇠붙이의 손자
> 본명은 리틀보이이다.[15]

> 우리 가족은 1936년까지는
> 소농으로 합천에서 살았다
> 이듬해 친구를 따라 일본을 갔다가 온 이웃집
> 남정네 말을 듣고, 이윽고 아버지는
> 합천과 산과 집을 떠나기로 결심하였다[16]

'리틀보이'를 소개하며 시작하는 서장의 첫 연은 원자폭탄 '리틀보
이'가 과학 문명을 후손임을 분명히 밝히고 있는 반면, 김중휘 어린이
의 가족사를 다룬 부분은 일제의 식민지 수탈정책으로 소작농으로 살

---

15) 앞의 시집, 9면.
16) 앞의 시집, 24면.

아야 했던 가족사와 소작농의 어려움에 결국 고향을 등질 수밖에 없었던 한 조선인 가족의 애환을 담고 있다. '리틀보이'와 '김중휘'는 각각 가해자와 피해자의 입장으로 만나게 되지만 단순한 가해자와 피해자의 입장을 떠나 우리의 불행했던 민족사와 현대문명이 야기한 비극의 구성원으로서 새로운 의미를 부여받는다. 김중휘는 억울하게 히로시마로 이주하여 피해를 입은 조선인의 상징이며 리틀보이는 현대문명이 지닌 파괴성을 상징하는 존재이다.

이 작품에서 리틀보이로 행한 폭력의 특징은 말 그대로 '무차별 폭격'의 양상으로 진행된다. 특정한 적을 향한 폭탄이 아니라 무고한 양민까지 그 피해의 대상이 된다. 김중휘는 일본 제국주의의 피지배 민족으로서 부당한 대우를 받아왔고 고향을 등지고 일본에서 핍박 속에 살고 있었음에도 불구하고 일본 제국주의를 향한 폭탄에 희생되는 억울한 운명의 소유자이다.

일본 제국주의의 가혹한 침탈상이 작품에 생생하게 구현되면서 작품의 추진력을 제공한다. 시인은 김중휘 어린이의 주변 인물을 언급하면서 자연스럽게 민족적 수난사를 하나씩 도입하는데 성공한다. 관동대지진을 계기로 자행된 일본인들의 무자비한 조선인 학살 사건을 비롯하여 숟가락, 솔뿌리까지 착취하는 징용 및 징병, 나아가 일본군 위안부 문제를 다루면서 고귀한 생명과 노동력 뿐 아니라 정조貞操와 정신까지 유린한 만행을 폭로하고 있다. 당시는, "조선에서 450만, 일본으로 150만, / 군요원으로 30만, 징병으로 23만, / 위안부로 14만 도합 700만 인구가 동원, / 민족이 말살되고 있는 조선의 벼랑이었다."[17]

17) 앞의 시집, 20면.

> 따가운 햇살이 눈 속에 들어왔다. 순간
> 문득 노고지리를 죽이고 싶었다
> 돌을 들어서, 노고지리 머리를
> 땅바닥의 돌에 대어놓고 내리쳤다
> 머리뼈가 으스러지는 소리가 났다
> 꽁지와 가느다란 다리를 잠시 떨더니
> 이윽고 날개가 처지면서 머리를 떨궜다
>   (…중략…)
> 나는 일본을 길에다 묻었다[18]

극심한 수난을 겪은 소년의 피해 의식은 노고지리를 잡아 죽이는 부분에서 단적으로 표출된다. 노고지리를 잡아 죽이는 장소인 히로시마 해변은 비록 일본이었지만 김중휘 소년에게는 정서적 위안을 주는 장소였다. 그러한 장소가 살생의 장소로 변한다. 우연히 노고지리를 잡게 된 소년은 그것이 일본인보다 더 일본과 가깝다는 생각이 들면서[19] 문득 죽여버리고 싶은 생각이 드는 것이다.

노고지리를 죽이는 장면은 소년의 행동치고는 너무도 폭력적이고 잔인하게 묘사된다. 여기서 소년이 보인 폭력성은 피지배 민족으로서 소년의 여린 몸과 마음으로 감당해야만 했던 부당한 현실의 폭력성이다. 부당한 억눌림에 대한 반감이 소년의 행동으로 전이되어 표출된 것이다.

....

18) 앞의 시집, 39면.
19) "일본 사람들과 섬의 기후와 햇빛, 바람, 벌레와 / 함께 살아온 한 마리의 노고지리, 어쩌면 일본 사람들보다 더 오랜 시간을 / 살아왔을지도 모르는 노고지리였다"
   앞의 시집, 38면.

"일본을 길에다 묻었다"는 표현을 들어 소년이 일본에 저항하였다는 의미로 확대하는 것은 무리이지만 일단 일제에 대한 민족적 분노의 표출임은 분명하다. 그러나 일제에 능동적으로 저항하는 조선민중의 모습은 작품 속에서 상당한 의미를 지니고 있다. 지청천 장군 산하의 조선 광복군이 보여준 조직적 저항의 역량은 민족적 자존심을 환기시키면서 중요한 의미를 지니고 있다. 이후 역사 속에서 충분히 인정받지는 못하였지만 이옥장과 주변 인물들의 행동을 통해 대표되는 굳건한 저항 의지와 조직적인 활동은 주체적인 해방의 싹을 지닌 것으로 볼 수 있다.

이옥장의 지휘 아래 항만의 주요 선박들을 바다로 흘려보낸 의거는 조선 광복군의 의미있는 거사였다. 하지만 '리틀보이'가 떨어지기 직전에 거행되었기 때문에 거사의 성공에 대한 벅찬 감동을 누려보기도 전에 원자폭탄의 강력한 폭풍에 거사의 의의까지 가려져 버린다. 결과적으로는 '리틀보이'가 일제에 대한 조선 민족의 주체적 저항 사례 하나가 제대로 평가되지 못하는 계기로 작용한 셈이다.

'리틀보이'는 인간들의 전후 사정을 전혀 고려치 않는 존재였다. "부끄러운 역사는 / 언제나 민중을 괴롭힐 뿐"[20]이라는 고백은 권력의 보호를 받지 못하는 민중의 아쉬움과 폭력 아래 무방비로 자리하던 존재의 아쉬움을 효과적으로 표현하고 있다.

시인은 비판의 목소리가 진부하지 않도록 냉소적인 표현을 활용하여 조절한다. 부정확한 발음 여부를 판단 근거로 삼아 조선인을 선별해 죽이는 일본인들의 잔혹성과 부당함을 지적하면서 "만약 일본 여자가

---

20) 앞의 시집, 107면.

'주고엔 고짓센' 하면 / 그 여자는 조선 여자가 되어 / 능욕을 당하거나
칼에 찔려 죽는다 / 이처럼 일본 사람들은 이상하게 의심이 많고 /
피해망상증에 걸려 있었다"[21]고 표현한 부분은 일본인들에 대한 비난
의 차원에서 한 걸음 나아가 딱한 심정을 드러냄으로써 일본인의 한계
를 지적하는 표현이다. 부당한 명분을 앞세워 비인간적인 처사에 참여
하는 일본인의 구차스런 면모가 생생하게 부각된다.

　이상과 같은 태도는, 원자탄 개발의 실마리를 찾아 즐거워하는 과학
자들을 묘사한 부분이다. "이제 과학은 미래로 출구를 찾았는가 / 막을
수 없는, 거대한 댐의 작은 물구멍인가 / 아니면, 자유의 날개인가"[22]하
며 직설적인 비판의식을 표현하여 작품의 설득력을 지속적으로 유지하
는 효과를 낸다.

　'리틀보이'가 지상 600미터 상공에서 폭발한 순간은 한일간의 민족
사적 성격도 미국의 패권주의적 야망도 모두 사라지고 오로지 지옥이
재현될 뿐이다.

　　　머리가 없어진
　　　흉측한 몸뚱아리
　　　두개골이 깨어진 사람
　　　복장이 터져서도 눈을 껌벅이는 사람
　　　엎어져서 길바닥에 나동그라진 아이
　　　다 헤진 군복을 입고 젖먹이처럼
　　　울고불며 뛰어가는 해군 병사,

---

21) 앞의 시집, 56면.
22) 앞의 시집, 187면.

고막이 터져서 귀에서 피가 흐르는 늙은이,
음부까지 곱슬곱슬하게 타서
누런 물이 고인 물주머니를 달고 앉은 부인,
등이 두꺼비살이 되어 죽은 사람,
머리카락이 모두 뽑힌 채로
거리를 이리저리 뛰어다니는 여자,
히로시마는 광란의 거리였다.23)

시인은 욕망에 사로잡혀 자연의 섭리를 거역하는 인간들의 최종 귀
착지를 히로시마의 참상을 통해 예고한다. 시인은 미래의 비극을 알면
서도 그 길을 가고 있는 현실이 더욱 안타까와 한다. 이러한 안타까움은
자연과 인간이 세상의 섭리에 따라 어우러질 수 있기를 희구하는 것으
로 더욱 절실히 나타난다.24)

원폭을 투하할 폭격기가 날아오고 있는 중에도 히로시마의 인간들은
그들 나름의 喜怒哀樂을 온 몸으로 감당하며 살고 있었다. 시한부의
삶이었으나 그것을 아는 이는 거의 없었다. 정보를 입수하고 대비할
수 있었던 일부 사람들 또한 그것이 그토록 엄청난 결과를 야기할 줄은
예상할 수 없었기에 비극의 현장에서 확실히 벗어날 수 없었다. 하지만
피해의 위력이 워낙 대단해서 피할 가능성 자체가 없었을 수도 있다.

위기에 대한 정확한 인식과 회피 가능성이 이루는 관계를 의식하면,
환경위기 시대에 생태시인의 책무가 새롭게 떠오른다. 이 책무는, 성찬
경이 강조한 시인의 임무와 상통하는 것으로서 생태위기의 심각함을

23) 앞의 시집, 247면.
24) 앞의 시집, 238면 참조.

깨달을 수 있도록 생태학적 자각을 위한 간접체험의 장을 마련하는 것이다. 작품을 통해, 단순한 지식의 차원을 넘어 생태학적 자각을 이끌어내는 것이 시인의 과제일 것이다.

원자 폭탄을 투하하고 회항하는 폭격기를 쳐다보는 소년의 눈은 천진난만한 빛을 띠고 있었을 것이다. 그 시선은 다시 풀밭으로 이어지고 거기에는 짝짓기에 열심인 무당벌레가 들어왔다. 생명의 법칙에 충실히 순종하는 무당벌레의 태도는 반생명적인 폭탄의 폭력성을 더욱 강조하게 된다.

> 둑길에서 나는 몇 발짝을 더 걸어갔다
> 육중한 물체를 떨구고
> 전속력으로 달아나는 비29기의 소리가
> 멀어지는 40여 초 동안
> 나는 내 옮겨지는 발등과 둑의
> 풀밭을 분명히 보았었다
>
> 풀대 위에서는 두 무당벌레가 아주 열심히
> 아침 짝짓기를 하고 있었다.25)

고형렬의 『리틀보이』는, 사소한 실수26)에도 불구하고 히로시마 원

---

25) 앞의 시집, 212면.
26) 제5장의 내용 중에 시인의 실수가 보인다. 238면에는 원폭의 충격에 휩싸여 어머니를 향해 비틀거리며 가는 김중휘의 심정을 표현한 부분으로 "형을 죽인 카인의 마음이었다"라는 표현이 있다. 성경 내용에 따르면 카인이 죽인 것은 형이 아니라 동생인 아벨이었다. 시인이 성경의 이 사실을 알면서 일부러 바꾼 것일 수도 있으나 내용상으로는 뒤에서 "자포자기와 노출 본능이"로

자폭탄 투하 사건을 8,000행의 長詩로 엮은 시인의 정렬이 돋보이는 작품이다. 폭력성과 대비되는 생명성에 대한 의식은 이후 작품 성향의 중요한 계기로 작용한다. 생명의 소중함은 생명을 가진 존재에 대한 존중감으로 이어지고 이는 다시 생태학적 세계관의 대표적 입장의 하나인 '인간과 인간 아닌 존재와의 관계성'에 대한 인식으로 발전한다. 이러한 작품은 가장 최근의 시집인 『성에꽃 눈부처』(창작과비평사, 1998)를 중심으로 전개되는데 이는 시의식의 생태학적 전환을 보여주는 단계의 계몽적인 수준의 작품을 창작하다가 환경오염 현장을 고발하고 문명비판을 심화시키면서 점차 생태학적 자각에 이르는 발전 과정을 확인할 수 있는 사례가 된다.

작품 「목련」은 김지하의 작품 「생명」과 「중심의 괴로움」[27]을 연상시킨다. 「목련」은 연약한 식물이 개화하는 모습을 통해 자연의 섭리로서 생명의 구현을 추구하는 것의 숭고함을 인식하고 그에 순종하는 자세의 정당성을 강조한다.

....

되어 있음을 고려할 때 단순히 성경의 모티브를 따온 것으로 보는 것이 자연스럽다. 따라서 "아우를 죽인 카인의 마음이었다"가 바른 표현일 것이다.

[27] 생명 /한 줄기 희망이다 /캄캄 벼랑에 걸린 이 목숨 /한 줄기 희망이다 //돌이킬 수도 /밀어붙일 수도 없는 이 자리 //노랗게 쓰러져버릴 수도 /뿌리쳐 솟구칠 수도 없는 /이 마지막 자리 //어미가 /새끼를 껴안고 울고 있다 /생명의 슬픔 /한 줄기 희망이다. (「생명」, 전문)
봄에 /가만 보니 /꽃대가 흔들린다 //흙밑으로부터 /밀고 올라오던 치열한 /중심의 힘 //꽃피어 /퍼지려 /사방으로 흩어지려 //괴롭다 /흔들린다 /나도 흔들린다 /내일 /시골 가 /가 /비우리라 피우리라. (「중심의 괴로움」, 전문)

세상 가장 커다란 믿음을 본다
가지마다 피는 망울을 느낀다
어느 시절에도 찾아오는 그들이
그리고 그 나무들이 가장
오래 된 믿음을 가지고 있다
노력과 희망으로 가득한 세상
세상이 흉악해지고 오염되고
하늘이 가물고 재난이 터져도
그들은 이 세상으로 찾아온다
그 누군가와 한 약속을 지키는
그것이 그들의 구원인 양
마치 더 작은 꿈을 찾아서 오는
꽃봉오리들 피기 며칠 전 저녁
가장 반듯한 믿음 다시 만난다.

- 「목련」 전문28)

開花에 대한 신뢰감은, 자연의 섭리에 대한 믿음으로 이해할 수 있다. 그것은 "가장 오래된 믿음"이라는 점에서 무엇보다 우선하는 정당성을 지니고 있다. 인간이 존재하기 이전부터 있었던 것이라면 인간적 가치관을 넘어서는 것일 수 있을 것이다. 이러한 믿음과 반대되는 것으로서 일시적이고 자연의 섭리에 어긋나는 신뢰감을 연상하자면 서구의 인간중심적 패러다임을 지적할 수 있다.

시인의 확신은, "가장 커다란 믿음"에 대한 신뢰에 근거하여 인간의 오류를 바로잡고자 노력하는 것이다. 때가 되면 꽃을 피울 수 있는 생명력은 목련 꽃잎이 굳세어서도 아니요 나뭇가지가 튼튼해서도 아니

....

28) 고형렬, 『성에꽃 눈부처』(창작과비평사, 1998), 9면.

다. 오로지 자연의 섭리에 순응하였기 때문에 가능한 것이다. 생태위기를 낳은 인간 중심적 물질 문명을 비판하는데 주력하던 시인의 비판 의식이 이 단계에 이르면 가치관을 정교히 하는 쪽으로 전환됨을 확인할 수 있다. 그러나 이 작품도 계몽적 성향을 완전히 극복하지 못하고 있다. 소재를 목련에서 취하고는 있으나 각 시구마다 드러나는 시인의 견해는 깨달음에 대한 직설적 토로의 양상을 띠고 있는 것이다.

> 나 오랜 옛날 나무인 적 있었다
> 다른 세상의 햇살이 지나가고
> 치맛자락을 흔들어대는 바람이 불던 날
> 나 그때 나무였던 것이 분명하다
> 이제서야 그 아련한 추억들이 수런인다
> 아주 낯선 강 멀리 키는 하늘에 닿아
> 수도 없이 돋아나오는 나뭇잎들이 되면서
> 나는 비로소 아주 먼 그 옛날 내가
> 귀여운 애기잎사귀들을 흔들어주면서
> 바람으로 돌아오는 나를 보았었다, 그때
> 나무였다는 사실을 알게 되었다
> 이제서야 아련한 추억들이 살아난다
>
> 파란 바람아 불어오니라 불어가니라
> 알려고 하는 자에게만 비밀을 일러주고
> 저 나뭇가지들을 흔들어주어라
> 나 옛날 바람이었던 때가 즐거웠다
> 그때가 아름다운 때였음을 알게 되었다.
>
> - 「바람 나뭇잎」 전문29)

「바람 나뭇잎」은 시인이 도달한 생태학적 가치관의 깊이를 짐작케 해준다. 화자는, 인간과 다른 생물의 일치를 경솔하게 주장하지 않는 대신 바람과 나무의 일체성을 노래한다. 바람에 가볍게 흔들리는 수많은 나뭇잎을 싹틔웠던 파란 바람은 생명의 향기를 지닌 것을 의미한다. 이 바람으로 인하여 나무는 생명의 섭리 속에 포함되고 바람과 나무는 그 속에서 일체가 된다. 나무가 세상을 흐르는 생명의 섭리를 받아들이기 때문이다.

나무가 바람에 잔잔히 흔들리는 모습을 바람과 나뭇잎의 교감으로 파악하면서 이를 다시 양자의 일체감을 느끼는 데 까지 나아간 화자의 시각은 순환성에 대한 의식이 바탕으로 한다. 순환의식은, 동양적 사유의 특성일 뿐 아니라 심층생태학과 신과학의 중요한 사상적 기반이다.

신화적 상상력을 연상시키는 시인의 진술 태도는, 바람과 나뭇잎의 이질감을 생명성과 섭리 의식 아래 포용하는데 충분한 효과를 낸다. "알려고 하는 자에게만 비밀을 일러주고"라는 표현은 생태학적 자각이 저절로 이루어지는 것이 아니란 점과 생명의 교감이 상대적으로 이루어지는 점을 간접적으로 표현한 것이다.

    이 도시의 시민들은 아무도 죽지 않는다.
    어제 분명히 죽었는데도
    오늘은 또 거뜬히 살아나서
    조간을 펼쳐든 스트랄드브라그씨의 아침 식탁
    그것은 위대한 생명공학의 승리
    인공합성의 디엔에이 주사 한 대가

....

29) 앞의 시집, 31면.

시민들의 영생불사를 확실하게 보장하고 있다.
　　　(…중략…)
아무도 죽지 않기 때문에 장사를 망치고 죽을 지경인 장의사
주인도
죽지 않고 살아서 계속 파리를 날린다
1년에 한 살씩 나이를 먹는다는 계산은
전설이 되어버린 도시
　　　(…중략…)
실연한 백발의 노처녀가 드디어 목을 맨다
그러나 결코 죽을 수는 없는 차가운 디엔에이의 위력
스스로 개발한 첨단의 생명공학이
죽음에의 길마저 차단해버린 문명의 막바지에서
시민들의 소망은 하나밖에 없다
아 죽고 싶다.
　　　　　　　　　　　- 「죽지 않는 도시」 전문30)

　이형기의 「죽지 않는 도시」는 생명공학의 발달로 영원한 삶이 가능해진 세계의 풍경을 그린 것이다. 이 세계는 죽지 않으니 노화도 의미가 없고 나이의 차이 또한 의미가 없다. 永生不死는 인류의 오랜 숙원이었다. 천하를 지배하던 진시황이 지상 최고의 권력을 가지고도 얻지 못한 것이 영원한 삶이었다. 작품 속의 세계가 불사의 꿈을 이룬 세계이건만 시인이 그린 모습은 결코 행복한 것으로 보이지 않는다. 오히려 시인은 죽지 않게 된 현실의 부정적인 측면에 주목한다. 과학 기술의 발달이 제공한 영생이 괴롭게만 느껴지는 것이다. 이는 인간 문명의 발전이 궁극적으로 행복을 가져다 줄 것이라는 믿음에 대한 정면 반박이다.

30) 이형기, 『죽지 않는 도시』(고려원, 1994), 14~15면.

사람들이 죽지 않으니 당연히 장의사는 할 일이 없다. "장사를 망쳐 죽을 지경"이 바로 장의사의 현실이다. 아무리 죽을 것 같아도 장의사는 죽을 수 없다. 할 일이 없어진 존재는 인간 사회에서 존재 의의를 상실한 것으로 볼 수 있다. 경제활동을 통해 소득을 얻지 못하는 삶의 고통을 지적하면서 인간의 양태를 비판적으로 그린 부분이다. 한편으로는 삶의 보람을 얻지 못하면서 삶을 이어가야 하는 현실의 고통을 표현한 것으로도 볼 수 있다. 이 부분에서 시인은 인간 삶의 의미가 무엇인지를 문제 삼았다.

자살을 시도하는 경우 역시 무위에 그친다. 과학기술이 최고조로 도달된 상태, 인류 문명의 발달이 극에 달한 상태에 이른 인간들의 입에서 나온 말은 의외로 "아 죽고 싶다"이다. 그러나 이 말을 되뇌일 뿐 영원히 죽을 수 없다. 지구상의 모든 생명체 중에서 자살까지도 스스로 선택하는 존재는 인간뿐이라고 한다. 간혹 고래와 쥐들이 뭍으로 오르거나 바다 속으로 뛰어들어 스스로 죽음을 선택하는 경우도 있으나 이 경우를 자살로 설명하기에는 아직 확인되지 않은 부분이 많다.

인간의 자살이란 생태학적 견지에서 볼 때 가장 반생명적인 것이다. 자살은 할 수 있는 것이면 뭐든지 행하는 인간의 부당한 처신 중에서 대표적인 것이다. 시인은 반생명적인 인위人爲에 대해서도 비판의 목소리를 이어간다. 피와 살이 튀고 사지가 잘려도 인공물로 대신하며 삶을 이어가는 세상, 신체의 대부분이 교환되더라도 그 이름을 유지하고 있을 세상, 죽을 수 없는 세상은 새로운 삶에 대한 의지마저 제거된 세상이다.

「죽지 않는 도시」는 인간 문명의 발달이 가져올 최고의 상태를 비판적으로 그림으로써 인간 중심적 가치관과 인간의 욕망 그리고 인류 문명의 본질에 대하여 차분히 성찰할 수 있는 계기를 제공해주는 작품으로 평가할 수 있다.

이상에서 살펴 본 문명비판시들은 여전히 계몽적 의도를 드러내고 있는 것이 대부분이지만 앞 절에서 다룬 현장 고발의 작품보다 생태학적 자각에 한 걸음 접근한 것으로 보인다. 특히 문명의 폐해를 의식하는 가운데 반생명성을 지적하게 되고 점차 생명의 소중함에 대한 강조로 발전한 것을 확인할 수 있었다. 이 발전은 생태시가 초기의 계몽적 한계를 극복하고 문학성을 획득함과 아울러 생태학적 자각의 깊이를 더하는 과정을 예고하는 것이다.

생태학적 시의식의 발전

시의식이 생태학적으로 전환되는 단계의 작품들이 강한 의도성 때문에 문학성 확보에 어려움을 겪었다면 그 다음 단계의 작품들은 앞선 단계의 한계를 극복하면서 생태학적 인식의 폭과 깊이를 더하는 방향으로 나아간다. 생태학적 시의식이 발전하는 양상은 1980년대 후반부터 활발하게 전개되며 생태시의 궁극적인 지향점을 형성하는 계기가 된다.

생태학적 시의식이 발전하는 면모는 생태학적 의의를 고려하여 다시 두 가지로 나누어 살펴볼 수 있다. 한 가지는 생태학적 인식을 적극적으로 수용한 시인들이 다양한 상상력을 발휘하여 문학성과 생태학적 의의를 함께 추구한 결과로서 '생태학적 시의식의 확장' 단계를 보여주는 것이며 다른 하나는 생태학적 인식의 깊이를 더하기 위하여 특정한 사상을 집중적으로 파고들어 그 사상체계를 활용하여 창작한 생태시 작품으로서 '생태학적 시의식의 심화' 단계에 해당하는 것이다.

'생태학적 시의식의 확장'을 보여주는 경우로는 정현종, 최승호, 김광규, 이건청, 고재종, 김명수 등 최근의 생태시인 대다수의 작품이 해당된다. '생태학적 시의식의 심화'를 확인할 수 있는 경우는 김지하와 고진하의 경우를 들 수 있다. 김지하와 고진하는 동서양의 생태학적 사유를 대표하는 동학과 기독교의 세계관을 활용한 경우로서 좋은 비교 사례가 된다.

이상의 분류가 시의식의 다양성을 모두 포괄할 수 있는 것일 수는 없을 것이지만 한국 생태시의 전개 양상을 규명하기 위하여 중요한 성향을 정리한 방법이라는 점에서 큰 무리는 없을 것이다.

1 생태학적 시의식의 확장

생태시 창작의 근간이 되는 생태학적 상상력의 성격은 생태학적 인식에 따라 세부적으로 구분할 수 있을 것이다. 생태학적 인식은 앞서 베리 코모너의 이론에 따라 소개한 바와 같이 첫째 모든 생물은 다른 모든 생물과 서로 깊이 연결되어 있다. 둘째, 모든 것은 어디론가로 자리를 옮길 뿐이지 이 세계에서 아주 없어지는 것은 없다. 셋째, 자연이 좀 더 잘 알고 있다. 넷째, 대가 없이 이루어지는 것은 없다. 이상 네 가지로 정리할 수 있다.

정현종과 최승호는 생태시 창작에 있어서 남달리 애정을 보인 시인이다. 이들의 작품은 수적인 면에서 다른 시인의 경우에 비하여 월등히 많을 뿐 아니라 작품의 주제들도 생태학적 인식의 어느 한 가지에 치중하기보다는 포괄적으로 수용하는 성향을 보인다. 이들의 생태시는 생태학적 시의식이 확장된 측면을 적절히 보여주는 사례라 하겠다.

이 장에서는 정현종과 최승호의 생태시 작품 세계를 중심으로 다루면서 김광규, 김명수, 이건청, 이문재, 고재종 등의 생태시 작품들을 생태학적 인식의 세부 갈래에 따라 분류하여 고찰할 것이다.

정현종과 최승호의 작품세계는 궁극적으로 건강한 자연을 의식한 것이 분명함에도 불구하고 대조적인 면이 두드러진다. 정현종의 작품에는 활기 넘치는 생명의 세계에 대한 표현이 두드러진다. 시집 『사랑할 시간이 많지 않다』(1989) 이후 이러한 경향의 작품이 많아진 것을 확인할 수 있다. 그의 작품은 메시지를 전달하는 경우, 인간 아닌 존재의 목소리와 시각을 통해서 인간을 향해 메시지를 띄우는 방식을 취하는 점이 특색이다. 또한 별도의 논리와 절차를 거치지 않고 시인의 직관에

의해 자아가 인간 아닌 존재와 바로 합일되는 양상을 보인다. 화자가
친생태적 자각에 이르는 과정은 작품 속에서 생략되어 있으며 바람직한
생태학적 인식에 선험적으로 도달한 화자의 목소리가 등장한다.

최승호의 생태시는 선험적으로 성취된 생태학적 인식이 직접적으로
표현되기보다는 생태학적 인식의 계기가 작품 속에 녹아든 양상을 보
인다. 건강하고 활기 넘치는 생명의 세계를 직접 재구하기보다는 건조
하고 피폐한 상황을 다루면서 표현의 이면에 자신의 견해를 담았다.
이들의 작품에 생명의 세계가 구현된 양상을 비교 검토하는 일은 생태
학적 인식이 시인의 개성에 따라 다양하게 구현되는 측면을 확인하는
경우가 될 것이다.

먼저 정현종의 경우, 작품 「이슬」과 「들판이 적막하다」는 선험적으
로 도달한 시인의 생태학적 인식이 시적 진술을 통해 구현되는 작품의
대표적인 사례이다. '이슬'은 자연에 존재하는 것들 중에서는 가장 미
약한 것일 수 있다. 이슬이 생성되고 소멸하는 사이의 시간은 무척
짧다. 새벽에 맺혔다가 아침 햇살과 함께 사라지기까지의 짧은 시간
동안이 이슬의 생애요 역사일 수 있다. 시인은 작품 「이슬」에서 '이슬'
의 세계를 전 우주적 순환의 고리와 연결시켜 표현한다.

> 강물을 보세요 우리들의 피를
> 바람을 보세요 우리의 숨결을
> 흙을 보세요 우리들의 살을
>
> 구름을 보세요 우리의 철학을
> 나무를 보세요 우리들의 시를
> 새들을 보세요 우리들의 꿈을,

아, 곤충들을 보세요 우리의 외로움을
지평선을 보세요 우리의 그리움을
꽃들의 三昧를 우리의 기쁨을,

　　(중략)

열리네 서늘하고 푸른 그 길
취하네 어지럽네 그 길의 휘몰이
그 숨길 그 물길 한 줄기 혈관 ……

그 길 크나큰 거미줄
거기 열매 열은 한 방울 이슬 ―
(眞空이 妙有로 가네)
태양을 삼킨 이슬 萬有의
바람이 굴려 만든 이슬 만유의
번개를 구워먹은 이슬 만유의
한 방울로 모인 만유의 즙 ―
천둥과 잠을 자 천둥을 밴
이슬, 해왕성 명왕성의 거울
이슬, 벌레들의 내장을 지나 새들의
목소리에 굴러 마침내
풀잎에 맺힌 이슬 ……

　　　　　　　　　　　　　　　　　- 「이슬」, 부분1)

　이 작품의 표현들과 접하면서, 생태학적 인식의 특성 중에서 인간과
인간 아닌 존재와의 관련성에 대한 인식과 세상에 존재하는 것들은

....

1) 정현종, 『세상의 나무들』(문학과지성사, 1995), 30~31면.

결코 완전히 소멸하는 것이 아니라 순환과정에 있는 것이라는 인식을 떠올릴 필요가 있다. 작품 「이슬」은 이 두 가지 인식에 의해 구성된 내용으로 보아야 한다. 시인이 이러한 인식에 기초하여 작품을 계산적으로 만들어낸 것으로 설명하는 것은 무리가 있으나 제 1연과 제2연의 표현은 생태학적 인식의 직설적 토로처럼 보일 우려가 있음을 부인할 수 없다.

인간이 인간 아닌 존재의 존귀함을 찾기 위해 의식적으로 노력하는 것은 생태학적 자각의 한 모습이다. 이 작품에서 이슬은 물이라는 측면과 작은 벌레의 갈증을 풀어주는 음료라는 측면이 부각되면서 지구 생태계를 순환하는 물의 성질에 기대어 존재 의의를 확대하고자 한다. 수분은 생명을 보장하는 요소이므로 생명체가 존재하는 행성으로서의 지구의 운명이 바로 수분의 순환력에 직결되어 있다고 보아도 무리가 아니다. 화성에 물이 존재한다는 사실이 관련 학계의 주목을 받는 것은 물이 생명체 존재의 가장 중요한 전제이기 때문이다.

인간의 시각에서 보면 물이 있는 바다와 물이 없는 육지로 명확히 나뉘는 것 같지만 바다뿐 아니라 육지의 경우도 대수층과 대기권에 의해 수분이 존재하는 공간이다. 물의 순환은 구름에서 대수층에 이르기까지 생명의 공간을 상하로 이동하며 진행된다. 이 작품은 이슬에게 물이 지닌 순환론적 생명성을 부여하였으며 우주의 다른 행성과 교통할 정도의 대순환의 과정 안에 위치시킨다.

이슬의 생명성에 다른 생명과 동등한 가치를 부여하기 위해 시인은 나무, 새, 곤충, 꽃 등의 생물을 등장시킨다. 이슬은 다른 생물의 몸으로 흡수되고 그 몸을 순환하고 다시 배출되면서 생명체의 일부이면서 전체이기도 한 존재로 거듭난다. 이슬이 생물체에 흡수되어 순환되는

과정 곧 생명의 관계망이 지닌 생태학적 의의는 다음 작품의 중심 주제
를 이룬다.

> 가을 햇볕에 공기에
> 익은 벼에
> 눈부신 것 천지인데,
> 그런데,
> 아, 들판이 적막하다 —
> 메뚜기가 없다!
>
> 오 이 불길한 고요 —
> 생명의 황금고리가 끊어졌느니 ……
>
> - 「들판이 적막하다」 전문2)

화자는 풍성한 결실을 보인 가을 들녘에서 갑자기 메뚜기가 없다는
사실을 감지한다. 화자가 자리한 공간은 유난히도 청명한 가을날의
파란 하늘 아래 황금빛으로 잘 익은 벼가 풍성하게 자란 곳이다. 푸른
빛깔과 노란 빛깔의 아름다운 대비에 더하여 이삭 패는 햇살이 찬란히
빛나는 곳이다. 이러한 광경은 농경사회의 전통이 깊은 한민족의 정서
를 고려할 때 가장 아름답고 풍요로운 이미지의 하나라 하겠다. 시인은
이 아름다움 속에서 이상한 적막감을 느끼고 메뚜기가 없음을 지적한다.
메뚜기는 벼농사의 수확량을 감소시키는 해충으로 간주되어 농부들
이 각종 살충제를 사용하여 대량으로 퇴치한 곤충이다. 화자에게 메뚜
기가 아주 사라졌다는 것은 벼 수확량이 늘어날 것을 의미하는 것이

....

2) 정현종, 『한 꽃송이』(문학과지성사, 1992), 21면.

아니라 자연의 원래 모습이 파괴되었음을 의미한다. 자연이 설정한 균형 상태가 농약 살포와 같은 인위적 행위로 인하여 망가진 것이다. 자연의 균형을 가장 바람직한 기준으로 여기는 것은 생태학적 인식의 대표적인 것이다.

화자는 생태계의 순환 고리와 풍년 농사라는 인간적 가치를 직접적으로 대비시킨다. 농약을 잘 사용하여 풍년 농사에 성공한 결과는 잘 익은 벼들이 연출하는 황금 빛 들녘이다. 이 풍경을 실감나게 묘사함과 동시에 화자는 "생명의 황금고리가 끊어졌"다고 진술한다. 인간에게 '황금'이란 소중한 것의 대표적 존재이다. 풍년농사와 생명의 고리를 '황금'과 동등한 이미지로 제시함으로써 생명의 고리가 지닌 가치를 효과적으로 강조하였다.

생태계의 순환 고리 중 어느 한 단계가 끊어진다는 것은 총체적 붕괴를 예고하는 것일 수 있다. 공룡의 멸종 사례만 보더라도 생물의 멸종이 전혀 없었던 때는 없었을 것이다. 멸종 자체도 자연의 법칙에 따라 반드시 발생하는 것으로 보아야 한다. 문제는 멸종 여부가 아니라 멸종의 원인이다. 메뚜기의 멸종이 생태학적으로 얼마나 심각한 사건인지는 보다 치밀한 분석작업이 필요할 것이지만 일단 자연의 섭리에 따라 멸종한 것으로 볼 수는 없다. 메뚜기의 멸종은 살충제에 의한 것으로서 벼의 수확을 증대시키기 위해 자연의 섭리에 반한 인위의 소산이다.

화자는 메뚜기와 함께 뛰노는 들녘을 꿈꾸면서 생명의 세계의 소중함을 강조하고 있다. 벼베기가 끝난 논에서 메뚜기를 잡아 뛰노는 아이들의 모습을 아름답고 정겹게 그리는 자세는, 어떤 논리의 차원을 떠나서 그 자체가 친생태적인 태도로 볼 수 있다. 생명의 세계에 대한 시인의 열망은 자연의 섭리에 순종하는 세계를 구현하는 것으로 나타난다.

이어지는 작품 「나의 자연으로」는 시적 자아가 생명의 세계로 직접 몰입하는 것을 확인할 수 있는 사례이다.

더 맛있어 보이는 풀을 들고
풀을 뜯고 있는 염소를 꼬신다
그저 그놈을 만져 보고 싶고
그놈의 눈을 들여다보고 싶어서.
그 살가죽의 촉감, 그눈을 통해 나는
나의 자연으로 돌아간다.
무슨 충일充溢이 논둑을 넘어 흐른다.
동물들은 그렇게 한없이
나를 끌어당긴다.
저절로 끌려간다
나의 자연으로,
무슨 충일이 논둑을 넘어 흐른다.

- 「나의 자연으로」 전문3)

이 작품의 화자는 별 다른 이유를 대지 않고 바로 자연과 하나가 되는 모습을 보인다. 자아가 몰입하는 과정은 논리적으로 설명이 가능한 것이 아니다. 오로지 직관으로 느끼는 차원의 것이다. 한가로이 풀을 뜯는 초식동물에게 다가가 자신의 손으로 풀을 먹여보고 싶은 충동은 누구나 가져보았음직한 것이다. 화자는 이 행위의 동기를 염소의 눈을 들여다보고 살가죽의 촉감을 느끼기 위함이라고 진술한다. 얌전히 먹이를 받아먹는 짐승을 대하게 되면 그 다음 단계는 찬찬히 쓰다듬어 보는 차례가 될 것이지만 처음부터 쓰다듬기 위해 접근하는 것은 자연

3) 위의 시집, 11면.

스럽지 않다. 그럼에도 불구하고 자연스럽게 진술한 것은 자신도 어쩔 수 없이 끌리는 힘을 강조하기 위한 것으로 해석할 수 있다.

　자연의 유도에 따라 화자는 자연으로 바로 들어간다. 자연 속의 상태는 화자에게 뭔지 모를 충일감을 준다. 논리적으로는 파악하기 힘든 현상이다. 이러한 자연 상태로의 몰입은 생태학적 전망으로 보기에는 다소 아쉬움 점이 있다. 그것이 직관적 과정을 통해 이루어지기 때문이다. 화자가 자연으로 들어가서 누리는 충일감을 "무슨 충일充溢"이라 표현한 것도 자연을 향한 논리적 지향이 아니었음을 엿볼 수 있는 부분이다.

　생태위기의 시대에 시인은 생명 세계로 빠져드는 모습을 제시하였다. 이 작품은 자연 자체의 가치를 강조하면서 자연친화적 태도의 의의를 드러낸 성과가 인정된다. 짐승의 살가죽을 만져보고 그 눈빛을 받아들이는 것으로 표현된 자세는 진지한 체험의 태도이다. 이는 현대인이 자연의 진정한 가치를 인식하는 방법으로서 의의를 찾을 수 있다.[4]

　정현종은, 환경 문제의 弊害를 경고하는 경우와 모든 존재의 관계성을 강조하는 경우 인간 아닌 존재의 입과 눈을 통해 인간에게 호소하는 방식을 취하는 경우가 많다. 화자의 이러한 변신은 계몽적 의도를 효과적으로 덮어주기도 한다.

　작품 「구름의 씨앗」은 식물성 프랑크톤인 에밀리아나 헉슬레이'Emi-

---

[4] 작품 「환합니다」의 경우도 「나의 자연으로」와 유사한 상상력을 확인할 수 있다.
"서리가 내리고 겨울이 와도/ 따지 않고 놔둡니다./ 풍부합니다./ 천지가 배부릅니다./ 까치도 까마귀도 배부릅니다./ 내마음도 저기/ 감나무로 달려가 / 환하게 환하게 열립니다." 「환합니다」, 부분, 앞의 시집, 72면.

liana huxleyi의 목소리를 활용한다. '에밀리아나 허슬레이'는 이산화탄소 흡수력이 강할 뿐 아니라 황화메틸의 생산력이 뛰어나다고 한다. 구름은 수적이라는 작은 물 알갱이들이 모여 이룬 것인데 황화메틸이 바로 수적을 형성하는 작용을 하므로 곧 '구름의 씨앗'일 수 있는 것이다.

> 땅 위의 산 것들,
> 한 때는 기체이다가
> 또 고체이다가
> 액체이기도 한 우리들,
> 저 밑도끝도 없는 시간 속에서
> 우리는 플랑크톤 아니에요?
> 풀 아니에요?
> 구름 아니에요?
> 에밀리양 없이 구름 없듯이
> 구름 없이 내가 있어요?
> 구름을 죽이지 마세요
> 죽은 구름은 죽은 우리
> 죽은 구름은 죽은 하늘
> 죽은 하늘은 죽은 땅…
> ㅡ 「구름의 씨앗」, 총 3연 중 제 3연[5]

이 작품의 중심 주제는 지구상의 모든 존재가 이루는 관계성과 순환성에 대한 인식이다. 구름이 만들어지려면 중력의 작용에 따라 아래로 아래로 흘러온 물이 다시 하늘로 떠오를 수 있어야 한다. 그리고 구름이 제 역할을 다하기 위해서는 비가 되어 지상으로 내려올 만큼의 세력을

5) 정현종, 『세상의 나무들』(문학과지성사, 1995), 24~25면.

형성할 때까지 공중에 머무를 수 있어야 한다. 물이 하늘로 오르지 못한다면 물의 순환 뿐 아니라 생명의 연결고리 자체가 불가능하다.

"물은 아래로 흐르게 되어있다"는 속담이 존재하듯 중력의 작용은 엄연한 자연의 섭리이다. 이러한 중력을 극복하는 것이 어렵다는 사실은 우주선을 쏘아 올리는 과정을 통해 충분히 짐작할 수 있고 구름이 공중에 머물러 있는 것도 인공위성의 원리를 고려할 때 얼마나 오묘한 섭리가 작용해야 가능한 것인지 충분히 짐작할 수 있다.

순환의 원리를 지닌 자연은, 중력의 작용이란 표면적 현상 이면에 물을 가스 상태로 만들어 하늘에 올리고 수적水滴을 형성하여 적정한 단계에 이르기까지 공중에 머물게 하는 방법을 무리 없이 구사한다. 구름을 구성하는 수적이 만들어지는 과정에서 황화메틸이란 원소가 결정적 역할을 하며 이 황화메틸을 생산하는 존재가 식물성 플랑크톤인 에밀리아나 헉슬레이이다. 화자가 구름의 씨앗으로 표현한 것이 바로 에밀리아나 헉슬레이인 것이다.

이 작품은 자연과학적 지식이 전제되어야 충분한 해석이 가능한 측면이 있지만, 산 것과 죽은 것, 기체와 고체, 액체, 하늘과 땅의 대립이 해소되고 모든 존재의 가치를 동등하게 여기는 태도를 연약한 여성적 화자의 목소리를 통해 자연스럽게 표현하고 있다. 화자는 피해자의 태도를 취하면서 이러한 순환의 관계를 파괴하지 말 것을 호소하면서 인간의 생태학적 자각을 유도한다.

> 바람은 저렇게
> 나뭇잎을
> 설렁설렁 살려낸다
> (누구의 숨결이긴 누구의 숨결,

느끼는 사람의 숨결이지)

바람의 속알은
제가 살려내는
바로 그것이거니와

나 바람 나
길떠나
바람이요 나뭇잎이요 일렁이는 것들 속을
가네, 설렁설렁
설렁설렁.

-「설렁설렁」 전문6)

「설렁설렁」의 화자는 이 세상을 순환하는 바람이다. 바람에 흔들리는 나뭇잎의 모습에서 생명의 기운을 느낀 시인은 보이지 않으나 움직임으로 존재하는 바람을 자연의 생명력으로 비유한 것이다. 더욱이 바람을 "느끼는 사람의 숨결이"라고 표현한 점은, 존재와 존재 상호간의 교감을 강조한 것으로서 시인의 깨달음의 추이를 짐작할 수 있는 부분이다. "설렁설렁"이란 표현에서 강한 의도성을 발견하기는 힘들다. 그저 자연스럽게 이끌리는대로 행하는 느낌을 준다. "살랑살랑"이란 표현보다는 강한 움직임을 느낄 수 있는데 여기서의 강함은 섭리의 작용에 대한 확신에서 나온 것으로 보인다.

이 작품에서 고형렬의 작품 「바람 나뭇잎」과 김지하의 작품 「나 한때」와 유사한 발상을 찾아볼 수 있다. 각 시인별로 생명의 관계망에

6) 앞의 시집, 54면.

대한 인식이 심화되면서 자연스럽게 고백한 결과로 서로 유사한 작품을 생산하게 된 것으로 보인다. 인간 중심적 가치관에서 벗어나 지구 생태계를 이루는 공간의 순환성 자체를 한 생명체로 인식하는 태도는, 구태여 지구를 생명체로 이해하고 각종 현상을 설명하는 '가이아 이론'[7]을 들먹이지 않더라도 생태학적 상상력의 주된 전개 방향으로 이해할 수 있다.

> 개들은 말한다
> 나쁜 개를 보면 말한다
> 저런 사람 같은 놈.
> 이리들을 여우들은 뱀들은
> 말한다 지네 동족이 나쁘면
> 저런 사람같으니라구.
>
> - 「개들은 말한다」, 일부[8]

7) "러브록은 지난 30여억 년 동안 대기권의 원소 조성과 해양의 염분 농도가 거의일정하게 유지되어 왔다는 사실에 주목하였는데, 만약 생물의 존재가 지상에 출현하지 않았다면 절대로 그렇게 될 수 없음을 알아냈다. 그리고 탄소, 질소, 인, 황, 규소 등 지구를 구성하는 주요 원소들이 대륙과 해양을 오가며 순환하고 있다는 사실을 발견하였는데, 놀랍게도 이의 매개자가 전적으로 생물이라는 점 또한 알아차렸다. 생물들은 기후를 조절하고, 해안선을 변화시키고, 때로는 대륙을 이동시킬 수도 있었다. 따라서 러브록은 자연스럽게 이 지구가 생물과 무생물의 복합체로 구성된 하나의 거대한 유기체라고 단정짓기에 이르렀는데, 그는 이러한 지구의 실체를 일컬어 '가이아(GAIA)'라고 명명하였다. 그리스 신화에서 가이아는 대지의 여신을 의미한다."
홍욱희, '가이아 이론이란 무엇인가', 《과학사상》, 1992, 겨울, 119~120면.
8) 앞의 시집, 55면.

이 작품은 인간중심적 가치관에 대한 비판의식을 담고 있다. "개"와 "짐승"이란 단어는 인간 사회에서 타인을 욕할 때 자주 사용된다. 이들 단어가 지닌 부정한 이미지는 아마도 반인간적인 생활 양태에서 비롯된 것으로 이해할 수 있다. 인간과 오랜 시간 함께한 개는 그 생활 방식이 인간에게 충분히 노출되었고 인간사회의 기본적인 구성 단위인 가족관계에 반하는 행위를 한다. 생후 일 년만 지나면 성체가 되는 개는 자신의 어미와 관계하여 새끼를 낳기도 하는 것이다. 개의 새끼를 지칭하는 말은 세계 보편적인 욕이다. 짐승은 인간이 소중하게 여기는 가치와 무관한 행동을 한다는 점에서 부정한 이미지를 지닌다. 그러나 동물들의 행동이란 지극히 자연스러운 것이다. 인간 아닌 존재의 입장에서 본다면 인간의 행위가 오히려 나쁜 것일 수 있다.

시인은 개와 여우, 이리의 견지에서 인간을 부정적으로 밝힌다. 그 이유는 공동주택에서 개를 키우기 위해 행하는 인간의 처신을 연상할 때 짐작할 수 있다. 사람들은 이웃의 소음피해를 방지하기 위하여 개의 성대를 잘라내고 발톱을 자르고 털신을 신기는 등 반자연적인 행위를 서슴없이 행한다. 이 경우 개는 짓지도 못하고 바닥에 굳건히 서지도 못한다. 주인이 귀가할 때면 자신에게 먹이를 주는 존재라는 점에서 반기며 다가서기는 하지만 번쩍이는 거실에서 달리려다 미끄러지고 소리 내어 짖지도 못하며 꼬리를 흔들어야 한다. 개가 반드시 인간과 같은 집에서 살아야 할 이유는 무엇인가? 작품 「개들은 말한다」는 우리 인간들이 지금까지 무심코 수긍해버린 인간적 기준의 허위성에 대하여 차분히 성찰해볼 것을 재치 넘치게 권유한다.

정현종의 시적 화자가 생명의 세계로 직관적으로 변신함으로써 새로운 시각을 확보하고 진술할 수 있었던 것은 시인 특유의 시학에서 원인

을 찾을 수 있다. 그의 시학에 따르면, 지적 자아는 자연 만물의 종류만
큼이나 수많은 존재로의 변신이 가능하고 변신한 존재가 속한 자연
속에서 생명의 기운을 받아 작품의 활기로 반영하게 되는 것이다. 정현
종의 이러한 시론은 작품 「저 날 소용돌이」에서 찾을 수 있다.

> ······ 시조차도, 나를 사로잡고 나를 헤매게 하며 나를 꿈꾸게
> 하는 것들의 저 생생하고 혼란스러우며 어처구니 없어서 난처하고
> 그리하여 살아 있는 내 안팎의 신호들과 힘들의 소용돌이가 피워낸
> 한 꽃이요 전혀 새로운 움직임의 시작이며 따라서 또 하나의 세계의
> 열림인 시조차도, 저 날 것, 저 날 소용돌이와 힘들에 비하면 아직도
> 덜 싱싱하고 덜 생생한 것이니, **나는 시를 쓰려고 한다기보다는**
> **시라는 것을 태어나게 하는 그 힘들과 신호들의 소용돌이 속에 항상**
> **있고 싶을 따름이며, 만일 내 속에서 시가 움튼다면 그 發芽는 마땅히**
> **예의 그 소용돌이의 고요한 중심으로부터 피어나는 것이기를** ······
>
> ― 「저 날 소용돌이」 전문 (강조, 인용자)[9]

  정현종의 생태시에서 나뭇잎, 개, 프랑크톤 등으로 제시되는 시적
화자의 다양성과 친생태성은, 그의 미학과 밀접한 관계를 가지고 있는
것이다. 생명의 세계로 온몸을 맡기고 직관적으로 그 섭리를 느낀 다음
생명력의 자연스러운 분출 또는 충일 끝에 도달하는 만족감을 시로
형상화한 것이다. 시인의 작품이 분출하는 생기는 삼라만상이 내뿜는
생명의 기운을 흡입한 시인의 자연스런 반응으로 이해할 수 있다.
  화자는 생명의 소용돌이 속에서 휘돌리는 즐거움을 충분히 알고 있
다. 자신의 몸 안에 있는 자연과 만나길 바라는 태도도 이런 맥락에서

---

9) 앞의 시집, 41면.

이해할 수 있다. 작품마다 시인의 생태학적 세계관이 다소 선언적으로 주장된 것은 아쉬운 점이지만 철학적 도달점이 바로 시적 성과로 나타나는 것은 아니라는 점에서 작품상의 아쉬움을 이해할 수 있다. 근본적으로 시인의 미학 자체가 강한 의도성을 지닌 것으로 보인다.

작품 「내 즐거운 자극원들」10)의 경우는, 시인이 생생한 날 것 상태의 소용돌이 속에서 활기를 얻고 있으며 그 자극을 즐기고 있음을 고백한 것이다. 여기서 시인의 생태학적 상상력은 원초적 생명성의 이미지를 자아와 일체화하는 것으로 작용한다. 자아는 뭇 생명체들과 교감을 이루는 생명의 거대한 세계로 확산되어 퍼져 나가는 것이다.

최승호 역시 생태시에 남다른 관심을 보이고 뚜렷한 성과를 올린 시인이다. 그는 생명 세계의 활력을 두드러지게 표현한 정현종의 경우와 상당히 대조적인 면을 보인다. 최승호의 생태학적 상상력은 생명의 세계가 배제된 모습을 통해 역설적으로 생명의 의의를 강조하는 방식

----

10) "내 즐거운 자극원은/ 천둥과 번개/ 세상의 새들/ 지상의 나무들/ 꽃과 풀잎/ 이쁜 여자/ 터질 거예요 보름달/ 어휴 곤충들/ 저 지독한 동물들/ 그리고/ 거룩하기도 하여라/ 목구멍과 견디기 어려운 일들/ 아무래도 거지 같은 일들/ 나 - 거지(제도에 붙어 있는 나)/ 제도 - 거지(예외를 용납치 않는 제도라는 절망)/ 관습 - 편안한 좌절(오 날개라는 신화여)/ 야들야들하고 부드러워/ 만지면 발정하는 제도라면 나쁘지 않거니와/ 이건 도무지 좁쌀과 절망과 희극의 비빔밥/ 그건 도대체 너무 맛있어/ 먹다가 먹다가 꿀 같은 구역질의 바다에 나는/ 익사체로 떠서 흘러흘러 가려니와/ 괜히 척하지 말라 괴로운 마음아/ 내 너희를 사랑하랴 불쾌한 자극들아/ 용서해다오 불쌍히 여기랴/ 그래, 마음은 한없이 다른 곳을 헤매니/ 오늘은 내 즐거운 자극원에 몸을 기대련다/ 천둥과 번개/ 세상의 새들/ 지상의 나무들/ 꽃과 풀잎/ 이쁜 여자/ 터질 거예요 보름달/ 어휴 곤충들/ 저 지독한 동물들/ 너희/ 아름다운 숨결들."(전문)
앞의 시집, 86~87면.

으로 작용한다. 현상적으로는 생명 세계의 부재를 표현한 것으로 보이
지만 작품을 분석해보면 이 역시 생명 세계를 구현하기 위한 개성의
발로로 이해할 수 있으므로 두 시인 모두 생태학적 인식의 기본 방향은
대동소이한 것으로 보인다.

　최승호의 작품 「제비」와 정현종의 작품 「날개 소리」는 두 시인의
상상력이 자아내는 태도의 차이와 공통점을 흥미롭게 대조할 수 있는
사례이다.

> 생각 이전이다.
> 유리창 밖으로 제비가 날아간다.
>
> 　(2연 생략)
>
> 제비가 날아간 뒤에 나는 썼다.
> 살아 있는 제비,
> 살아 있는 제비,
>
> 언어로는 아무래도 그 대사건을
> 잘 전하지 못해 하는 유감이다.
>
> 　　　　　　　　　　　　　　- 「제비」 일부분11)

　「제비」의 화자는 제비를 본 순간 도시에 있었을 것이다. 불과 수년
전만 해도 제비는 참새와 함께 도시건 농촌이건 우리가 일상적으로
접할 수 있었던 새이다. 비가 오려면 낮게 날면서 날씨를 예보하기도
하고 갈라진 두 가닥 꼬리로 균형을 잡으면서 벌레를 쫓던 날렵함의

---

11) 최승호, 『눈사람』(세계사, 1996), 72면.

상징이기도 했다. "물찬 제비"라는 말처럼 더운 여름날 수면을 튀기며
다시 날아 오르던 광경을 직접 목격하는 것도 그리 어려운 일이 아니었
다. 그런데 시인은 제비를 보고서야 보지 못한지 오래되었음을 깨닫고
그 광경이 주는 감흥을 묘사한다.

화자는 살아 있는 제비를 본 "대사건"을 표현하려는 순간 언어의
한계를 실감하게 되었음을 고백한다. 전혀 예상치 못한 자극에 의해
온 몸이 떨리는 감동을 경험하면서도 그러한 느낌을 적절히 표현하기
에는 언어가 부족하다는 것이다. 이와같이 언어의 한계를 언급한 부분
은, 제비를 본 감격에 대하여 독자의 상상력을 충분히 확장시키는 효과
를 낼 수 있을 것이다. 제비가 사라졌다는 사실 그것도 오래 전에 사라
졌음을 밝히는 내용의 작품이면서도 독자에게는 제비가 자유로이 날아
다니는 세계가 지닌 소중함을 강하게 인식시킬 수 있는 작품이다.

정현종의 「날개 소리」는 「제비」에 비하여 시인의 의도가 설명적으
로 나타난다는 점에서 차이가 있다. 오염에 물든 도시를 배경으로 한
숲길에서 새의 존재를 의식하게 되는 상황으로 설정한 것도 도시에서
제비를 본 최승호의 경우와 비교된다. 숲길에서 날개치는 소리는 듣는
체험은 충분히 가능한 일이다. 새와 접한 감흥이 「제비」의 경우에 비하
여 상대적으로 덜할 것이지만 새의 존재를 소재로 다루려는 의도로
인하여 작품이 전개된다.

(…전략…)
꽝음과 소음으로 밀봉된 도시의
아스팔트를 조금 벗어난
숲길에서 문득, 아,
날개 소리 !

(날아오르는 산비둘기)
'아!' - 왜냐하면
그 순간의 신선함을
말할 길이 없으므로,
(말은 참 모자란 연장이므로)
날개 소리 신선해, 문득
탁 트여, 한없이 열려
퍼지는 푸르름,
　　(…후략…)

- 「날개 소리」 부분 (생략, 인용자)[12]

　　정현종 역시 최승호와 마찬가지로 말로는 그 감흥을 제대로 표현할
수 없다고 고백하지만 양자의 느낌은 사뭇 다르다. 최승호가 말하는
언어의 한계는 "충격"과 "떨림"을 설명하는 데 느끼는 한계로서 생태
학적 자각의 대단함과 충격을 강조하는 자세가 담긴 표현이다. 반면
정현종이 말하는 한계는 "그 순간의 신선함"을 설명하는 데 느끼는
한계로서 생태학적 자각에 이른 존재가 그 위치에서 느끼는 감상의
정도를 강조하는 표현이다. 「날개 소리」의 화자는 이미 "신선함"을
밝혔으면서 한계를 언급하여 다소 어색한 감이 있다.

　　최승호가 무의식중에 접한 체험을 생태학적 상상력으로 풀어냈다면
정현종은 생태학적 상상력을 발휘하기 위한 상황을 전제로 연출한 듯
한 느낌을 줄 수 있다. 최승호가 '대사건'에 대한 놀라움을 부각시키는
선에서 더 이상의 진술을 삼가고 있는 반면, 정현종은 그 체험을 통해
몸에 생기가 돈다는 점을 반복하여 표현한다. 최승호는 생태학적 자각

---

12) 『세상의 나무들』(문학과지성사, 1995), 32~33면.

이 유발될 상황을 이미지로 구현하여 제시하며 정현종은 자신의 세계
관이 발휘되는 무대를 그려낸다는 점에서 차이가 있다.

최승호의 비판의식은 「공장지대」에서 대표적으로 드러난다. 중금속
에 오염된 탯줄을 제시하여 환경오염의 폐해를 지적한 성찬경의 작업
을 계승하여 최승호는 "무뇌아"라는 이미지를 세상에 내 놓았다. 환경
오염이 원인이 기형아 출산은 1970년대에 이미 알려진 내용이지만 최
승호는 생태시를 통해 새로운 측면을 다루게 된다. 그것은 오염의 피해
자 수준을 넘어서 오염원 자체와 교합하는 인간에 대한 의식이다.

> 무뇌아를 낳고 보니 산모는
> 몸 안에 공장지대가 들어선 느낌이다
> 젖을 짜면 흘러내리는 허연 폐수와
> 아이 배꼽에 매달린 비닐끈들
> 저 굴뚝들과 나는 간통한 게 분명해!
> 자궁 속에 고무인형 키워온 듯
> 무뇌아를 낳고 산모는
> 머릿속에 뇌가 있는지 의심스러워
> 정수리 털들을 하루종일 뽑아댄다
>
> — 「공장지대」 전문13)

시인이 「공장지대」를 통해 구현한 이미지들은 대부분 새로이 세상
에 출현한 것으로 볼 수 있다. 환경오염으로 인해 뇌가 없는 아이가
태어났다는 기사와 이 작품을 비교하며 읽어본다면 이 작품의 이미지
를 통해 전달되는 메시지의 강렬함을 뚜렷하게 확인할 수 있을 것이다.

....

13) 최승호, 『세속도시의 즐거움』(세계사, 1990), 14면.

성찬경이 「公害時代와 詩人」에서 중금속에 오염된 태아를 고발하였다면 최승호는 탯줄마저 "비닐 끈"으로 표현한다. 인간이란 존재 자체의 오염을 더욱 본질적으로 비판하는 것이다. 비닐로 된 탯줄에 달린 아기는 인조인간을 표현한 것이 아니라는 점에서 더욱 비참함을 드러낸다. 산모의 유방에서 초유대신 폐수가 흐르고 여인과 공장 굴뚝의 간통을 의식할 수밖에 없는 현실은 극심화된 환경오염의 뿌리가 깊음을 강조한 표현이다.

시인은 인간을 둘러싼 환경이 오염되는 수준을 넘어서 인간 자체의 존귀함이 인위적인 산물의 제약을 받게 된 현실을 지적한다. 인간이 환경오염의 피해자로서 제시되는 상황은 구태여 시 작품이 아니더라도 제시할 수 있는 것이지만 「공장지대」에서는 인간 자체가 오염을 낳는 공장과 일체를 이룬 것으로 묘사된다. 성찬경의 작품에 비하여 가해자와 피해자의 본질이 가까워진 셈이다. 여기서 인간 자체가 문명에 종속되는 측면에 대한 강한 비판의식을 읽을 수 있다.

아기의 뇌가 있는지 확인하기 위하여 아기의 정수리 털을 하루 종일 뽑아대는 산모의 모습은 비참하기 이를 데 없는 모습이다. 아기는 물론 산모의 정신까지 피폐해진 것이다. 후손을 기약할 수 없게 된 처지에서 겪을 고통을 상징적으로 표현한다. 산모 자체가 오염물질을 배출하는 공장과 동격으로 묘사되고 있으므로 그 속의 태아 또한 오염물질과 한데 섞여 서로 분리할 수 없는 처지가 된 것이다.

「공장지대」는 짧은 내용임에도 불구하고 21세기 인류공동체의 운명이 그렇게 밝지 않다는 점을 효과적으로 드러낸다. 오늘날 생태학의 중심 인식에 종말론적 위기의식이 큰 비중을 차지하고 있다. 최승호는 생명의 세계가 손상된 부분을 날카로운 시선으로 찾아내어 섬세하고 정확하게 묘사한다. 생명의 세계로 몰입하여 그 건강성에 기대어 활력을 제시하는 자세와는 달리 생명 세계의 상실감이나 손상된 현실 속에서의 생명력을 표현함으로써 생명 세계의 소중함을 부각시킨다.

최승호가 인류 문명의 부정적 측면을 충격적으로 묘사하고 있는 장면들은 독자의 적극적인 생태학적 자각을 유도하는데 효과적이다. 자아가 생명의 세계로 직접 들어가지 않고 인간의 위치를 고수하면서 우회적으로 자연의 소중함을 구현하는 방식이 독자의 공감을 얻는데 장점이 있다. 선험적 생태의식이 확실치 않은 일반 독자의 의식도 작품 내용에 따라 자연스럽게 생태학적 자각으로 이어질 수 있을 것이다.

건강한 세계와 그렇지 못한 세계의 대비는 작품「물 위에 물 아래」에서 잘 드러난다. 시인은 감정이 드러나지 않는 차분한 어조로 문명사회의 반생태적 측면을 비판하며 자신의 목소리를 내세우지 않으면서 누구나 공감할 수 있는 상황을 그린다.

　　　관광객들이 잔잔한 호수를 건너갈 때

　　　水夫는 시체를 건지려
　　　호수 밑바닥으로 내려가
　　　호수 밑바닥에 소리 없이 점점 불어나는
　　　배때기가 뚱뚱해진 쓰레기들의 엄청난 무덤을,
　　　버려진 태아와 애벌레와
　　　더러는 고양이도 개도 반죽된
　　　개흙투성이 흙탕물 속에
　　　신발짝, 깨진 플라스틱통, 비닐 조각 따위를 넣고 배때기가
　　　뚱뚱해진 쓰레기들의 엄청난 무덤을,
　　　갈수록 시체처럼 몸집이 불어나는 무덤을

본다 폐수의 毒에 중독된 채
창자가 곪아가는 우울한 쇠우렁이를
물가에 발생했던 文明이
처리되지 않은 뒷구멍의 온갖 배설물과 함께
곪아가는 증거를

호수를 둘러싼 호텔과 산들의 경관에
취하면서 유원지를 향해
관광객들이 잔잔한 호수를 건너갈 때
- 「물 위에 물 아래」 전문14)

이 작품은 인간의 건전한 여가 활동이 가져온 긍정적 측면까지 한꺼번에 부정하지 않으면서 인간의 행위 이면에 자리할 수 있는 반생태성에 대한 경고의 메시지를 보낸다. 오늘날 오염된 강의 바닥을 청소하는 잠수부들의 모습이 그다지 생소하지 않게 되었다는 점은 환경위기에 대한 인식이 확산되어 환경 보호 활동이 활성화되었음을 보여주는 것이기도 하지만 물속에 각종 쓰레기를 버리는 행위가 상당히 일반화된 사실을 보여주기도 한다.

시인은, "버려진 태아와 애벌레와 / 더러는 고양이도 개도 반죽된 / 개흙투성이 흙탕물"을 주목했다. 인간과 함께 생명의 한 고리를 이루었을 애완동물들의 주검이 뻘과 함께 범벅이 된 흙탕물 속을 자세히 그림으로써 인간이 제대로 처리하지 않은 오염물의 폐해를 지적한다.

생태학적으로 볼 때 문명이 이룩한 발전이란 반드시 그에 걸맞는 대가를 요구하는 것이다. 인류의 책임을 양심과 함께 몇 미터 아래

14) 최승호, 『대설주의보』(민음사, 1983), 29면.

물밑으로 내버려온 것이 지금까지의 환경위기를 조장한 인간의 처신이었다. 시인은 "처리되지 않은"이라 표현함으로써 인간의 책임을 강조할 뿐 아니라 그것이 바로 인류 문명의 "배설물"임을 분명히 한다. 생물의 존속이 위협받는 현실, 문명의 대가를 애써 외면하는 인류의 과오를 몇 줄 안되는 작품을 통해 효과적이고 생생하게 그려냈다는 점에서 생태위기에 대한 총제적 인식의 시적 성과를 확인할 수 있다.

생명의 문제는 대부분의 생태시인들이 다루는 문제이다. 인간 중심적 태도를 지양하고 모든 존재의 생명성을 인정하는 쪽으로 나아가는 것이 생태학적 자각에 이어지는 흐름의 일반적인 성향이다. 생태학에서도 각 생명체 사이의 가치판단의 문제를 중심 과제로 삼고 있으며 생태윤리학의 핵심 과제가 되었다. 최승호는 생명체란 것이 근본적으로 다른 생명체의 목숨을 담보로 유지하는 것이라는 측면에 주목하면서 그에 대한 안타까운 심정을 솔직히 고백하게 된다.

이 세상에 존재하는 모든 생명체들은 자신의 생명을 유지하기 위해서는 반드시 다른 생명체를 섭취해야만 한다. 이러한 섭식의 관계에서 자유로운 존재는 없다. 인간이 인간 아닌 생명을 존중한다고 했을 때 가장 먼저 문제시되는 부분이 '섭식의 관계'이다. 이 문제는 신화의 주요한 모티브로 작용하였을 정도로 인간의 오랜 죄의식과 닿아있다. 조셉 켐벨은 희생양의 피를 바치는 의례의 궁극적인 목적이 신에게 제물을 바친다는 의미보다는 제사장이 대표로 행한 살생의 행위에 모두가 참석함으로써 동참하고 그 명복을 빌면서 죄의식을 씻는 것이라고 설명하였다.15)

....

15) "신화가 지니는 중요한 문제는 인간의 마음과 다른 생명을 죽여 이것을

함박눈 펄펄 내리는 날 정육점 앞에
비닐옷 입은 지구인이 나타난다
냉동차 뒷문이 활짝 열리고 거기 도살된
대가리 없는 살덩어리들이
내장을 긁어낸 길짐승들이
지구인의 어깨에 척 걸려서 정육점 안으로 들어간다
함박눈에 핏방울은 뿌려지고
나도 먹고 사는 사람인지라
이제는 저 살코기들을 지구인을 위한 싱싱한 음식으로
백정을 제사장으로
함박눈을 상서로운 하늘꽃으로
받아들여 보기로 한다
끔찍한 슬픔 뒤에
풍성한 기쁨이 늘 내리는 것은 아니지만
앞이 안 보여도 살아가다 보면
진눈깨비도 있고
우박도 있고

먹이로 삼는 잔혹한 삶의 전제 조건을 화해시키는 것이지요. 식물만 먹는다고 이러한 전제 조건과 무관하다고 주장하면 안 되지요. 식물 역시 살아있는 것이니까요. 삶의 요체 중 하나가 바로 생명이 생명을 먹는, 다시 말해서 스스로를 먹는 행위 아닌가요? 생명은 생명을 먹습니다. 그래서 이런 것을 의식하는 인간의 마음과 먹는다는 아주 근본적인 사실의 인식을 화해시키는 것이 곧 주로 생명을 죽이는 것으로 이루어지는 잔인한 의례의 기능인 것이지요. 말하자면 우리가 사는 이 세속적인 세상은 원초적인 범죄에서 비롯되는데 바로 이 원초적인 범죄를 모방하고, 사회의 구성원이 모두 이 모방된 의례에 참가함으로써 위에서 말한 마음과 인식을 화해시키는 것이지요, 인간의 마음과 삶의 조건을 화해시키는 일, 이것은 창조 신화의 기본 구조를 이룹니다. 그래서 세계의 창조 신화는 서로 아주 비슷한 거지요"
조셉 켐벨·빌 모이어스, 이윤기역『신화의 힘』(고려원, 1992), 97~98면.

함박웃음을 웃는 날도 있을 거라고
그 변덕스런 길을
하늘을 탓하지 않으리라 중얼대면서
두 번 죽지 않는 그 날까지
걸어가 보기로 한다
- 「받아들여야 하는 슬픔」 전문16)

화자는 생물들 사이의 섭식의 관계를 솔직하게 인정하고 고해성사에 임하듯 개인적 감회를 담담하고 상세하게 진술한다. 하얀 눈이 내리는 날과 대비되는 붉은 핏방울은 인간의 식용으로 마련된 고깃덩이의 이면에 자리한 생명의 희생을 부각시킨다. 시인은, 자신을 "지구인"으로 표현함으로써 지구 생태계의 권역 내에서는 어쩔 수 없이 누군가의 목숨을 취해야 하는 숙명을 분명히 한다. 이러한 사실 또한 자연의 생태학적 섭리라 할 수 있다.

먹잇감으로 희생된 존재를 번제물의 차원으로 승화시킴으로써 미안함을 덜어 보고자 하는 화자의 의도도 보인다. 이 상상력은 자신의 고통을 덜기 위함이라기보다는 그 희생물의 희생이 거대한 자연의 섭리에 의한 것이라는 데 착안한 것으로 희생 자체의 숭고함을 인정하여 정당성을 부여하려는 것이다.

더 나아가 생명이 돌고 도는 것이라는 점을 의식하면 섭취자이건 먹이이건 그 순간의 임무에 충실한 태도는 다음 순간에도 각자 처한 입장에서 책임을 다하겠다는 자세와 연결될 수 있다. 한 순간 섭취자의 입장이더라도 언젠가 자신이 희생물이 될 수도 있음을 의식하는 태도

....

16) 최승호, 『회저의 밤』(세계사, 1990), 41~42면.

는 곧 제를 올리는 심정과 통하는 것이다. 하얗게 내리는 눈발이 상서로운 '하늘 꽃'일 수 있기를 기도하는 마음이 바로 제를 올리는 마음이며 시인의 생태학적 인식이다.

최승호는 이 작품의 경우에도 생명력 넘치는 세계를 직접 언급하지 않는다. 생명 보다는 죽음을 소재로 취하였지만 작품을 통해 구현한 내용은 더욱 강한 생명의식이 은근히 그러나 강렬하게 베어나오도록 작용한다.

시인이 보는 것은 생명의 자연 세계가 질식되어가고 부패로 인한 부풀음이 날로 심화되는 공간이다. 화자는 그 공간 속으로 몰입되어 생명을 내세우지 않는다. 자신의 목소리를 내는 대신 외양을 철저하게 감각적으로 묘사함으로써 독자의 감동과 생태학적 자각을 자연스럽게 유도한다.

작품 「발효」와 「말즙풀이 자라나는 하수도」는 시인이 보는 현대 사회가 어떤 상황에 처하였는지 그리고 시인이 지향하는 방향이 어떤 것인지 잘 보여준다. 작품 「발효」는 부패한 사회 속에서 개인은 어떤 선택을 해야 할 것인지에 대한 문제를 다룬다. 부패한 상황에서 시인이 제시한 돌파구는 과거에 대한 반성의 태도이다. 기존의 태도는 성긴 그물을 가지고 뚜껑처럼 생각했었다는 고백을 통해 비판된다. 그물과 같은 것으로 오물을 덮어버린다는 것은 불가능하다. 인간은 밀려드는 오물을 막을 수 없었음을 오물이 불어 넘치는 단계에서야 겨우 깨닫는다. 잘못된 시도가 부정적인 결과를 낳는 것은 당연한 일이다. 오물이 불어 넘치는 상황에서 시인이 제시하는 방향은 자연의 섭리 속에 있다.

나는 충분히 썩으면서 살아왔다
묵은 관료들은 숙변들을 내게 들이부었고
나는 낮은 자로서
치욕의 것으로 받아들였다
      (…중략…)
문제는 스스로 마음에 뚜껑을 덮고 오물을 거부할수록
오물들이 더 불어났다는 사실이다
      (…중략…)
그 저수지에
물의 법이 물왕의 도가
아직도 순환하고 있기를 바란다
그 저수지에 왕골을 헤치며 다니는 물뱀들이
춤처럼 살아 있기를 바란다
그리고 물과 진흙의 거대한 반죽에서 흰 갈대꽃이 피고
잉어들은 쩝쩝거리고 물오리떼는 날아올라
발효하는 숨결이 힘차게 움직이고 있음을
내 마음에도 전해 주기 바란다.
                  - 「발효」, 총 2연 중 2연 일부[17]

　　화자는 자신이 공기와 함께 삭아버리기를 바란다. 공기와 함께 삭는다는 것은 곧 발효를 의미한다. 자연의 섭리에 따라 상호 교통하는 관계가 열리는 것 다시 말해서 숨통을 틔어주는 것이 바로 발효의 중요한 의의다. 부글거리는 수면의 움직임은, 생명성이 차단된 죽음의 저장소에서 벗어나는 존재를 암시한다. 물 아래의 어떤 존재가 발효되면서 물 위로 오르는 것이다. 여기서 발효가 이루어지는 공간인 물왕저수지

....

17) 앞의 시집, 27~28면.

는 인간 각자의 마음에 자리한 것이라 한다. 화자의 깨달음은 궁극적으로 인간에게 적용돼야 한다.

개인 속에 있다는 것은 모두가 도달해있는 것일 수도 있고 항상 가능성만 지닌체 도달되지 못한 것일 수도 있다. 그래서 시인은 물왕의 도가 아직도 순환되기를 기대해야만 하는 처지라고 고백하는 것이다.

단번에 정수된 물로 채워버리는 식의 성취는 결코 시도하지 않는 것이 최승호의 생태시가 보이는 특징이다. 기왕에 들어온 오물이 썪을 것은 분명한 사실이기에 그것을 덮어버리기보다는 발효과정을 통해 내부에서 순환되며 숨통을 터주고 대자연의 원칙을 떠올린다. 그리고 성급히 기대하기보다는 서서히 그러나 확신 속에서 살아나길 기대하는 신중하면서 진지한 태도를 취한다.

> 비린내 물씬거리는 남해안의 콘크리트 다리를 건너가다가, 얕은 다리 아래 위로 기일게 뻗은 하수도에, 말즘풀이 자라는 것을 나는 보았다. 마음이 바라던 마음의 풍경이, 그 항구 도시에 있었다. 말즘 풀 무성한 하수도에 뱀장어들이 우글거리지는 않았지만, 맑은 시냇 물이 그 구부러진 하수도를 흘러가고 있었다. 풍어제를 보러 가야지
> ...
>
> - 「말즘풀이 자라나는 하수도」, 부분.[18]

자연의 작은 모습일지라도 정확히 보고 의의를 찾는 시인의 시선은 이제 해안가 하수도에 핀 "말즘풀"에 도달하였고 그것의 생명력을 노래하면서 낙관적인 전망을 제시한다. 하수도란 문명의 배설물이 흐르

---

18) 앞의 시집, 29면.

는 곳이다. 그 곳에서 시인은 말즘풀이 녹색으로 무성하게 자라고 있는 것을 본다. 하수도 속에서 찾은 생명의 모습은 풍어제에 대한 시인의 기대로 이어진다. 풍어제란 바다의 산물이 풍부해야 가능한 것으로서 바다 곧 자연이 건강한 것이 전제 조건이다.

하수도를 통해 바다로 흘러드는 물이 바다를 오염시키는 것이 문제가 되는 현실에서 말즘풀의 존재로 인하여 바다 생물의 융성을 기대하게 된다는 것이다. 이 작품에서 시인이 기대하는 회복력과 생산력은 무엇일까? 낙관적인 측면이 기존의 입장에 비하여 강한 것을 감지하기란 어렵지 않다. 최승호가 기대하는 자연의 회복력과 생산성은 다음 작품 「몸의 신비」에서 구체적으로 살펴볼 수 있다.

> 벌어진 손의 상처를
> 몸이 스스로 꿰메고 있다
> 의식이 환히 깨어 있든
> 잠들어 있든
> 헛것에 싸여 꿈꾸고 있든 아랑곳 없이
> 보름이 넘도록 꿰메고 있다.
> 몸은 손을 사랑하는 모양이다.
> 몸은 손이 달려 있는 것이
> 부끄럽지 않은 모양이다.
>   - 「몸의 신비, 혹은 사랑」, 2연 중 제 1연[19]

앞서 정현종의 경우에서 잠시 언급한 바와 같이 이 작품도 '가이아 이론'을 연상할 수 있는 내용이다. 상처 난 손이 아물어가는 과정에서

----

19) 『세속도시의 즐거움』, 94~95면.

시인은, 인위의 허위의식을 다 아우르고 본연의 사랑으로 치유하는 몸의 원리를 찬양하고 그 신비로움에 감복한다. 의식이 깨어 있든 잠들어 있든 몸은 상처를 아우르는데 쉼이 없다. 여기서의 의식을 인간의 이성으로 이해할 수도 있을 것이다. 하지만 몸에 난 상처를 가장 잘 아는 것은 몸 자체일 것이고 그에 대한 치유에 가장 큰 관심을 가진 것도 몸 자체로 보는 것이 자연스럽다. 인간의 이성은 몸이 상처를 아우르는 과정을 보고서야 그 사랑의 관계를 짐작할 따름이다.

사랑이란 깨닫기 전에 먼저 행동으로 나타나는 것이다. 몸은 몸 아닌 누구의 지시에 의하지 않고 스스로 상처를 치유한다. 여기서 몸을 인간의 신체로 한정할 필요는 없다. 어느 생명체이든 그것은 하나의 작은 세계를 이루고 있는 것이다. 신진대사 뿐 아니라 노화에 이르기까지의 과정은 생명의 세계에서 일어나는 과정을 축소하여 수행한다. 세계의 상처를 치유하는 방법 중에서 가장 무리가 없는 것으로서 세계 자체의 원리에 따라 스스로 치유되도록 하는 것임을 의식하는 단계가 되었다.

하나의 몸에서 한 부분이 전체와 분리되면 안 된다. 부분이 곧 전체이며 전체가 부분인 것이다. 그렇기에 시인이 말즘풀을 보면서 풍어제를 기대하게 되는 과정을 이해할 수 있는 것이다. 최승호의 작품도 궁극적인 생명력을 자연 자체의 생명력에 의지하는 면을 보인다는 점에서 정현종과 만난다.

이상에서 정현종과 최승호의 생태시가 보이는 특징을 살펴보았다. 두 시인은 생태시 창작에 남다른 관심을 보인 결과 다양한 측면에서 생태학적 상상력을 발휘할 수 있었다. 정현종의 경우에는 직관적으로 몰입한 생명의 세계가 발하는 생명력이 작품에 충만하여 활력을 얻는 양상을 보이고 최승호의 경우는, 생명의 세계가 문제시된 장면을 보여

줌으로써 문제의식이 은근히 베어나도록 하는데 성공하였다.

정현종의 경우 생태학적 인식의 각 측면을 작품화하여 바람직한 생태학적 인식을 이끌어내려는 성향이 강한 편이다. 그러한 의도는 로고스에 입각한 작품 창작의 성격을 강하게 보여주게 된다. 시인 특유의 미학 즉 생명의 세계로 자신을 직관적으로 몰입시킨 다음 그 세계 속에서 자연스럽게 넘쳐나는 상상력을 통해 시 창작에 임하는 방식을 취함으로써 인간 아닌 다른 존재로의 변신이 자유로이 이루어지고 그들의 목소리와 시각을 통해 생명의 소중함과 활기를 작품에 반영하고 있음을 볼 수 있다.

최승호는, 시적 화자를 인간으로 설정하는 성향을 보인다. 생명의 세계가 처한 위기의 상황과 그것을 대하는 인간의 입장을 치밀하게 관찰하고 문제적 장면을 연출해 냄으로써 생명성에 대한 존중의 태도와 사랑을 은근히 강조하는 작품을 창작하였다. 정현종의 작품에서 보이는 직관적 상상력이, 생기를 드러내고 생태학적 인식의 당위성을 표출하는데 장점을 지니고 있다면 최승호의 작품이 도달한 개성적 태도는, 강한 의도로 인한 도식성을 피하려는 노력의 소산이면서 생태시의 예술적 성과를 올린 사례라 하겠다. 그의 생태시는 생명의 소중함과 인간 중심적 가치관의 문제점을 동시적으로 부각시켜 생명세계의 의의에 대한 독자의 공감을 유도하는데 장점을 보인다.

시 작품의 경우 그 주제를 구현하는 방식이 각 작품 나름대로 존재할 것이지만 시인이 생태학적 인식을 바탕에 두면서 문학적 성취를 이루기 위해 노력한 양상을 고찰함으로써 한국 현대 생태시가 강한 계몽성이 야기한 한계를 극복하는 과정을 구체적으로 분석할 것이다. 1990년대 최근 작품들을 대상으로 하며[20] 생태학적 인식의 갈래에 따라 네 가지로 분류하여 살펴보고자 한다.

첫 번째로 인간과 다른 존재와의 관련성을 강조하여 인간의 진정한 위치를 더듬어가는 작품들이 생태시의 주요한 흐름을 이루고 있음에 주목할 필요가 있다. 이는 인간 중심적 세계관에 대한 비판의 시각을 세워줄 뿐 아니라 인간 아닌 존재의 생명성에 대한 탐구에 새로운 힘을 준다. 인간이 지니고 있던 기존의 인식을 새로이 비판하고 정립하는 계기로 작용하여 생태학적 자각의 깊이를 더해줄 수 있는 것이다.

김광규의 「나」는 전체 3연으로 구성된 것으로서 제1연의 내용은 '나'라는 존재를 규정하기 위해 "나의 아버지의 아들"과 같이 누군가와 이루는 관계를 통해 자신을 규정하는 것이다. 제2연은 1연에서 규정된 것으로서 타자와의 관계를 가리키는 용어로서 자신을 규정하는 것이고 제3연은 1,2연을 통해 확인한 자신의 정체성 자체가 타자와의 관계를 지칭할 뿐 자기 자신을 고유하게 지칭하는 것이 없음을 들어 모두와의 관계 속에 위치한 인간의 처지를 강조하는 내용이다.

....

20) 생태시가 수록된 시집으로서 김광규의 『대장간의 유혹』(미래사, 1991)과 『가진 것 하나도 없지만』(문학과지성사, 1998), 문정희의 『별이 뜨면 슬픔도 향기롭다』(미학사, 1992), 김명수의 『바다의 눈』(창작과비평사, 1995)과 『보석에게』(문학사상사, 1996), 이건청의 『꼬뿔소를 찾아서』(고려원, 1994), 이하석의 『고추잠자리』(문학과지성사, 1997), 구상의 『인류의 盲點에서』(문학사상사, 1998), 이문재의 『산책시편』(민음사, 1993), 고재종의 『앞 강도 야위는 이 그리움』(문학동네, 1997), 박용하의 『나무들은 폭포처럼 타오른다』(중앙일보사, 1991), 이정록의 『벌레의집은 아늑하다』(문학동네, 1994), 김영무의 『색동 단풍숲을 노래하라』(민음사, 1993) 등이 있고 이 외에도 함민복, 안도현, 등 여러 시인들이 생태시 창작에 참여하고 있다.

살펴보면 나는
나의 아버지의 아들이고
나의 아들의 아버지고
나의 형의 동생이고
나의 동생의 형이고
나의 아내의 남편이고
    (…중략…)

그렇다면 나는
아들이고
아버지고
동생이고
형이고
남편이고
    (…중략…)

과연
아무도 모르고 있는
나는 무엇인가
그리고
지금 여기 있는
나는
누구인가
      - 김광규의 「나」, 총 3연 중 1,2연 일부와 3연[21]

지루하다싶을 정도로 구사한 반복법은, 관계성을 통해 규정할 수밖에 없는 안타까운 심정에 공감하도록 한다. 여기서 소개되는 '나' 이외

....

21) 김광규, 『반달곰에게』(민음사, 1981), 125~127면.

의 존재들도 "나의 ~" 라고 표현됨으로써 관계성 속에서 제 위치를 얻는다. 결국 누구나 다른 존재와의 관계 속에서 정체성을 찾아야 한다는 것이다.

　1연과 2연의 반복을 통한 규정 작업은 여전히 화자가 구하는 결론에 이르지 못하고 제3연으로 이어지며 "오직 하나뿐인 나"의 정체를 반문하게 된다. 독자는 인간이란 존재가 다른 존재와의 관계성 속에서만 그 정체성을 얻을 수 있음을 느끼게 되는 것이다. 물론 여기서 존재는 인간의 경우로 한정할 수 없는 것이다. 이와 같은 관계성을 전적으로 인정한다면 인간과 인간 아닌 존재의 차별성에 대해서도 의문을 던질 수 있을 것이다.

> 어쩌다 한 개의 수나사가 빠지거나
> 한 개의 암나사가 부서지면
> 그 한 개의 나사 때문에
> 자동차의 엔진이 꺼지고
> 비행기가 불시착하고
> 로봇이 작동하지 않는다
> 는 것을 알고는 있었다
> 그러나 한 개의 나사 때문에
> 귀중한 목숨을 잃기 전에
> 그리고 한 개의 나사를 갈아끼우기 위하여
> 수천 개의 나사를 풀어야 하기 전에
> 무엇을 어떻게 해야 할 것인지
> 한 번도 생각해본 적이 없느냐
> 　　　　　　　　- 김광규의 「나사에 관하여」 부분[22]

....

22) 『좀팽이처럼』(문학과지성사), 1988, 94~95면.

김광규의 또 다른 작품 「나사에 관하여」는 「나」에서 보여준 관계성에 대한 인식을 더욱 발전시키려는 의도가 엿보이는 작품이다. 화자는 세계라는 거대한 관계망 속에서 그것을 연결시키는 매듭 하나의 소중함을 강조한다. 거대하고 막대한 위력을 가진 기계의 경우라 하여도 흔한 나사 하나가 제 위치에서 제 역할을 하지 않을 경우 고철 덩어리에 불과할 수 있다. 이러한 관계성을 충분히 이해한다면 모든 존재에 대한 소중함과 존중의 태도를 기대할 수 있을 것이다.

특히 "한 번도 눈여겨본 적이 없다"는 고백은 그 동안의 태도를 반성하고 있으며 그러한 반성을 독자에게도 자연스럽게 요청하고 있는 부분이다. 제6행에 이어 마지막 행에도 "한 번도 생각해본 적이 없느냐" 하고 반성을 반복하여 권하는 부분에서 작가가 의도하는 반성의 태도를 짐작할 수 있다.

이 작품은 관계성에 대한 인식을 세계적 차원의 것으로 확대하고자 시도한 것이지만 문학적 성과 면에서는 앞서 언급한 「나」에 미치지 못하는 것으로 보인다. 각 표현마다 시인의 계몽적 의도가 노골적으로 드러나는 아쉬움이 있다. 아울러 생태학적 가치관을 직설적으로 언명하는 내용이어서 문학적 성과를 통하려는 의식도 다소 약해 보인다. 나사의 소중함에 착안한 상상력도 그다지 새로운 발상으로 보기 힘들다. 나사는 이 작품 이전에도 작은 것이지만 꼭 필요한 것이라는 의미를 지니고 있었기 때문이다.

꿀을 먹을 때 꿀벌들을 보느냐
꿀벌을 볼 때 꽃밭을 보느냐
꽃밭을 볼 때 꽃을 피운 흙을 보느냐
흙을 볼 때 흙에 스몄던 빗방울을 보느냐

빗방울을 볼 때 구름과 하늘을 보느냐
꿀 한 방울이 빗방울이 되고 빗방울은 또 하늘이 된다
꿀을 먹을 때 단맛만을 보느냐
- 김명수의 「꿀을 먹을 때」 전문23)

「꿀을 먹으며」는 자연의 순환 원리에 착안하여 존재들 상호간에 이루는 관계성을 구체적 대상을 등장시킨 후 그 의의를 반복해서 권유하는 작품이다. 제1행에 제시된 '꿀'과 '꿀벌'의 관계는 자연스러운 것으로서 이 관계에 대한 거부감은 거의 없을 것이다. 이러한 자연스러움은 각 행마다 되풀이됨으로써 결국 전혀 자연스럽지 않은 관계에 대한 긍정을 이끌게 된다.

'꿀'→'꿀벌'→'꽃밭'→'흙'→'빗방울' 순으로 자연스럽게 이어지다보니 '꿀'을 통해 자연의 순환 고리를 인식하게 되는 것이다. 이에 화자는 "꿀을 먹을 때 단맛만 보느냐"는 질문을 던짐으로써 인간의 자기중심적 태도, 모든 존재의 관계성에 대한 인식의 부족함, 인위적 기준의 부당함을 적절히 지적한다. 여기서 한 걸음 더 나아가 '단맛'으로 상징되는 어떤 '성과' 이면에 존재하는 '땀'의 의의까지 고려하는 것도 큰 무리는 아닐 것이다.

두 번째로 생태학적 인식의 하나로서 인간적 기준의 절대성에 대한 비판의식에 의한 작품들이 있다. 시인들은 생태시를 통해 인위적인 것이 반생태적임을 지적하거나 인간적 기준에 의한 처신이 결코 인간 자신에게도 유익하지 않다는 점을 강조한다. 김광규의 「도다리를 먹으

---

23) 김명수, 『침엽수지대』(창작과비평사, 1991), 49면.

며」와 「저녁길」을 통해 확인하겠다.

서구적 패러다임의 중요한 기반이라 할 수 있는 기독교적 세계관에 의하면 인간의 권위는 하나님의 형상을 따르고 있다는 데서 시작한다. 피조물로서 창조주의 형상을 하고 있다는 것은 인간을 다른 피조물보다 우위에 위치시키는 결정적 근거로서 작용하였다. 작품 「도다리를 먹으며」의 화자는 좌우로 나누어 균형을 취할 수 있는 대칭형 구조와 그렇지 않은 구조의 우열을 주장하는 인간의 태도를 지적함으로써 인간 중심적 가치관이 정당하지 않음을 보여준다.

일찍부터 우리는 믿어왔다
우리가 하느님과 비슷하거나
하느님이 우리를 닮았으리라고

(2,3,4연 생략)

이제는 우리의 머리와 몸을 나누는 수밖에 없어
생선회를 안주삼아 술을 마신다
우리의 모습이 너무나 낯설어
온몸을 푸들푸들 떨고 있는
도다리의 몸뚱이를 산 채로 뜯어먹으며
묘하게도 두 눈이 오른 쪽에 몰려붙었다고 웃지만

아직도 우리는 모르고 있다
오른쪽과 왼쪽 또는 왼쪽과 오른쪽으로
결코 나눌 수 없는
도다리가 도대체 무엇을 닮았는지를.
　　　　　　　　　　　　　　 -「도다리를 먹으며」 부분24)

생태위기를 낳은 것으로 비난 받는 인류의 가치관은 인간 자신의 눈높이에 따라 자연을 마음대로 변형시키는 결과를 낳았다. 화자는 인위적 기준에 따른 구분이 전 분야에 걸쳐 자행되었음을 부정적으로 언급한 다음 "이제는 우리의 머리와 몸을 나누는 수밖에 없"다고 고백해야 할 처지에 도달하였음을 지적한다.

자신들 아닌 존재들을 편집광적으로 좌우로 구분해온 인간들에게 남은 것은 이제 자신뿐인 것이다. 인위적 행위의 대상으로서 인간 자신이 자리하게 되었음을 들어 그 부당함을 공감하도록 요구한다. 이 부당함을 이해한다면 그 동안 인간 아닌 존재에 대하여 행한 각종 구분 행위 또한 부당하였음을 인정할 수 있을 것이다.

도다리가 좌우대칭형이 아닌 사실은, 생선회 요리를 먹다가 누구나 한 번 쯤 화제로 삼았음직한 내용이다. 도다리와 광어는 얼굴의 한쪽에 눈이 몰려 있다. 이러한 형태는 당연히 그 서식 환경에 가장 적합한 형태일 것이다. 그럼에도 불구하고 인간들은 도다리가 묘하게 생겼다고 비웃는다. 산 채로 살이 뜯기우는 도다리가 떠는 것은 죽음에 대한 공포심 때문이 아니라 너무나 낯선 인간들의 모습 때문이다. 시인은 인간들이 도다리의 형상을 비웃는 것을, 살을 뜯어 먹는 것보다 더 폭력적인 것으로 묘사하였다.

인간이 자기중심적으로 생각하는 한 다른 존재를 진정으로 인정할 수는 없을 것이다. 마지막 연의 내용은 그러한 인간의 한계에 대한 비웃음이다. 인간이 인위적 기준을 적용할 수 없는 존재와 마주쳤을 때 자신의 한계성을 인식하기는커녕 좌우로 나뉘지 않는 도다리가 무

---

24) 『반달곰에게』, 112~113면.

엇을 닮았는지 결코 모를 것이라고 한다.

　이상의 문제를 해결하려면 존재 자체의 의미를 인정하는 태도가 필
요하다. 불완전한 인간의 기준으로 세상의 다른 것들을 재단하는 것은
일종의 폭력이다. 생태위기 시대는, 인간 아닌 존재에 대하여 겸허한
자세로 존중하는 태도가 더욱 절실히 필요한 시대이다.

　　　　날을 생각을 버린 지는 이미 오래다

　　　　요즘은 달리려 하지도않는다
　　　　걷기조차 싫어 타려고 한다
　　　　(우리는 주로 버스나 전철에 실려 다니는데)
　　　　타면 모두 앉으려 한다.
　　　　앉아서 졸며 기대려 한다
　　　　피곤해서가 아니다
　　　　돈벌이가 끝날 때마다
　　　　머리는 퇴화하고
　　　　온몸엔 비늘이 돋고
　　　　피는 식어버리기 때문이다
　　　　그래도 눈을 반쯤 감은 채
　　　　익숙한 발걸음은 집으로 간다

　　　　우리는 매일 저녁 집으로 돌아간다
　　　　파충류처럼 늪으로 돌아간다.
　　　　　　　　　　　　　　　　- 「저녁길」 전문25)

································

25) 앞의 시집, 105면.

김광규의 「저녁길」은 퇴근하는 서민의 모습을 통해 이 사회 속에서 경제활동에 임하여 생활하는 인간들의 궁극적인 지향점이 과연 어디인지를 되묻는 작품이다. 하늘을 나는 존재에서 물 밑으로 가라앉을 존재로 이어지는 과정이 작품의 진행과 함께 전개된다. 이 경로는 진화론에서 말하는 진화의 역순에 해당하는 것으로서 인간의 발전 지향적 태도를 정면으로 비판하는 진술로 해석할 수 있다.

진화론의 논리에 따르면 수생 생물이 점차 "양서류 → 파충류 → 포유류와 조류" 순으로 진화하였다고 한다. 시인은 이 과정의 역순을 우리의 일상사 속에서 간파해낸 것이다. 도시의 한 근로자가 보여주는 양태에서 인류 문명의 진로를 파악해내고 있다.

제2연 제6행의 "피곤해서가 아니다"라는 지적은 우리가 진화의 역행으로 나아가는 이유를 의식하게 한다. 이 작품의 화자는 익숙하게 집으로 간다. 매일 같은 행동이다. 부지런히 쉼없이 우리의 욕망을 충족시키기 위해 전진하는 것 같으나 그것이 결국은 늪으로 돌아가는 파충류처럼 물 아래로 침잠하는 셈이다.

구체적으로는 "돈벌이" 과정 속에서, 경제적 성장, 물질주의적 성장을 지향하는 가운데 퇴행의 길을 가게됨을 지적하는 것이다. 인간들이 합리화시킨 상황의 이면에 자리한 원리를 간파해내는 것은 시인의 자발적 의무라 하겠다.

이상의 작품 외에도 이건청의 「짐승이 사는 도시」, 「양촌리의 고양이」, 「도둑고양이가 사는 마을」 등의 작품은 인간 아닌 존재의 눈을 통해 인간의 한계를 재치있게 지적하고 인위적 기준의 허위성을 비판한다.

세 번째로 자연 그대로의 상태가 옳은 것이라는 인식은 자연의 조화로운 모습에서 건강함과 균형미 등을 발견하고 그 생명성을 찬양하는 생태시 작품을 낳았다. 이러한 작품은 자연의 활기와 섭리를 통하여 인간사가 산출하는 각종 한계들을 보완·극복하는 쪽으로 기여할 수 있을 것이다. 여기에 해당되는 작품들은 다른 경우에 비하여 양적으로 풍부한 편이다. 이는 시인의 근본적인 성향과 잘 조응하기 때문인 것으로 이해할 수 있다.

이러한 유형의 작품으로는 김명수의 「꽃 필 때 잎이」, 이하석의 「또 다른 길」, 고재종의 「수선화, 그 환한 자리」와 「綿綿함에 대하여」, 「여름 다 저녁 때의 초록 호수」, 「경이의 때를 내 알았으니」, 박용하의 「대관령의 자작나무는 괜찮은 듯이 서 있다」, 김광규의 「감나무 바라보기」, 「작은 꽃들」 등이 있다.

고재종은 농촌문제에 남다른 관심을 보이는 시인이다. 「綿綿함에 대하여」는, 이농 현상이 심화되어 날마다 쇠퇴해가는 농촌의 풍경을 안타깝게 그리고 있으며 인간보다 더한 애정으로 마을을 지키는 느티나무를 찾아낸다. 젊은이들이 새로운 가치를 찾아 떠나버리고 힘 약한 노인들만이 지키고 있는 오늘의 농촌은 생산에 대한 희망마저 퇴색해가고 있는 실정이다.

（1,2연 생략）

너 들어보았니
다 청산하고 떠나버리는 마을에
잔치는 아직 끝나지 않았다고
그래도 지킬 것은 지켜야 한다고
소리 죽여 흐느끼던 소리

가지 팽팽히 후리던 소리

오늘은 그 푸르른 울음
모두 이파리 이파리에 내주어
저렇게 생생한 초록의 광휘를
저렇게 생생히 내뿜는데

앞들에서 모를 내다
허리 펴는 사람들
왜 저 나무 한참씩이나 쳐다보겠니
어디선가 북소리는
왜 둥둥둥둥 울려나겠니

- 「綿綿함에 대하여」 부분26)

화자는 동구 밖에 서 있는 느티나무의 綿綿함을 들어 스러져가는 농촌의 회생을 기대한다. 이 나무의 綿綿함은 초록의 광휘를 내뿜는 시각적 이미지에 근거한 것이었으나 사람들의 심장을 울리는 북소리로 전이되어 마을에 대한 애정으로 퍼진다. 이 나무는 인간의 한계를 보완해주는 생명체로서 새로이 의미를 부여받는 것이다. 모를 내다가도 문득 문득 나무를 바라보는 인간들의 모습은 새로운 활력을 얻는 행위인 것이다.

인간이 농촌 마을의 주인으로서 오랜 세월에 걸쳐 가꾼 권리를 가지고 지금 그 마을을 버리려 하지만 화자는 농촌 마을을 이룩한 것이 오로지 인간만의 노력에 따른 것이 아님을 보여준다. 이농현상을 마을

---

26) 고재종, 『앞강도 야위는 이 그리움』(문학동네, 1997), 14~15면.

의 노인들만큼이나 안타까워 흐느끼는 느티나무가 온 몸으로 농촌 수
호에 나선다. 도시화의 한계와 폐단을 보완할 수 있는 생명력을 농촌과
자연에서 찾고자 하는 시인의 애정이 충분히 엿보이는 부분이다. 느티
나무의 초록빛에서 시인이 생명력을 찾을 수 있었던 원리는 다음의
작품에서 더욱 구체적으로 확인할 수 있다.

　작품「저물녘의 宇宙律」은 맹꽁이들이 해질 녘에 울어대는 소리를
듣고 노래한 것이다. 전편을 읽다보면 맹꽁이뿐 아니라 자연에 존재하
는 각종 새들과 소, 잎새까지 어우러져 이루는 생명력을 찬양하는 작품
임을 알 수 있다.

　　　　해종일 꽈리를 트는
　　　　맹꽁이의 합창으로
　　　　새록새록 자라는 어린 벼들,
　　　　온 들을 뒤덮는 찔레 향기에
　　　　단내 겨운 숨결을
　　　　씻고 씻는 사람들,
　　　　또 저렇게 뻐꾹새는 뻐꾹거려선
　　　　풀 뜯는 소들, 먼산 보게 하듯
　　　　제 푸르른 숨결을 뽑아내
　　　　차르르 차르르 생바람을 일으키는
　　　　저 유월의 잎새들,
　　　　그렇다면 이 넘치는 저물녘에
　　　　서로를 속삭여주지 않는 것이
　　　　어디에 있으랴.
　　　　괜스리 글썽거려 하늘로 고개 들면
　　　　또 별들은 우르르 피어나
　　　　저희는, 저희는,

그대 눈물이 빚은 정금들이에요!
그러니 어쩌랴
우리도, 우리도 정녕 이쯤 해선
귀청 하나 맑게 열어
저쪽 마을의 등불들,
그 애절한 호명을 경청하지 않고
어찌 우주율 속에
한 목숨을 밀어넣으랴
시방은 저 능선도 꿈틀거려선
하늘과 교접하는 시간,
무장무장 똬리를 트는
맹꽁이의 합창으로
천지간에 넘치는 불립문자들

　　　　　　　　　　- 「저물녘의 우주율」 전문27)

　　"우주율"이란 표현에 주목하면 화자의 찬양을 천지간의 조화로움에 대한 찬양으로 이해할 수 있다. 저녁놀이 지는 쓸쓸한 풍경을 생기 넘치는 광경으로 변모시키는 힘은 맹꽁이의 울음소리이다. 화자는 맹꽁이 소리의 우렁참과 힘찬 기상에 감동을 받아서 쓸쓸함을 떨쳐버리고 삼라만상이 이루는 조화와 균형의 아름다움에 빠져드는 것이다. 이 소리가 이루는 분위기는 다음 생명을 잉태하는 생산적 행위를 상징함으로써 미래에 대한 희망을 기약한다.
　　화자는 인간의 허약함을 보완해주는 건강함과 인간의 타락을 씻어줄 경건함을 자연에 퍼지는 생명의 소리로부터 찾아낸다. 인간의 언어로 표현해낼 수 없는 감격의 소리임을 고백하며 자연의 힘에 온 몸을

----

27) 앞의 시집, 18~19면.

맡기는 태도가 바로 이 시대에 필요한 태도일 것이다. 고재종은, 계속해서 작품 「여름 다저녁 때의 초록 호수」, 「경이의 때를 내 알았으니」, 「들길에서 마을로」, 「맹꽁이 울음소리에 接神한 저녁」 등을 통해 자연의 푸르름과 생명성에 대한 감흥을 노래하였다.

> 사방에서 터져 올라간 최루탄 가스
> 마침내 하늘의 코를 찔렀나보다
> 때아닌 태풍에 비바람 휘몰아쳐
> 탐스런 목련꽃들 모조리 떨어뜨리고
> 새로 심은 가로수 뿌리째 뽑아놓고
> 서울빌딩 간판까지 날려버렸다
> 갓 피어난 작은 꽃들 애처롭게
> 몽땅 떨어졌을 줄 알았는데
> 철늦은 꽃샘바람 지나간 뒤
> 길가의 개나리 눈부시게 노랗고
> 언덕 위의 진달래 활짝 피었다
> 빗속에 떨던 조그만 꽃이파리들
> 바람에 시달리던 가녀린 꽃줄기들
> 떨어져나간 간판 버팀쇠보다
> 오히려 굳게세 봄을 지키고 있구나
>
> 　　　　　　　　　　　　- 「작은 꽃들」 전문.28)

　김광규의 「작은 꽃들」은 우연히 봄꽃의 개화를 접한 감흥을 노래한 것이다. 이 꽃들은 최루탄 가스의 고통을 뚫고, 갑작스런 비바람의 시련도 극복하고 어김없이 피어난 것이며 꽃샘바람을 맞이해서도 장하게

---

28) 『좀팽이처럼』, 100면.

서있었던 것이다. 새로이 심은 가로수가 뽑히고 간판이 떨어져 날아갈 정도의 태풍이 몰아쳤으나 이 꽃들은 생명의 꽃샘바람을 통해 최고의 아름다움을 연출할 수 있었던 것이다. 개화의 순간은 자연의 섭리가 결정한 절정의 순간이다. 시인은, 자연의 섭리에 순응함으로써 아름다운 자태를 드러낼 수 있었던 섭리를 확인하고 겸손히 경의를 표한다.

네 번째로 인간과 자연의 공존을 지향하면서 미래지향적 공간과 세계를 그리는 작품들이 있다. 이러한 작품이 이루는 세계는 시의식이 도달한 생태학적 전망의 계기와 상통하는 것으로 해석할 수 있다. 만약 생태시가 생태학적 전망을 제시하는 성과를 올린다면 이 분야의 작품들 속에서 중요한 단서가 나오리라 예상된다. 이러한 유형의 작품은 수적인 면에서 아직 충분하지 않다. 생태학적 전망을 제시하는 문제는 생태학적 대안으로서의 의의가 큰 것인 만큼 쉽사리 도달되지는 않을 것이지만 생태시가 궁극적으로 도달해야 할 방향인 것은 분명한 사실이다.

이러한 작품으로는 안도현의 「모악산 박남준 시인네 집 앞 버들치에 대하여」, 김광규의 「크낙산의 마음」, 「풀밭」, 김명수의 「기억의 저편」 등이 있다.

> 모악산 박남준 시인네 집 앞에는
> 모악산 꼭대기에서부터 골짜기 타고 내려오던
> 물줄기가 잠시 쉬어가는 곳이 있는데요
> 그 돗자리만한 둠벙에요
> 거기 박남준 시인이 중태기라 부르는
> 버들치가 여남은 마리 살고 있지요
> 물 속에서 꼬물거리는 고것들

비린내나는 것들
한 냄비 끓여 잡숴보겠다고 어느 날
중년 아저씨 한 분이 밧데리 등에 지고
전기로 모악산 옆구리 지지며
골짜기 타고 올라왔다지요
안 된다고,
인간도 아니라고,
박남준 시인이 버티고 서서 막았지요
모악산 물고기들 모두 자기가 기르는 거라고요,
자기가 주인이라고 했다지요
거기 지금 버들치가 여남은 마리
어린 새끼들 데리고 헤엄치는 것은요,
다 그 거짓말 덕분이지요
　　- 「모악산 박남준 시인에 집 앞 버들치에 대하여」 전문29)

　이 작품은 순박한 어투로 이야기를 들려주듯 전개된다. 인간적 기준
에 따르자면 산중의 한 웅덩이에 사는 버들치를 반드시 보호해야 할
필요는 거의 없다. 버들치의 목숨을 위협하는 존재는 한 중년 아저씨로
서 배터리를 가지고 물고기를 잡으려는 인간이다. 이러한 방식은 적은
노력으로 많은 고기를 잡을 수는 있으나 지나치게 많은 양의 고기가
생명을 잃으며 특정한 고기 이외의 생물까지 목숨을 잃는 결과를 낳는
것이다.
　한 생명체가 생명 유지를 위해 적절한 양의 다른 생명을 섭취하는
것은 불가피한 일이다. 배터리를 이용한 고기잡이 같은 경우는 생태계

....

29) 《현대문학》, 1995. 8.

의 균형을 파괴할 우려가 있다. 인간은 끝이 없는 욕망 때문에 적절한 수준으로 한계를 정하고 사냥하는 것이 힘들 것이다. 박남준 시인이 보여준 감동적 태도는 모악산에서 자라는 물고기들을 모두 자기가 기르는 것이라고 소유권을 주장한 점이다.

세상에 존재하는 다른 생명에 대한 소유권이 정당하지는 않으나 물고기를 잡기 위해 찾은 사람을 물리칠 수 있으려면 그 사람의 욕망을 극복할 수 있는 힘이 필요했을 것이다. 이 점에서 박남준 시인이 주장한 소유권은 보호를 위한 권리 내지 정당성을 얻으려는 강한 의지의 표현으로 이해할 수 있다.

어린 새끼들을 데리고 헤엄치는 버들치들의 모습을 그리면서 화자가 보람을 느끼는 것은 이 고기들에 대한 소유욕에서 나온 것이 아니라 한 생명이 이어지는 것과 자연스러움 자체에 대한 경의의 마음에서 나온 것이다. 오늘날 생태계가 파괴되는 현실을 비판하고 자연의 섭리가 옳다는 것을 인정하는 사람이 많이 늘어났지만 아직도 계속되고 있는 파괴 양상을 고려할 때 지구 공동체에 대한 책임감이 절실히 요구된다.

> 다시 태어날 수 없어
> 마음이 무거운 날은
> 편안한 집을 떠나
> 산으로 간다
> 크낙산 마루턱에 올라서면
> 세상은 온통 제멋대로
> 널려진 바위와 우거진 수풀
> 너울대는 굴참나뭇잎 사이로

살쾡이 한 마리 지나가고
썩은 나무 등걸 위에서
햇볕 쪼이는 도마뱀
땅과 하늘을 집삼아
몸만 가지고 넉넉히 살아가는
저 숱한 나무와 짐승들
해마다 죽고 다시 태어나는
꽃과 벌레들이 부러워
호기롭게 야호 외쳐보지만
산에는 주인이 없어
나그네 목소리만 되돌아올 뿐
높은 봉우리에 올라가도
깊은 골짜기에 내려가도
산에는 아무런 중심이 없어
어디서나 멧새들 지저귀는 소리
여울에 섞여 흘러가고
짙푸른 숲의 냄새
서늘하게 피어오른다
나뭇가지에 사뿐히 내려앉을 수 없고
바위 틈에 엎드려 잠잘 수 없고
낙엽과 함께 썩어버릴 수 없어
산에서 살고 싶은 마음
남겨둔 채 떠난다 그리고
크낙산에서 돌아온 날은
이름없는 작은 산이 되어
집에서 마을에서
다시 태어난다.

　　　　　　　　　　　- 「크낙산의 마음」 전문[30]

「크낙산의 마음」은 산에 다녀온 화자가 그 속에서 겪은 감동을 자양으로 삼아 새롭게 활력을 얻는 과정을 그린 작품이다. 일반적으로 자연을 찾아 활력을 얻는 것은 보편적 현상이다. 특히 산을 찾아 심신의 피로를 풀면서 새로운 활력을 얻는 행위는 자연 예찬의 주요한 소재가 되면서 보편적인 공감을 얻고 있는 내용이다.

크낙산에 간 화자는, 자연 속에서 야생동물과 수목들이 이루는 조화로운 양상, 문자 그대로 자연스런 행동들에서 더할나위 없는 편안함을 느끼고 작은 새와 낙엽처럼 되고픈 마음에 젖어들지만 결국은 인간이기에 자기의 터전으로 돌아올 수밖에 없다. 이러한 한계가 안타까움으로 이어지는 것이 아니라. 인간 세상에 돌아와서 자연의 따뜻함 마음을 닮은 사람으로 거듭나는 계기로 작용하였다는 점에서 화자의 긍정적 태도가 두드러진다.

화자가 본 산은 그 어디에도 중심이 없다. 중심은 인간사의 특징으로 해석할 수 있다. 인간들은, 무엇인가를 그 기준으로 책정하거나 혹은 목표로 삼거나 아니면 욕망의 대상으로 결정하고 그것을 향해 나아가는 특성이 있다. 여기서 이러한 기준, 목표, 욕망을 중심으로 간주할 수 있을 것이다. 자연은 그러한 중심이 보이지 않음에도 불구하고 너무나도 완벽한 균형과 순환성을 보여준다.

정확히 표현하자면 인간이 보지 못하고 깨닫지 못하는 것으로서의 중심은 곧 자연의 섭리이며 산은 그 중심에 따라 움직이고 있는 것이다. 이러한 중심의 존재와 그 작용은 널리 퍼지는 꽃의 향기와 신선한 바람을 통해 느낄 수 있다.

....

30) 김광규, 『크낙산의 마음』(문학과지성사, 1986), 83~86면.

화자는 해마다 새로이 죽고 태어나는 식물과 곤충들을 의식하면서
인간의 발전적 시간관이 지닌 한계를 지적하기도 한다. 하루살이의
경우 인간적 기준으로 보면 단 하루를 살 뿐이지만 날마다 새로이 죽고
태어나는 것일 수 있는 것이다. 한 생애를 살면서 이러한 순환성을
의식한다면 세상에 대한 집착으로부터 어느 정도 자유로울 수 있을
것이다.

> 양탄자처럼 부드럽고
> 아름다운 잔디밭 갖고 싶어
> 봄부터 좁은 마당에
> 물을 뿌리고
> 풀을 뽑았다
> 모처럼 애써 가꾸었지만
> 심지도 않은
> 토끼풀 강아지풀 쐐기풀
> 저절로 돋아나고
> 아무리 뽑아버려도
> 개비름 까치밥 쇠뜨기 엉겅퀴
> 자꾸만 자라나고
> 디딤돌 옆에는 억새풀 질경이까지 퍼져
> 차라리 잡초를 기를까
> 내버려두었다
> (이제 잔디는 모두 죽고
> 잡초만 무성하게 번지겠지)
> 그러나 한여름 접어들자
> 잔디와 잡풀이 한데 어울려
> 길고 짧은 잎들이 들쭉날쭉
> 울긋불긋한 꽃들 멋대로 피어나

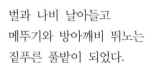

벌과 나비 날아들고
메뚜기와 방아깨비 뛰노는
짙푸른 풀밭이 되었다.

- 「풀밭」 전문31)

이 작품은 '잡초밭'과 '잔디밭'의 생태학적 의미를 적절히 보여준다. '잡초밭'이나 '잔디밭'이란 개념은 모두 인간적 기준에서 결정된 것이다. 자연 상태를 기준으로 보면 보잘것없는 풀이란 의미의 '잡초'도 없고, 잔디만 살아야 하는 '잔디밭'의 잔디도 없다. 화자는 잔디밭을 가꾸기 위해 잔디 이외의 풀을 뽑아내는 작업에 힘들어 한다. 하지만 잡초들의 질긴 생명력에 굴복하여 뽑아내기를 포기한 결과 오히려 모든 풀들이 어우러져 꽃도 피고 곤충도 모여드는 풀밭을 이룬다. '잔디밭'을 추구하다가 힘이 들어 '잡초밭'이 되는 것을 방치하려 했으나 그것은 '잡초밭'이 아니라 '풀밭'임을 깨닫게 되고 그 가치를 인정하게 되는 변화를 경험한다.

화자가 처음에 지향했던 '잔디밭'이었다면 벌과 나비가 날아들지 않았을 것이다. 잔디만 살아야 하는 밭이란 인간적 가치관에 의한 것이다. 인간적 가치 기준에 대한 비판적 시각을 엿볼 수 있다.

이런 저런 풀이 왕성하게 생장하여 각종 곤충이 날아드는 풀밭은, 일정한 길이 이상 자라면 무자비하게 끝이 잘리는 비극도 피할 수 있다. 인간들은 잔디밭을 가꾼다는 명목으로 끊임없이 잡풀을 뽑아내고 일정한 길이 이상의 잔디의 끝을 잘라버린다. 잔디밭의 잔디는 자기들만 모여 사는 권리를 얻는 대신 일정 수준 이상이 성장하면 그 끝이 잘리는

31) 『좀팽이처럼』, 16~17면.

운명을 감내해야 하는 것이다. 화자는 인간적 기준을 떨쳐버리고 모든
존재가 어우러져 사는 공간, 자연의 섭리에 따라 생장이 조절되는 세계
를 지향하게 된다. 아름다움과 만족의 기준을 자연의 섭리에 둔다면
생태계 파괴 행위가 다소 진정될 수 있을 것이며 생태 문학은 이러한
마음을 공유하는 측면에서 기여할 수 있을 것이다.

> 멀고도 아득한 시간이었네
> 기억조차 캄캄한 과거였어라
> 사슴이여 호랑이여 동무들이여
> 족제비와 도마뱀이 이웃이 되고
> 돌고래가 물개에게 바다를 나눠 주니
> 인간은 바다와 하나였었네
> 인간은 들판과 하나였었네
> 고래여, 물을 품고 헤엄치는 고래여
> 새끼를 등에 태워 젖을 주는 고래여
> 낮이면 해가 빛을 품었고
> 밤이면 바위들도 침묵했지만
> 물개와 도마뱀과 거북이 틈에
> 사람들은 더불어 땀을 흘렸고
> 바다와 들판에 함께 살았네
> 울타리가 있었다고 너는 묻는가
> 그물이 있었다고 물어보는가
> 족제비도 소도 울타리로 들어서고
> 울타리 안의 주인은 따로 없었네
> 고래여, 물개여 사슴들이여
> 대지의 고요를 아는 짐승이여
> 작살도 배도 밧줄도 있었지만
> 작살의 주인이 따로 있었으리

우리도 그날을 기억하리니
바위에 새겨진 만년의 시간이여
바위에 새겨진 우리들의 고향이여
오늘은 바다조차 메말라가고
들판에 풀잎마저 시들어가는데
우리는 너무 오래 주인이었네
우리가 죽인 바다 주인이었네
우리가 죽인 들판 주인이었네
우리는 너무 오래 피만 흘렸네
끝없이 끝없이 피만 흘렸네
　　　- 「기억의 저편」 - 반구대 암각화에 부쳐, 전문32)

　김명수의 이 작품은 일견 박두진의 「해」에 등장하는 성서의 모티
브33)를 연상시킨다. 섭식의 관계를 이루는 동물들이 서로를 헤치지
않고 어울려 사는 세상이 구현되고 있다. '반구대 암각화'를 보고 착상
을 얻은 작품임을 밝히고 있듯이 작품이 구현하고 있는 이미지가 '반구
대 암각화'의 모습과 상당부분 유사하다. 그러나 구체적인 모티브를
제공한 대상이 존재한다고 해서 시인의 상상력에 의한 세계를 그것에
종속된 것으로 볼 필요는 없다.
　족제비와 도마뱀이 이웃이고 인간이 바다와 하나였던 그 때는 "멀고
도 아득한 시간"이 흐르기 전의 상태였을 것이다. 곧 인간의 영원한
고향으로서 돌아가야 할 지점으로 간주할 수 있다. 울산 앞바다는 현재

----

32) 김명수, 『바다의 눈』(창작과비평사, 1995), 116~118면.
33) 모든 존재가 섭식의 관계에서 벗어난 유토피아를 의미하는 것으로서 생태신
　　학적 상상력을 다루는 부분에서 자세히 언급할 것이다.
　　「이사야서」 제11장 6절~9절, 『성경전서』(보진재, 1986), 979면 참조.

거대한 조선소와 각종 산업시설의 영향으로 해양오염이 심각한 지역이다. 이러한 현실은 인간이 만들어낸 것이다. 인간이 주인일 수 없건만 주인처럼 행세한 것이 무자비한 파괴를 낳은 것이다. 이제 시인은 자연을 자신의 소유로 간주하고 무자비하게 취급했던 '자격 없는 주인'이었음을 반성하고 그 자리에서 물러날 것을 인간에게 요청한다. 모두가 주인이고 그래서 따로 주인이 없는 상태가 생태학적 이상향일 것이다. 인간의 위치는 주인이 아니라 철저한 책임의식으로 무장한 충직한 청지기여야 한다.

인간이 인간 아닌 생물과 공존할 수 있는 윤리를 수립하는 것은, 생태위기 시대의 중심 과제이다. 인간 역시 섭식관계를 벗어날 수 없으며 다른 생물과 동등한 성격을 가진 것은 아니다. 인간은 생태적 섭리에 충실히 따르는 관리자로서 청지기여야 한다. 인간과 인간 아닌 존재의 동등성을 강조하여 생태학적 전망을 주도적으로 모색해야하는 존재로서의 인간의 특성 마저 거부하는 것은, 생태학적 문제의식 자체의 기반이 흔들릴 정도로 극단적인 논리가 될 우려가 있다. 생태학적 이상을 추구하는 것은 확실히 인간에게 주어진 과제인 것이다.

화자는 우리가 도달해야 할 이상향을 과거의 한 시점에서 찾았다. 이러한 태도는 인간이 도달할 수 있다는 믿음과 도달해야 한다는 필연성을 강조하기 위한 것으로 이해할 수 있다. 인간은 그 동안의 진보가 가져온 병폐들을 반성하고, 생태학적 균형이 이루어진 세계를 향해 나아가야 한다는 것이다.

생태위기의 현장을 충격적 이미지로 재현하거나 오늘의 위기를 낳은 원인을 찾아 비판하는 작품들은, 생태학적 자각의 확산을 유도하고 깊이 있는 생태학적 전망을 모색하는 과정으로서 기여한다. 인간과 인간 아닌 존재의 관계성을 깊이 인식하고 전체론적 사유의 깊이를 더한 시인들은 주로 생명의 문제를 작품의 중심 주제로 삼았음을 확인할 수 있었다.

이 작품들은, 생명체로서 다른 생명을 취하지 않고는 자신의 생명을 더 이상 존속시킬 수 없는 숙명적 과제를 직접적으로 다루고 있다. 섭식관계를 부정할 수 없는 처지에서 자신 아닌 존재의 생명을 존중한다고 할 때 가치 판단의 기준은 어떤 것인지 아직 확실하게 제시된 바는 없다.

생태학의 다양한 갈래 속에서도 핵심적인 문제는 가치 판단의 근거가 될 윤리의 문제로 귀결된다. 설득력 있는 대안을 수립하는 것과 바람직한 방향성이 개인에게 수용될 수 있어야 한다는 두 측면의 문제가 주된 난관이다.

전망을 모색하는 차원에서 생태시에 기대를 거는 시각들이 많다. 생태시에 기대하는 경우 제시하는 것으로는 '시인의 직관', '예술적 상상력', '미학적 이성' 등 여러 가지로 표현되었으나 모두 현대의 샤먼으로서 시인이 은유적 진술을 통해 전망을 제시할 것을 시인에게 기대하는 것으로 이해할 수 있다.[34]

생태학적 세계관은, 시대적 중심 과제를 다룬다는 점에서 시인의 창작에 활기를 불어넣을 수 있었다. 1990년대 한국 생태시의 양상을 고찰함으로 해서 생태학적 인식이 다양하게 문학적으로 적용된 면모를

----

34) 죠셉 켐벨은 이러한 맥락에서 신화를 해석하여 그 의미를 사회에 제공하던 옛 샤만의 기능을 현대에는 시인이 맡았다고 한다.
조셉 켐벨·빌 모이어스, 『신화의 힘』, 이윤기역(고려원, 1992), 96~97면 참조

확인할 수 있었다. 생태학적 자각을 중시하는 계몽적 의도가 강하게 드러나는 '시의식의 생태학적 전환' 단계의 생태시는 그 문학적 한계를 극복하려는 노력이 지속되면서 점차 문학적 깊이를 더하게 되었다.

생태학적 인식의 기본 입장들이 시인의 다양한 상상력을 통해 활발히 구현되었으며 생태학적 대안 사회에 대한 비전을 의식하게 되었음을 확인하였다. 이러한 작품에서 자연의 섭리가 살아 숨쉬는 공간은 인류 역사를 통하여 자양을 얻고 희망을 얻는 생명의 공간이었다. 생명의 세계를 재현하고 그 세계를 지향하는 자세의 타당성을 인식시키는 데 기여한 것이 지금까지 생태시의 성과라면, 생태학적 생명의 공간을 구현할 수 있는 대안을 은유적으로 제시하고 그 세계에 도달한 감흥을 노래하는 것이 생태시의 궁극적인 과제라 하겠다.

이어지는 내용은 생태학적 인식의 깊이를 더한 경우로서 특정 사유체계를 심도 있게 적용함으로써 바람직한 방향을 모색한 시인들의 작품을 다룰 것이다. 김지하의 작품은 동양적 사유체계에 입각하여 도달한 생태시의 한 성과로서 다룰 것이고 고진하의 작품은 서양적 사유체계에 입각한 성과로서 다룰 것이다.

2 생태학적 시의식의 심화

김지하 시인은 동학의 사상을 기반으로 독특한 생명관을 확립하였고 그것을 창작으로 형상화시켰다. 이 생명관은 인간에게 모든 존재의 '생명'를 존중할 것과 더불어 우주적 차원의 세상을 지배하는 섭리를 받아들이고 순응할 것을 요구한다. 김지하는 작품의 수적인 면에서나

사상적 깊이 면에서 다른 생태시인에 비하여 두드러진 성과를 보인다. 이러한 성과를, 동양적 사유체계에 입각한 생태학적 모색의 한 보기로 다루고자 한다.

'생명시학'이라는 용어는 김지하의 생태시가 보이는 미학적 태도를 지칭하기 위해 도입한 개념이다. 이 장에서는 주로 김지하의 생태시 작품을 통해 '생명 문제'를 중심으로 전개된 문제의식이 어떠한 양상으로 생태학적 자각을 심화시켜 나아갔는지를 고찰함과 아울러 김지하의 개인적 변모에 생태시적 문제의식이 어떻게 기여했는지를 아울러 살펴볼 것이다.

생태학적 인식이란 '생명'에 대한 가치관으로 이해할 수 있다. 인간 이외의 존재에 대한 존중감이란 모든 생명에 대한 존중감으로 이어질 것이기 때문이다. 앞서 살펴 본 바와 같이 '생명'의 문제를 다룬 생태시 작품의 수가 상당수를 차지하고 있는 것도 이 주제가 중심적 위치를 차지하고 있음을 의미한다.

생명에 대한 인식을 다룬 생태시를 살펴보면, 생명의 소중함을 강조하면서 자연의 섭리에 따르려는 자세가 대표적으로 나타난다. 현재 인류가 직면한 생태위기는, 인간의 생명을 최우위에 두고 다른 생명를 무시한 태도에서 비롯된 것으로 이해할 수 있다. 인간을 비롯한 모든 존재들의 생명에 대하여 어떤 가치를 부여하느냐에 따라 생태위기 극복의 태도가 나뉠 것이다.

모든 생명이 동등하다고 하는 여기면 바로 문제를 해결할 수 있을 것 같지만 사실은 숙명적인 난관에 봉착하게 된다. 모든 생명체는 자신의 생명을 존속시키기 위해서는 다른 생명체의 희생을 필요로 하는 '섭식의 관계'에서 자유로울 수 없기 때문이다. 생태윤리학이 중점적으로 다루는 문제이기도 하다. 아직 명확한 해결책이 나온 것은 아니지만 '생명'의 문제를 중심에 둔 생태학적 상상력의 추이를 살펴보는 것은 의미 있는 일일 것이다.

김지하는, 자신의 신념에 모든 것을 던지는 시인이다. 그는 판소리의 흐름을 현대적으로 활용하여 당대 사회의 부조리를 가락지게 읊어낸 작품 『五賊』35)을 발표하면서 문단을 비롯하여 사회의 이목을 집중시킨 이래 8년간의 옥살이 경력이 상징하듯 투사의 길을 걸어왔다. 투옥 기간 중 접한 동학사상에 심취한 김지하는 출감과 함께 생명 운동을 새로이 주창한다. 그의 작품 세계가 극적으로 변화하는 것도 이때부터이다.

김지하 작품세계의 변모를 구체적으로 확인할 수 있는 사례로는 지난 1986년 발표한 『애린·1,2』을 들 수 있다. 그 이전의 작품 세계는 남도의 정서와 가락 그리고 민중에 대한 사랑에 근거한 것이었으나 『애린』에 이르면, 尋牛頌의 禪的 명상의 형식을 통해 애린을 찾는 노력으로 전환된 것이다. 여기서 시인이 찾으려고 애쓰는 '애린'의 성격을 규명하는 것이 곧 변모된 작품 세계의 실체를 밝히는 핵심 사항이다.

일련의 작품을 통해 시인 스스로 찾아 나아간 것의 실체는 생명에 대한 사랑, 전 우주적 차원의 생명성과 그 생명성을 지닌 존재에 대한 존중으로 나타난다. 존중의 태도는 그 대상이 확장되면서 만물에 대한 사랑으로 이어지는데 이 사랑을 통해 시인은 현실의 갈등을 아우를 수 있는 힘을 얻는다.

인간중심주의와 과학기술지향주의를 부정하는 것과 자연과 인간의

....

35) 김지하, 『五賊』(동광출판사, 1985).

관계를 전체론적으로 보는 것은 생태론의 기본 인식이다. 인간과 자연을 대립적인 존재로 보지 않고 전체 속의 일부로 본다는 것은 동양의 전통적 시인들이 만물을 대하는 기본적 태도와도 맥이 닿아 있다. 인간 아닌 존재에 대한 존중감은 모든 존재가 상호 연관된 관계망을 이루고 있음을 인식하는 태도에서 비롯된다. 생명성은 한 개체가 살아있는 동안에만 의미가 있는 것이 아니라 개체의 형질이 바뀌더라도 자연 전체의 순환고리 속에서 제 역할을 수행하는 한 계속 의미가 있다는 것이다.

김지하는 무궁무궁한 생명을 주장하고 한 개체에 종속되지 않은 우주 차원의 생명성을 영성이라 규정한다. 이러한 영성을 인정하고 생명의 질서를 수행함으로써 환경위기를 극복할 뿐 아니라 올바른 삶의 자세를 갖추게 될 것으로 주장한다. 김지하의 생명사상은 최시형의 後天開闢論을 소개하며 설명한 부분에서 확인할 수 있다.

> 잃어버린 우주의 생명을 자기 안에서 다시 회복시킬 뿐만 아니라 그 생명의 질서에 일치해 살며 타인 속에도 이웃 속에도 그와 같은 무궁한 우주생명이 있음을 인정하고 서로 공경하며, 동식물 속에도 우주 생명이 살아 있음을 인정하고 동식물을 공경하며, 흙이나 물과 같은 무기물 속에도 생명이 살아 있음을 인정하고 또한 공경하는, 그리하여 우주 생명과 일체로 천지를 공경함으로써 천지와 일체가 되는 그러한 사상[36]

우주적 질서 속에 자기의 존재를 위치시키며 우주적 질서를 긍정하면서 모든 존재를 존중하는 김지하의 태도는 작품 「똥」에서 확인할

....

36) 김지하, '개벽과 생명운동', 『생명』(솔출판사, 1992), 21면.

수 있다.

> 똥 보면 베먹고 싶어
> 새벽 샘물
> 샌 뒤 어덩 위
> 산죽닢 스쳐 오는 바람을 마셔
> 동트는 분홍 산봉우리 흰 안개구름 마셔
> 똥만 보면 못 견디게 베먹고 싶어
> 내 몸이 곧 흙이어설 게야
> 흙이 똥을 마다 안함
> 오곡이 장차 가득가득히 익어 끝내는
> 열매 열리게 될 터이어설 게야
> 똥 속에서 배시시
> 애린이 웃어설 게야
> 꼭 그럴 게야

- 「똥」 전문37)

전체 13행에 불과한 이 작품에 '똥'이란 표현은 1, 6, 8, 11행에 걸쳐
네 차례 등장한다. 3행의 '어덩'과 5행의 '동트는'이란 표현까지 합치면
모두 여섯 개의 행에서 '똥'을 연상시키는 표현이 이어지는 셈이다.
이러한 반복으로 '똥'에 대한 거부감을 덮어 주는 효과를 거둔다.

'똥'은 무엇보다도, 인간들에게 혐오감을 주는 대상이라는 것이 특징
이다. 이러한 혐오감은, 사람들이 부정적 이미지를 표현하고자 할 때
그 대상이 무엇이든 '똥'이란 말을 갖다 붙이기만 하면 될 정도로 보편
화된 것이다. '똥'은, 먹는 것과 반대되는 의미를 지니고 있다. 말 그대

....

37) 김지하, 『결정본 김지하전집 1』(솔출판사, 1994), 299면.

로 배설물이다. 배설물이란, 원칙적으로 섭취한 음식물 중에서 신체가 필요에 따라 흡수할 것은 다 흡수한 다음 마지막까지 남은 것이다. 먹을 것이 못 된다는 것은 다른 설명이 필요 없다. 그럼에도 불구하고 화자는 보기만 하면 한 입 베어 먹고 싶다고 고백한다.

화자가 먹고 싶다는 것은 무슨 이유에서일까? 그것도 마지못해 눈 딱 감고 꿀꺽 삼키는 것도 아니고, 한 입 베어 먹겠다고 한다. 이는 먹을 대상이 풍미로운 것이란 느낌을 주는 표현이다. 혐오스런 똥을 화자가 거부하지 않고 맛있게 먹겠다는 이유는 무엇인가? 그 이유는 "내 몸이 곧 흙이어설 게야 / 흙이 똥을 마다 안함"이라는 7행과 8행의 내용으로 명백해진다.

흙은 모든 존재의 배설물로 이루어졌다고 할 수 있다. 생물의 배설물 이나 시신은 잘 썩어 흙으로 변한다. '흙에서 나와 흙으로 돌아간다'는 말도 있듯이 생물을 구성하고 있는 성분의 측면에서 보면, 일반적인 생물이 살아있는 것으로 간주되는 기간은 일시적이며 오히려 다른 상 태로 더 오래 존재한다고 볼 수 있을 정도이다. 흙의 입장에서 보면 똥은 곧 먹거리요 살이요 생명이다. 자양분을 지닌 흙은 식물이 삶을 틔우는 터전이 되어 자연의 먹이사슬에서 중요한 역할을 수행한다. 흙이 똥을 거부하지 않고 반기는 것은 너무나도 당연한 현상이다.

배설물에 대한 부정적 이미지가 형성되는데 그 독특한 냄새 또한 일조하였다. 배설물이란 썩어야 그 의의를 찾을 수 있다. 부패의 과정에 서 필연적으로 발생하는 것이 냄새이다. 발효를 통한 냄새란, 배설물 중에 포함된 요소 중 일부가 대기 속으로 환원되는 것을 입증하는 것이 다. 배설물의 전부가 흙이 되는 것은 아니다. 대기에 필요한 것은 대기 로 보내는 과정을 거친다. 이 과정에서 수반되는 현상이 바로 배설물

특유의 악취이다. 악취 역시 자연의 원리에 충실히 따르는 것을 의미하는 것으로 이해해야 한다. 시구의 이면에는 똥 냄새에 대한 사랑까지 진술되고 있는 것이다.

건강한 인간이 자신의 배설물을 재흡수하면 각종 부작용이 초래되는 것은 당연하다. 그래서 화자는 똥을 반기는 자신을 '흙'으로 규정한다. 배설물과 그 냄새의 의미를 순환의 논리로 이해하면서 모든 존재가 어느 한 방향의 의미만 지니고 있는 것이 아니라는 생각에 이르게 된다. 세상을 인간의 기준으로만 평가할 수 없다는 생각이 생태적 사유의 첫 걸음이다. 이 순간 똥 속에서 애린이 미소지으며 등장한다. 생명의 관계에 대한 존중과 사랑이 애린으로 승화된 것이다. 시인이 갈구한 애린은, 자연의 존재들이 이루는 관계와 그 존재에 대한 사랑으로 구체화된다.

똥 속에서 미소짓는 애린이 오곡이 익어 열린 열매와 일치되는 순간 화자는 애린과 동화된다. 혐오스런 존재인 똥을 베어 먹는 충격적 행위로 시작된 이 작품은 생명의 순환성에 대한 적극적인 긍정으로 승화되어 소중한 것에 대한 진지한 포옹이자 대자연의 법칙에 대한 순종을 고백하는 것으로 귀결된다.

작품 「똥」에서 강조된 생명의 순환고리에 대한 인식은 순환성을 거부하는 존재에 대한 거부감이자 자신에 대한 비판으로 진술된다. 작품 「그 소, 애린 28」은 똥과 마찬가지로 썩는 것의 소중함과 그에 대한 애정을 고백하고 있다. 이 애정은 썩어 순환시키는 것을 막는 존재의 대표격인 비닐에 대한 비판의 목소리와 함께 등장한다.

시드는 것이 좋다
살아 있기에
썩는 것이 좋다
산것이기에
참말로 썩은 내 눈
참말로 피기도 전에 시들어버린 내 마음
이제껏 그토록 비닐만 좋아했기에

-「그 소, 애린 28」 전문38)

보통 시든다는 것은 생명이 있는 것과 반대의 의미를 지니고 있다. 썩는 것 또한 마찬가지이다. 그러나 윤동주가 "모든 죽어가는 것"으로 표현했듯이 살아 있는 것은 썩거나 시들어버릴 가능성을 지닌 존재라고도 볼 수 있다. 더 이상 썩을 수 없는 존재는 이미 썩어버린 것이거나 자연의 순환을 거부하는 존재일 것이다. 이 모두는 생명성을 상실한 존재인 것이다.

화자는 '비닐'을 좋아했던 자신을 반성한다. 비닐은 물질의 순환을 차단하는 성질을 지니고 있고 인공적 생산물이다. 비닐을 좋아했던 화자의 마음은 '피기도 전에 시들어버린' 반생명적 마음이었다. 대체로 생태시 속에 등장하는 '비닐'은 부정적인 이미지를 지니고 있다.

비닐을 자연 상태로 방치할 경우 완전히 분해되기에 걸리는 시간은 상상을 초월한다. 자연이 회복하는 과정에서 엄청난 방해 요소가 된다. 일반적인 인공물의 미덕은 내구성인데, 비닐이 지닌 내구성은 자연의 순환을 방해하는 요소로 작용하는 것이다. 시인은 계속해서 생명의

38) 김지하, 『결정본 김지하 전집 2』(솔출판사, 1994), 163면.

순환성을 강조하면서 죽음이 역설적으로 생명으로 승화되는 변환의 과정을 그리고 있다.

앞서 언급한 바와 같이 김지하 시인은 7·80년대 현실 저항적 경향을 뚜렷하게 보여 온 시인이었지만 90년대 들어서 생명의 소중함에 기대어 우주적 차원의 사랑을 노래하게 되었다. 시인의 변모가 진정성과 힘을 확보하려면 전환의 계기가 얼마나 진솔한 것이냐에 달려있을 것이다. 시인의 전환이 지닌 진정성은 「그 소, 애린」 연작 50편의 마지막 부분에서 확인할 수 있다.

자신에 대한 온전한 반성의 결과로서 갈 수 있는 극한의 지점에 이르러 자신의 모든 것을 던져 얻은 것이 바로 생명에 대한 사랑 곧 '애린'이며 자신과 '애린'의 일체감이다. "더는 갈 곳 없는 땅 끝에 서서 / 돌아갈 수 없는 막바지 / … / 변하지 않고는 도리 없는 땅 끝에 / 혼자 서서 부르는"[39] 사랑의 깨달음인 것이다.

김지하의 생명의식은, 하찮은 것으로 여겼던 풀씨 하나가 공기를 타고 감방안에 와서 벽 틈에 뿌리를 내린 것이 계기가 되어 발전한다. 미물로 여겼던 풀씨 하나가 불안정한 처지에서도 꿋꿋하게 삶을 싹틔우는 장면은, 시인에게 자연의 섭리를 수행하는 숭고한 모습으로 각인된다. 생명의 숭고함에 대한 깨달음은 인간 이외의 존재가 지닌 생명성에 대한 적극적인 긍정의 태도로 발전한다. 작품 「생명」과 「중심의 괴로움」은 시인이 도달한 생명성의 실체를 짐작하는 데 좋은 보기가 될 뿐 아니라 생태학적 자각의 순간에 한 인간이 느끼는 감동을 잘

....

39) 김지하, 「그 소, 애린 50」 부분, 『결정본 김지하 전집 2』(솔출판사, 1994), 185면.

보여준다.

> 생명
> 한 줄기 희망이다
> 캄캄 벼랑에 걸린 이 목숨
> 한 줄기 희망이다
>
> 돌이킬 수도
> 밀어붙일 수도 없는 이 자리
>
> 노랗게 쓰러져버릴 수도
> 뿌리쳐 솟구칠 수도 없는
> 이 마지막 자리
>
> 어미가
> 새끼를 껴안고 울고 있다
> 생명의 슬픔
> 한 줄기 희망이다.
>
> ― 「생명」 전문40)

「생명」은, 감방 벽 안쪽의 미세한 틈을 근거로 뿌리내린 식물의 모습을 확대경으로 들여다 보듯 상세히 묘사하고 있는 작품이다. 사랑하는 사람들과 차단된 곳, 세상과 격리된 곳, 자신 이외에는 아무도 없고 그 속에서 자신이 없어져 버려도 별 상관이 없을 듯한 허무한 장소에 더떤 식물의 씨앗이 날아든 것이다. 그 씨앗은 자연이 부여한 임무를

....

40) 『결정본 김지하 전집 2』, 297면.

다하기 위해 더 이상 나아갈 수도 없고 되돌아갈 수도 없는 벼랑과 같은 벽면의 끝에 살짝 걸려 뿌리내림을 시도한 것이다. 이 풀씨와 한 수형인의 만남은 한 생명과 생명의 만남이었고 세상에 작용하는 생명의 원리와 한 인간이 접하는 계기가 되었다.

간절한 노력 끝에 틔운 싹은, 가냘프게 걸린 상태에서도 공기의 미세한 흐름에 따라 미묘한 떨림을 보였을 것이다. 이를 지켜보던 시인은 떨고 있는 새끼를 나래 안에 품는 어미 새을 떠올린다. 어미 새와 같은 존재는 생명의 원리로서 자연의 섭리일 것이다. 하나의 씨앗이 싹으로 발전하면서 연출한 생명의 떨림이 바로 존재의 떨림이요 보는 이도 살아있음을 확인하는 움직임이다. 생명이 쉽사리 얻어지는 것이 아니란 점에서 이 떨림은 생명을 위한 슬픔으로서 울음을 낳는다. 이 울음은 상실의 아픔이 아니라 생명을 기약하는 '한 줄기 희망'일 수 있는 것이다. 화자는 한 생명이 피어나는 자연의 원리를 보면서 생명의 숭고함을 깨닫는다. 작품 「중심의 괴로움」은 생명의 떨림을 더욱 정교히 표현한다.

봄에
가만 보니
꽃대가 흔들린다

흙밑으로부터
밀고 올라오던 치열한
중심의 힘

꽃피어
퍼지려
사방으로 흩어지려

괴롭다
흔들린다
나도 흔들린다
내일
시골 가
가
비우리라 피우리라.

- 「중심의 괴로움」 전문41)

　봄에 싹이 돋아나는 모습을 소재로 한 이 작품의 화자는 싹이 흔들리는 것을 보고 싹을 밀어 올리는 땅 속의 힘을 의식한다. 식물은 동물과 달라서 운동을 담당하는 근육이 없다. 미세한 부분까지 확대하여 보면 식물도 움직임이 지속적으로 일어날 것이지만 이 움직임은 존재 자체를 구성하고 있는 성분들의 자리 이동인 셈이다. 솟아오르는 꽃대의 생장은 뿌리에서 흡수된 양분들이 성장한 부분의 세포를 생성시켜 가능한 것이다. 식물의 움직임은 자연의 순환 원리를 상징적으로 보여주는 사례이다.

　꽃대를 밀어 올리는 힘을 '중심의 힘' 곧 생명의 원리로 깨달은 화자는 자신도 흔들림을 느낀다. 이 흔들림은 새 생명을 낳은 고통의 흔들림이다. 꽃대에 따라 흔들리는 화자는 장엄한 자연의 섭리에 온몸을 던졌음을 뜻한다. 싹을 틔어 올린 중심의 힘은 분명 땅 거죽을 뚫어야 하는 고통을 감내해야만 했을 것이다. 그 고통은 솟아오르는 과정에서 보인 흔들림으로 나타난다.

41) 『중심의 괴로움』, 50~51면.

흔들림은, 싹틔우는 것에 그치는 것이 아니라 줄기를 뻗고 꽃을 피우고 열매를 맺으려는 의지의 반영이면서 또 다른 생명의 씨앗을 퍼뜨리려는 의지로 발전한다. 생명의 소중한 작업을 지켜보던 화자는 그 작업에 동조하여 흔들리는 자신을 발견하게 되면서 다짐에 나선다. 자신도 싹을 틔우겠다는 다짐이다.

인간인 화자는 피우기 위해서는 먼저 비우는 과정이 있어야 함을 놓치지 않는다. 여기서 비워야 할 것은 중심의 힘이 들어서야 할 공간에 있는 것들이다. 중심의 힘에 모든 것을 맡기기 위해서는 인간적 욕심과 가치관에 물든 것부터 먼저 다 비워내야 한다.

이상의 두 작품은 김지하의 생명관을 대표적으로 보여준다. 대자연의 관계 속에서 인간과 다른 존재와의 동등한 관계성을 주장했던 시인은 한 풀씨와 수감인의 존재가 보인 일체감을 들어 모든 생명성의 소중함과 동등함을 주장하게 된다. 시인의 확신은 자연의 섭리에 근거한 것으로서 우주 전체를 구성하고 있는 존재들 각자가 그 섭리에 따라 움직이는 것에서 정당성을 얻는다는 인식을 바탕으로 한다. 기존의 인간 중심적 가치를 모두 버리고 생명성을 인정하는 태도를 취한 것이다.

이후의 많은 작품들이 생명의 원리에 대한 깨달음을 표현한다. 시집 『애린1·2』의 작품들이 민중에 대한 사랑을 모든 존재에 대한 사랑으로 전환되는 과정을 보였다면 『중심의 괴로움』의 작품부터는 세상의 다양한 양상, 인간의 일상사를 통해서 그 속에서 확인하는 생명의 원리들을 표현한다. 이처럼 우리 주변에서 늘 있었을 것이며 자연스럽게 일어나는 현상들을 통하여 깨달음의 감격을 표현하는 것은, 모든 현상에 작용하는 생명의 원리를 밝히기 위한 의도가 작용한 것일 수 있고 한편으로는 생태학적 깨달음이 지닌 변혁 가능성을 강조한 것일 수

있다. 생태학적 인식을 도처에서 확인할 수 있다는 것은 그 인식의
깊이를 더욱 심화시킬 수 있을 것이기 때문이다.

① 비 솟는 소리 / 듣네 // 귀 열리어 / 삼라만상 / 숨쉬는 소리 듣네
- 「빗소리」, 부분[42]

② 귀뚜라미 / 밤새워 울고 // 내 마음 열리어 / 삼라만상을 끌어안는다
- 「一山詩帖·4」, 부분[43]

③ 매연의 거리에 내리는 / 봄눈 // 천지의 향기
- 「빈 가지」, 부분[44]

④ 뛰어라 / 가슴이여 // 우주의 싹이 / 사방에 산다
- 「공경」, 부분[45]

⑤ 내 손바닥에 / 태고의 삶이 / 고여 있다
- 「태고」, 부분[46]

인용한 시구들은 한결같이 자연의 한 작은 국면이자 현상에 불과한
것일 수 있는 것에서 자연의 원리 또는 우주 차원의 섭리를 발견하는
깨달음을 보여준다. 자연의 현상 어느 것으로부터도 섭리를 찾을 수
있다는 시인의 입장을 짐작할 수 있는 부분이다.

....

42) 앞의 시집, 26면.
43) 앞의 시집, 46면.
44) 앞의 시집, 79면.
45) 앞의 시집, 70면.
46) 앞의 시집, 81면.

화자는 '빗소리'로부터 삼라만상의 숨소리를 듣는다. 물의 순환이 없으면 지구상의 생명체가 삶을 영위할 수 없다. 비는 중력을 극복하고 하늘로 올랐던 물이 다시 지상으로 내려오는 현상이다. 비가 땅과 조응하는 소리를 비 솟는 소리로 받아들인 화자는 이 소리를 통해 삼라만상의 호흡을 연상하게 된 것이다.

밤이면 수면을 취하는 인간과 달리 귀뚜라미는 밤 새 운다. 동료를 부르는 소리일 수도 있고 이성을 찾는 소리일 수도 있다. 이 소리는 귀뚜라미의 존재와 생명을 확인시켜주는 의미를 가지고 있다. 귀뚜라미의 소리를 들은 인간은 밤에 잠을 이루지 못한 인간이다. 고독 때문인지 고통 때문인지 갈등을 지닌 존재로 이해할 수 있다. 하지만 귀뚜라미의 존재를 인정하게 되면서부터 삼라만상을 끌어안듯 외로움을 떨칠 수 있었다.

매연이 자욱한 거리, 미세한 오염물질이 부유하는 곳에 눈이 내린다. 봄이면 어김없이 눈을 틔우는 식물들 위로 봄눈이 내린다. 곧 녹아버릴 수도 있으나 오염된 세상을 하얀 눈이 따뜻하게 어루만지는 것이다. 눈을 보면서 장차 피어날 꽃들을 연상한 시인은, 천지에 퍼지는 향기를 노래하는 단계로 나아간다.

인간 아닌 다른 존재에 대한 공경은, 우주적 차원의 섭리에 대한 공경이다. 공경 곧 사랑은, 다른 존재로 이어지면서 자신에 대한 사랑으로 되돌아 올 것이다. 도처에 자리한 존재들은 모두 우주적 차원의 섭리를 깨달을 수 있는 계기들로서 확신의 기쁨을 줄 수 있는 대상이다. 이 감격에 화자의 가슴이 뛰는 것은 생명의 원리를 인정한 마음을 지녔기 때문이다.

손바닥을 찬찬히 살펴보면 무수한 금이 그어져 있다. 자세히 보면 손금으로 지칭되는 금 말고도 미세한 금들이 손금과 손금 사이를 메우고 있음을 확인할 수 있다. 개인마다 다른 모양과 깊이를 지닌 금들이 있다. 지금까지 이 세상에 왔다가 사라진 많은 사람들과 앞으로 태어날 사람들 모두의 손바닥을 대조하여도 같은 모양을 찾을 수 없을 것이다. 손바닥의 금이 지닌 유일성은 무궁한 역사를 통해 한 존재의 유일성을 보장하는 것이다. 과거에도 미래에도 존재하지 않을 현재의 자신은 곧 태고로부터 이어온 법칙의 구현인 셈이다. 이에 시인은 자신의 손바닥에서 태고의 삶을 읽는다.

이 단계에서 보이는 시인의 깨달음 시편들에서 시인은 무궁한 생명에 대한 확신과 만물에 대한 사랑을 표현하고 있다. 이러한 측면은 일부 평자들로부터 초월적 신비주의라는 비판을 받는 계기로 작용하기도 한다.47) 그리고 이러한 자족감이 환경위기의 극복이라는 절박한 문제를 고려할 때 지나치게 관념적 영역의 문제만 다루는 것으로 보일 수도 있다.

한 사회의 시인으로서 그 사회의 절실한 문제를 작품의 중심 주제로 다루는 것은 바람직한 일이다. 생태시가 추구하는 것으로서 생태학적 인식의 배양과 생태학적 대안을 은유적으로 제시하는 것을 생각할 수 있다면, 김지하의 작품들에서 보이는 자족감은 시인 특유의 사상 체계를 보일 수는 있어도 타인의 공감을 이끄는 측면에서는 거리감을 극복

---

47) 다음은 김지하의 추상성과 관념성을 비판하는 내용이 있는 부분이다.
　　김은석, 「김지하 문학 연구」, 중앙대 석사논문, 1996, 13면 참조.
　　홍정선, '죽임의 세계, 살림의 사상', 『이것 그리고 저것』(동광출판사, 1991), 294면 참조.
　　권혁범, '생명사상의 체계화', 《녹색평론》, 1996. 11-12., 156면 참조.

하지 못할 가능성이 있다. 신덕룡도 같은 맥락에서 김지하의 초월주의적 이미지가 주는 한계를 우려하며 지적한 바 있다.48)

벚꽃 지는 것 보니
푸른 솔이 좋아
푸른 솔 좋아하다 보니
벚꽃마저 좋아

-「새봄·9」 전문49)

작품 「새봄·9」의 경우는 짧은 내용에도 불구하고 여러 층위로 해석이 가능하여 해석의 즐거움을 준다. 먼저 '꽃이 지는 것'과 '솔의 푸르름'이 대비되고 있음을 떠올릴 수 있다. 벚꽃은 한 꽃 송이가 그대로 떨어지는 것이 아니라 꽃잎의 숫자 그대로 바람에 흩어지면서 날리는 것이 특징이다. 그에 비해 바늘같은 잎들이 여러 개씩 단단히 묶여있는 솔은 사철 푸르며 자기의 자리를 고수하는 것처럼 보인다.

벚꽃의 낙화를 죽음으로 본다면 푸른 솔은 생명의 상징일 수 있다. 벚꽃을 일본으로 본다면 솔은 한국이 될 수도 있을 것이다. 생명과 반생명의 대비로 본다면 이 작품은 생명에 대한 사랑이 죽음마저도 극복하는 원리를 노래한 것이 된다. 죽음이 생명과 통하는 것으로서

....

48) 그가 깨달음의 노래, 세속적인 욕망이나 갈등이 배제된 긴장이 없는 세계를 노래한다면 이미 시인으로서 존재 가치는 소멸하고 만다. (…) 허망한 초월주의자의 노래에 불과할지도 모른다. (…) 「태고」, 「들녘의 꿈」, 「나 한때」 등의 시편들에서 자아와 우주가 일체가 되어 노니는 만법일여, 무실무득의 세계를 보게 되는 것이다. (생략 인용자)
신덕룡, '눈부신, 새살처럼 돌아오는 아픔', 《시와 사람》, 1997, 여름, 204면.
49) 앞의 시집, 41면.

새로운 의미를 얻는 것이다.

　문제는 벚꽃이 지는 것도 솔이 푸른 것도 다 자연의 섭리에 의한 것이라는 사실이다. 양자를 대비적으로 볼 때 가치의 우열을 전제로 하고 해석한다면 지금까지 대비시킨 경우들이 설득력을 얻을 수 있을 것이지만 양자 공히 자연의 섭리에 의한 것으로 간주한다면 가치의 우열이 없는 것이다.

　마지막 행에서 벚꽃마저 좋다고 한 것은 벚꽃잎 역시 자연의 섭리에 따라 자신에게 주어진 역할을 충실히 수행하고 떨어지는 것이라는 점을 수용했기 때문이다. 솔의 생명력에 비해 사소 약한 생명력을 지닌 것으로 묘사된 벚꽃이 구제되는 차원이 아니라 벚꽃 또한 자연의 섭리에 충실히 순종하는 존재로서 그 나름의 가치를 인정하는 태도로 볼 수 있다.

　작품 「나 한때」는 시인의 현재 상황을 솔직히 묘사하고 있는 자기 고백이다. 공교롭게도 고형렬의 「바람 나뭇잎」과 유사한 전개양상을 보인다. 고형렬이 바람과 나뭇잎이 조응하는 모습에서 존재들 사이의 교감과 생명력의 교통을 노래하였다면 김지하는 그러한 깨달음에 이르는 과정이자 원리를 함께 밝힘으로써 깊이있는 인식을 보여준다. 모든 존재들이 이루는 생명의 관계성이 더욱 강하게 표현된 작품이라 하겠다. 앞서 언급한 시인의 자족감 이면에는 이러한 깨달음에 이르는 진지한 과정이 자리하고 있는 것이다.

　　　나 한때
　　　잎새였다

　　　지금도

가끔은 잎새

해 스치는 세포마다
말들 태어나
온 우주가 노래 노래 부르고

잎새는 새들 속에
또 물방울 속에
가없는 시간의 무늬 그리며
나 태어난다고
끊임없이 노래부르고 노래부른다

- 「나 한때」 총 10연 중 1~4연[50]

시인의 자족감과 깨달음이 헛된 것이라거나 가장된 것이 아니므로
작품에 나타나는 추상성을 들어 시인의 가치관에 대하여 판단하는 것
은 적절한 태도가 아니다. 신념의 차원에 이루어지는 것은 다시 말해
서 종교적 차원의 것이기 때문이다. 위의 작품에서 화자는, 우주 만물
각자와 일체감을 느끼며 그러한 존재로서 무궁하게 이어가는 생명을
인식한 존재이다.

화자가 자신이 잎새였다고 하는 것은 「중심의 괴로움」에서 살펴 본
바와 같이 식물의 생장 현상을 통해 자연의 순환성을 강조하기 위함이
다. 잎새의 시각으로 물방울의 순환과 세포가 생성되는 과정을 표현하
여 우주의 존재들이 순환하며 생명을 이루는 것을 보여준다. 먹이는

----

50) 『중심의 괴로움』(솔출판사, 1994), 105~107면.

존재와 받아 먹는 존재가 일체로 통하는 세계, 모두가 서로를 먹이는 세계임을 고백하는 것이 바로 시인이 도달한 인식의 깊이를 보여주는 부분이다.

생태시가 구현할 생태학적 전망은 강한 인간 중심주의와 강한 생명 중심주의 사이의 적절한 위치를 찾아내는 데 핵심이 있다. 생태학적 상상력은 바로 이 양 극단 사이의 다양한 스펙트럼을 형성하게 될 것이다. 이런 측면에서 볼 때 김지하는 생명의 원리와 존재 상호간의 관계성에 대한 깊은 깨달음을 제시하고 있으며 스펙트럼 붕 강한 생명중심주의 쪽으로 상당히 근접한 곳에 위치한 것이다.

고진하의 생태시는 자연 현상 속에 작용하는 생태학적 섭리를 파악하려는 시인의 노력이 두드러게 나타나는 작품 성향을 보인다. 고진하가 자연을 대하는 태도는 생태신학적 태도와 통한다. 그가 갈구하는 것은 하나님의 섭리이다. 그것은 천지만물을 창조하신 이의 원리로서 바로 세상의 법칙이 된다. 시인은 이 법칙에 순종하는 삶을 추구하는 자세를 취한다.

김지하의 경우가 동학의 사상에 크게 영향을 받은 것이라면 고진하에게 영향을 미치고 있는 생태신학적 태도는 서양 사상의 움직임에 해당된다는 점에서 특별한 의의가 있다. 기독교는 생태학이 근본적으로 부정하는 서양의 근대 패러다임의 중심적 기반이라는 비판을 받고 있다. 기독교의 인간 중심적 사상이 서구적 인간 중심주의의 토대가 되었기 때문이라는 것이다.

생태신학은, 기독교적 패러다임을 생태위기의 주 원인 제공자로 지목하면서 출발한다. 최초의 비판자에 해당하는 린 화이트 2세의 주장은, 유일신 사상의 기독교 교리가 세력을 확장하면서 기존의 애니미즘적 종교들이 배척되고 그에 따라 애니미즘 사상에 깔려있었던 자연 만물에 대한 존중감이 함께 사라지게 되었다는 것이다. 그 결과 자연에 대한 무자비한 착취가 정당화되어 오늘의 생태위기가 초래되었다고 한다.[51] 이것이 생태신학의 출발점이면서 대표적인 비판론이 된다.

기독교는, 이러한 자극에 대하여, 어떻게든 기존의 신학이 오늘의 생태위기에 책임이 있다는데 공감하고 그 극복을 모색하는데 구체적으로는 자연을 어떻게 볼 것이냐의 문제를 다루기 위해 성서에 나타난 창조의 의미를 중심으로 논의가 전개된다.

기독교의 책임을 강조하는 논의 중에는, 크라우스 베스터만C. Wester- mann식의 성서신학적 접근 방식과 몰트만J. Moltmann, 링크C. Link, 죌레D. Soelle, 콥John B. Cobb 등의 조직신학적 접근 방식 그리고 리드케G. Liedke, 후버W. Huber 등의 윤리학적 접근 방식이 대표적인 위치를 차지하고 있다.[52]

신학 내부의 깊은 주제로 들어가기 전에 생태신학의 기본적인 두 가지 태도를 살펴보자면 먼저 정통 신학의 창조관이 한계를 지니고 있으므로 수정 또는 재구성을 통해 생태계 위기에 대응하자는 것이 한 가지이고 정통신학의 근본적 오류를 인정하지 않고 수용과 이행의 과정에서 일어난 인간의 오류를 문제로 여기며 정통신학의 교리를 정확히 해석함으로써 극복할 수 있다는 입장이 다른 하나이다.

생태학적 자연관이 신학의 창조관에 개입되어 새로운 의미를 찾는

....

51) Lynn White, The historical roots of our ecologic crisis, *Science*, vol. 155, no. 3767. 10. March 1967. pp. 1204-1207.

52) 고동원, '21세기 생명공동체를 향하여 - 한국 기독교 환경론의 반성적 고찰과 미래, 《두레사상》, 1996, 여름, 150면 참조.

것은 전자의 경우에 해당한다. 이 경우 기독교의 기본적 교리와 어긋나는 부분이 많기 때문에 기독교 자체의 반론이 유난히 거세다. 후자의 경우는 기독교의 기본 원리와 생태학적 자연관의 조화로운 연결을 모색하려는 태도가 두드러진다.

정통 신학의 입장을 극복하기 위해 새로운 생태신학의 원리를 찾으려는 태도 또한 다시 여러 가지 견해로 나뉘지만 그 기본 시각은, 하나님이 자신을 세계 속에 표현하였으므로 세계는 곧 하나님의 섭리를 지닌 존재가 되고 하나님의 계시 곧 섭리를 하나님이 창조한 세계 현상 속에서 찾아야 한다는 입장[53]으로 정리할 수 있다. 이러한 입장은, 자연 현상에 대한 진지한 성찰의 태도를 수반한다. 자연 현상의 면면이 곧 하나님의 섭리를 배태한 것 이른바 섭리태攝理態이기 때문이다.

이언 브레들리는, 예수가 그의 메시지를 자연계에서 얻은 이미지가 풍부한 비유를 통해 나타낸 것은 확실히 우연의 일치는 아니라고 지적하면서 자연 현상의 섭리태적 성격을 더욱 강조한다.[54]

정통 신학의 입장을 더욱 공고히 함으로써 생태위기를 극복할 수 있다는 견해는, 성서 속에 나타난 인간의 위상을 강조한다. 자연의 모든 만물은 창조주이신 하나님의 의지가 반영된 존재로서 그 나름의 존재 의의를 지니고 있는 것이기에 인간이 함부로 처리할 수 없는 것임을 새롭게 인식해야 한다는 것이다. 여기서 인간이란 하나님의 피조물 중에서 청지기로서의 의무를 부여받은 존재가 된다.

....

53) 이정배, '생태계의 위기 상황과 자연의 신학적 장소 규정에 대한 논의', 『생태학과 신학』(종로서적, 1989), 21~23면 참조.

54) 이언 브레들리Ian Bradley, 『녹색의 신』이상훈, 배규식 옮김, (도서출판 뜨님, 1996), 127면 참조.

'청지기'라는 직분은 자연을 다스리는 존재가 아니라 하나님으로부터 잠시 관리의 의무를 부여받은 존재로서 자연을 잘 보호하고 유지해야 하는 존재임을 강조하기 위해 도입된 개념이다. 생태위기를 낳은 인간의 자연관은 자연을 인간의 욕망에 따라 마음대로 처리해도 좋다는 식의 태도를 지니고 있었다. '청지기' 개념이 등장한 이후에는 자연에 대한 책임이 강조되며 구체적으로 어떤 시선으로 자연을 바라보느냐가 중요한 의미를 지니게 된다.

자연을 신의 섭리태로 간주하며 그것의 의미를 찾고자 노력한 시인 중에서 생태신학적 상상력의 일단을 보여주는 이로는 고진하가 대표적이다. 고진하의 작품은 자연의 존재들을 새로이 살펴보고 그 속에서 의의를 찾으려는 의도가 강하게 드러낸다. 이처럼 자연을 대하는 입장은 최근 대두된 생태신학적 접근 태도 중 각광받고 있는 프란체스코파와 베네딕투스파의 자세를 함께 갖춘 사례로 설명할 수 있다.

고진하는 짐승들과 교통할 수 있었을 정도로 인간 아닌 존재와의 교감에 열심이었다는 프란체스코의 자세와 성스런 노동을 강조하며 정결한 마음을 닦은 베네딕투스의 자세를 상당부분 이어받았다. 그는, 정통신학의 교리에 제한받는 성향이 강하지 않으며 생태학적 대안 모색에 적극적인 입장에 취한다. 물활론적 자세를 가지고 자연 만물을 바라보는 것이다.

박두진의 경우는, 그의 작품이 시기적으로 볼 때 최근 문제시되는 생태학적 인식에 도달한 끝에 이루어진 창작이라고 주장하기에 문제가 없지 않으나 고진하의 경우와 대비되면서 생태신학적 상상력의 다른 측면을 보여준다는 점에서 고진하와 대비하여 다루고자 한다.

박두진의 작품은 공교롭게도 자연을 신의 섭리태로 보는 것에서는

고진하와 별 차이가 없지만 정통 신학자들이 기독교의 근본적 친 생태
성을 주장하기 위해 제시하는 내용을 작품의 주 소재로 삼고 있다는
점에서 차이가 있다. 박두진은 선험적으로 주어진 듯한 정통 교리를
비판하거나 거부하지 않고 자연 현상 속에서 재확인하듯 창작에 임한
것으로 보인다.

고진하는, 자연을 섭리태로 보면서 자연의 만물들이 지닌 생명성과
친생태성을 통하여 생태학적 대안을 모색한다. 이러한 태도는, 시집
『프란체스코의 새들』(문학과지성사, 1993)의 自序 부분에 잘 드러나
있다.

> 내가 만물을 보는 눈을 통해
> 神은 나를 보신다고 한다.
> 이 얼마나 두려운 일인가
> 하지만 이런 두려움과 더불어
> 놀람의 휘둥그래진 눈으로,
> 나와 세상의 눈부신 심연을
> 뚫어보고자 하는 열망에
> 오늘도 나는 가슴 설레이며
> 파릇파릇한 새싹들이 막 돋아나는
> 봄의 뜨락을 내려서느니

시집을 펴내면서 고백한 내용을 보면, 자신이 어디에 주의를 기울이
느냐 여부가 바로 신 앞에서 선 개인으로서의 솔직한 고백에 해당한다는
의식을 확인할 수 있다. 이러한 마음가짐으로 창작에 임하였던 것이다.
시인 자신이 들여다보는 것이 자신에 대한 반영이라는 것이다. 이처럼
한 인간이 항상 신 앞에 서는 순간을 의식하고 행동한다는 것은 인간이

도달할 수 있는 진지한 태도의 상당한 수준에 이른 것으로 보인다.
　시인은 신의 섭리를 따르면 환경위기를 비롯한 이 시대의 문제를
극복할 수 있을 것으로 확신한다. 세상의 심연을 보는 가슴 설렘이
곧 그 확신에 대한 신뢰감에서 오는 것이다. 시인이 보는 이 시대의
문제는 무엇인가? 작품 「나무와 기계의 마음」은 시인의 문제의식이
어디에 닿아있는지 잘 보여준다.

　　　깊은 山 협곡에서 山짐승과 山사람의
　　　가파른 성품을 다독여 흐르는 물처럼 순치시키던
　　　나무들이,
　　　천지사방 눈 씻고 보아도 흙 한줌 안보이는
　　　색유리와 시멘트 도시
　　　거대한 빌딩 반질거리는 대리석 바닥에
　　　移植되어 있다. 때아닌 돌풍이라도 몰아치면 쓰러질세라
　　　몇 개의 지주목을 단단히 허리를 묶인 채

　　　쌩쌩, 양옆으로 질주해가는
　　　날카로운 機械들의 굉음 속에서 불꽃 튀는 마찰을 일으키며
　　　극악스레 機心을 품고 살던
　　　나는 문득 저 검붉게 변색되어가는 나무들에서
　　　눈길을 뗄 수 없다 색맹의 눈알을 껌벅이며 회전을 멈춘
　　　이 도시의 해와 달처럼 그 어디, 지향처가
　　　보이지 않는다 물과 산에 깃들인 德을 버리고
　　　안팎으로 소용돌이치는 욕망의 물결을 따라
　　　거대한 인간 뗏목에 동승한 내가 가 닿아야 할 곳은

　　　도대체 어디일까 목발을 짚고 선 듯
　　　지주목에 기대어 마지막 가쁜 숨을 헉헉 몰아쉬는 저 가련한

　　길벗은
　　　차라리 은둔하라, 은둔하라, 일러주는 듯 싶지만
　　　그 누구도 벗어날 수 없는 황색의 차선에 이미 들어선
　　　나는, 쌩쌩 검은 死神의 위세에 맞물려 돌아가는
　　　작디작은 톱니바퀴가 되어 구르고
　　　잠시 품어본 나무의 마음엔 목마른 톱밥만 가득 내려 쌓이고
　　　　　　　　　　　　　　- 「나무와 기계의 마음」, 전문55)

　　인공물이 가득한 도심에 옮겨진 나무를 소재로 한 이 작품은, 산 속에 있어야 할 존재가 반생명의 공간에 존재하면서 연출하는 장면을 통해 그 부당함을 적나라하게 묘사하고 있다. 이 작품에 등장하는 나무가 있는 곳은 땅조차 숨쉴 수 없는 곳이다.

　　인간이 포장공사를 통해 땅의 숨길마저 차단한 것이다. 생명의 순환성이 차단된 반생명의 공간 속에서 나무는 검붉게 변색되며 죽어갈 수밖에 없는 것이다. 이러한 나무는 지주목이 없이는 바로 서있을 수도 없이 허약한 상태가 된다. 원래 나무는 뿌리를 건강한 흙에 깊이 내려야 굳건히 서있을 수 있지만 이 나무의 뿌리는, 인간의 알량한 배려로 주어진 한 덩이의 흙에, 그나마 꽁꽁 묶인 채로 헐떡이고 있는 처지이다.

　　현대 사회는 기술문명의 욕망이 지배하는 사회이다. 그 속에 있는 인간 또한 기심機心의 지배를 받고 있을 터이다. 장자의 이야기를 떠올리지 않더라도 문명에 대한 의존심이 생겨버린 인간들의 마음은 어느덧 이 나무처럼 지주목의 도움이 없이 바로 설 수 없는 상태가 되어버렸을 수도 있다. 문명의 이기利器란 표현 뒤에 자리한 반생명성을 시인은

---

55) 고진하, 『프란체스코의 새들』(문학과지성사, 1993), 22~23면.

지적하고 있다.

숨통이 막히는 상황에서 생명의 힘은 어디서 찾을 것인가? 이 사회 속의 인간은 차선을 변경할 수도 없는 처지에서 종말을 향해 치닫는 기계 위에 올라서 있다. 이 기계틀에서 벗어나지 않는 한 그 길을 달려야만 하는 것이다.

기계 속에서 나무의 마음을 품어 봐야 톱밥만 쌓인다는 시인의 고백은 기심機心을 진정으로 극복하려면 물질문명 사회의 인간이 지닌 욕망의 굴레로부터 벗어나는 것이어야 함을 강조한다. 시인은, 신의 아름다운 섭리 즉, 자연의 덕을 찾게 된다. 이제 시인은 이 덕을 찾으려는 희망을 품고 자연 만물을 찾아 나선다.

　　향수병자들의 마음엔 둥근 달 떠올라, 달뜬 마음이 지도 위에 그려진 고향을 찾아가는데, 산업도로 초입부터 차량들이 붐빈다.

　　언제부터 이 지경이 되었던가
　　꼬리에 꼬리를 물고 있는 무쇠 덩어리의 사슬에 손발이 꽁꽁 묶인 저 노예들의 행렬……

　　뇌 없는 괄태충들처럼 꿈틀, 꿈틀거리고 있다.
　　　　　　　　　　　　　　　　　　- 「괄태충」 전문.56)

　　뒷산의 아카시아 꽃잎들이 하얀 눈발처럼 흩날리는 한낮, 우리집 누렁이는 꽃그늘에 코를 박고 태평으로 늘어져 있다. 굵은 쇠사슬에 묶여 있을 망정 부얼부얼 털이 덮인 팔목에 시계를, 잘록한 허리에 삐삐를(시인들도 차고 다니는 삐삐를!) 차고 있지 않기 때문이리라.

....

56) 앞의 시집, 41면.

가끔씩 7번 국도를 왱왱거리며 달리는 앰뷸런스 소리, 낯선 발자국
소리에 너펄귀를 쫑긋거리지만, 누렁이의 달디단 잠을 방해하지는
못한다. 아카시아 꽃잎들이 후두두둑 흩날리며 누렁이의 잠든 몸을
하얀 시트처럼 덮는다.

- 「깊은 잠」 전문.57)

　「괄태충」과 「깊은 잠」은, 인간 사회와 문명에 대한 시인의 비판적
견해가 잘 드러난 작품이다. 「괄태충」은 고향을 찾는 아름다운 마음이
인간의 무모한 욕망에 의해 변질되어버리는 모습을 그리고 있다. 자가
용을 타고 가겠다는 마음이 고향과 가족을 찾는 마음에 우선하여 작용
한 것이 바로 '귀가길 정체'를 낳았다. 인간이 편의를 위해 스스로 만든
자동차를 사용함에 있어서 자동차의 매력에 빠져 그 이상의 불편함을
감수하는 것이 귀가길 정체의 성격이라 하겠다.

　자동차를 고향까지 주차장처럼 죽 늘여 놓고 그 속에서 하루해를
넘기는 인간들 그 부당함 조차 놀라운 적응력으로 극복해내고는 '귀성
전쟁'을 '귀성문화'로 변모시켜 수용하는 힘은 무엇인가? 바로 욕망의
원리에 의해 추동되는 기계문명의 윤리가 그 힘일 것이다.

　「깊은 잠」은 인위적인 것이 없는 상태에서 늘어지게 잠을 즐기는
개의 모습을 통해, 스스로 만든 족쇄에 강박되어 허덕이는 인간의 모습
을 비판적으로 드러낸다. 달디 단 잠을 누리지 못하는 인간은 자신의
잠을 방해하는 것이 스스로 만들어낸 소리라는 점은 의식하지 못하면
서 그저 숙면을 누릴 수 있는 방안을 모색하기만 할 것이다. 하지만
이러한 수준에서 찾아낸 방안이란 것 또한 새로운 소음을 수반할 것이

57) 고진하, 『우주배꼽』(세계사, 1997), 44면.

분명하다. 누렁이의 단잠을 아름답게 덮어주는 아카시아 꽃잎들은 그 잠의 포근함과 친생태성을 지지한다.

작품 「빈들」은 자연 속에 신의 섭리가 있음을 의식한 시인의 태도가 고백적으로 그대로 드러난 작품이다.

> 늦가을 바람에
> 마른 수숫대만 서걱이는 빈들입니다
> 희망이 없는 빈들입니다.
> 내일이 없는 빈들입니다.
> 아니, 그런데
> 당신은 누구입니까
> 아무도 들려 하지 않는 빈들
> 빈들을 가득 채우고 있는 당신은
>
> - 「빈들」 전문58)

모든 것이 비어있는 공간, 인위의 흔적이 없는 공간에서 시인은 '당신'의 존재를 확인한다. 「빈들」은 자연의 세계 현상에 존재하는 절대자의 섭리를 강하게 확인하는 고백에 해당한다. 추수가 끝난 늦가을의 들판을 채우고 있는 존재는 곧 '희망'과 '내일'의 의미를 새로이 부여하는 존재가 된다. 화자가 생각하는 좌절의 공간을 또 다른 생명의 공간으로 변모시키는 것은 생명의 근원을 지배하는 힘에 의해야 가능할 것이다. 시인은 세계 현상에 존재하는 생명의 힘을 의식하고 있는 것이다. 그것을 찾기 위해 남다른 눈으로 살피고 있는 것이다.

자연 속에 작용하는 생명의 섭리를 찾으려는 시인은 환경오염의 현

---

58) 고진하, 『지금 남은자들의 골짜기엔』(민음사, 1990), 11면.

장을 고발하는 작품에서도 그부당함을 직접적으로 지적하기를 자제한다. 불행한 현장이 인간에게 주는 의의를 더듬어보면서 문제의식의 확장을 시도한다. 희생된 생명체의 영생을 언급하는 것은 그 존재를 인간에 버금가는 대상으로 취급하는 자세라 하겠다. 작품, 「훨훨 불새가 되어 날아가게」에 등장하는 기름 뒤집어 쓴 가마우지는 바로 욕망의 기술 문명사회에 속한 우리들 인간의 모습이기도 하다.

> 　　그 황홀한 焚身을 꿈꾼 적이 있었을까
>
> 　흠뻑 기름을 뒤집어쓴 채
> 　검은 기름 바다
> 　해초 더미에 기대어
> 　이글거리는 유황빛 두 눈알을 꿈벅이며
> 　죽어가고 있는
> 　바다새
> 　가마우지,
> 　날개가 짧아
> 　날지를 못하지만
> 　焚身의 꿈커녕은
> 　그 알량하고 알량한
> 　무슨 自由(혹은 무슨, 무슨 해방)의 꿈 따위도
> 　도무지 품어본 적이 없을 텐데 ……
>
> 　그러나 이제,
> 　기름뭉치가 다된 저 가마우지 몸뚱어리에
> 　차라리 확, 불꽃을 튕겨줄까?
> 　훨훨 불새가 되어 아무데나 날아가게……
> 　　　　　　　-「훨훨 불새가 되어 날아가게」 전문59)

죽어가는 짐승을 바라보면서 차라리 저 고통을 덜어줄 수 있기를 바라는 마음이 드는 것은 일견 자연스런 일이다. 그러나 안락사인 경우라도 죽음이란 결과에 대해서는 어떠한 변수도 제공할 수 없다. 단지 죽음에 이르는 고통을 줄여준다는 차원에서 죽음의 시간을 앞당긴 것에 불과하다.

기름 범벅이 된 가마우지가 죽어야 할 책임을 가마우지에게서 찾을 수는 없다. 바다 지역을 오염시킨 인간의 행위에 책임이 있다. 인간은 원인 제공자임에도 불구하고 안락사와 같이 죽음에 이를 시간이나 덜어줄 생각 이상은 할 수 없는 존재로 묘사된다.

생태 문제의 경우, 미연에 방지하지 못하면 해결이 만만치 않다. 일단 문제상황이 발생하면, 인간의 능력이란 하잘 것 없는 것임을 확인하게 될 뿐이다. 능력의 한계를 의식하고 신에게 도움을 청하듯 시인은 기름을 뒤집어 쓴 가마우지가 차라리 불새가 되어 마음껏 날아버리길 기도할 뿐이다. 한 생명의 죽음을 막지 못하는 안타까움에서 죽음을 불꽃으로, 자유로운 비상으로 변모시킬 수는 없는지 기도하는 것이다.

생태신학에서 프란체스코파와 베네딕투스파의 태도는 인간과 자연과의 교감에 대한 보기로서 특별한 의의를 지니고 부각되었다. 프란체스코는 동물들과 의사소통을 할 수 있었을 정도로 인간과 그 외의 피조물 사이의 벽을 허물고 조화로운 삶을 영위한 사례로 일컬어지며 베네딕투스는 건강한 노동을 통해 자연의 섭리를 몸소 체험하며 機心을 버리는 모범적 삶의 태도를 보였다.[60]

59) 『프란체스코의 새들』, 36~37면.
60) 도한호, '생태계 위기와 창조신학의 재정립', 《복음과 실천》, 1993.9. 74면

새벽 명상을 하다 문득 天上에선 듯 쟁쟁하게 울려오는
새소리를 들었다 가는귀먹은 늙은 하느님,
쿨쿨 코골려 새벽 단잠을 즐기는 젊은 것들이야 듣건 말건
청정한 새벽 숲속을 울리는
소쩍새, 뻐꾸기, 찌르레기 구슬픈 울음 소리…… 그 사이로
가끔씩 웬, 맑은 은방울 굴리는 새소리도 들렸다.
(저 새소리가 세상의 아픈 이들에게 藥이 ……?)
오, 그렇다면 올빼미 박쥐 굼벵이 등
어둠 속에서 퍼드덕거리며 꿈틀대는 진귀한 神藥들을
어렵사리 구해다 먹고도
肝에 달라붙은 암덩어리를 어쩌지 못해
싸리 가지처럼 빼빼 말라 죽어가는
그녀에게, 나는 왜, 저 은방울 굴리는 목소리로
차라리 그대 한 마리 새가 되어 푸드득 날아다오,
말해주지 못하고 새벽마다
징징 지렁이 울음 소릴 흉내내고 있는 걸까
아아, 그러나 나는
저 아시시의 聖者처럼 지상의 병든 새들을 불러
드넓은 가슴에 품어안지 못해도
내 얇은 귓바퀴에 소리의 화살이 되어 정겹게 날아드는
황홀한 새소리에 취해
어둡고 음울한 지렁이 울음 소리를 잠시 거둔
이 청정한 새벽 숲속

- 「프란체스코의 새들」 전문61)

자연과의 교감을 추구하는 시인은, 작품 「프란체스코의 새들」을 통

참조.
61) 앞의 시집, 52~53면.

해 인간의 능력의 한계를 비판하면서 자연과 인간이 더불어 존재해야 함을 다시 한 번 확인한다. 이 작품에서 화자는 새벽 명상 중에 새소리를 듣는다. 그 소리는 하나님이 용인하지 않았으면 없었을 소리다. 하지만 가는귀가 먹어버린 하나님은 이 소리를 의식하지 못한다.

이 새소리는 새벽에 하나님을 향해 기도하던 자신의 소리와 대비된다. 간암으로 죽어가는 그녀에게 아무 것도 해줄 수 없는 화자는 기도를 올릴 뿐이었다. 그러나 새벽 공기를 뚫고 들려온 맑은 새소리에 간청의 기도를 멈추고 그것에 귀를 기울이는 것이다. 이 소리가 신약神藥이 되어 그녀에게 힘이 되는 상황을 꿈꾸다 차라리 새이기를 꿈꾼다. 인간적 욕망을 버리고 자연의 조화를 받아들일 수 있다면 갈등을 극복할 수 있으리란 기대가 엿보이는 작품이다.

　　　뭐든지 주물럭거리기 좋아하는 조물주의 손길도
　　　닿지 않았을 듯싶은
　　　동굴의 캄캄한 내부, 잘록잘록 마디가 있는
　　　동물의 창자처럼 살아 꿈틀거린다 마치
　　　內視鏡을 하듯 플래시로
　　　서늘한 어둠이 숨쉬는 식도를 지나
　　　긴 내장의 구석구석을, 비춘다, 뚝뚝 흘러내리는
　　　투명한 물방울들, 번득이는 불빛에 놀란 듯
　　　빛을 피해 어둠 속으로 더 깊은 어둠
　　　속으로 푸드득거리며 숨언는 시커먼 박쥐떼,
　　　현란한 색채로 피어난 꽃들, 天井의
　　　돌꽃들을, 돌고드름들을 샅샅이 비춰본다.
　　　헉!
　　　갑자기 숨이 막혀온다 불빛 속에 드러난
　　　볼록볼록한 앞가슴을 태연히 뽐내며 꿈틀거리는 듯한

요염한 여체(?), 혹은 난생 처음 수음하듯
끈적거리는 물방울들을 떨구고 있는
무수한 男根의 형상들, 내 두 손으로 보드랍게
쓰다듬어보고 아, 핥아보고 싶었다
(뭐, 불경스럽다고?)
이름도 性도 없는 기이한 물상들,
빛과 어둠 이전의 생물들,
불경스러움 다해 부둥켜안고 싶었다
할 수만 있다면 저 깊고
캄캄한 돌 속으로, 푸드득, 미끄러져 들어가
                              - 「동굴 탐사」 전문62)

　작품 「동굴 탐사」는, 신의 섭리를 찾기 위한 의지가 자연의 심장
속 깊이 집요하게 뻗어나감을 잘 보여주고 있다. 그 속에서 시인은,
찾으려 해도 잡히지 않는 진리에 대한 안타까움을 적나라하게 표현하
고 있다.

　자연의 속내를 드려다 보듯 동굴 속으로 깊숙이 탐사해 들어간 화자
는 그 종유석들의 번들거림과 매끈함을 보면서 주체할 수 없는 생명력
을 느낀다. '동굴'과 '남근'이 주는 성적 이미지는 작품의 제1연에 등장
하는 '조물주'란 단어와 제22연의 '빛과 어둠 이전'이란 표현을 참작한
다면 천지창조의 상황과 관련해서 해석할 수 있다. 그렇다면 이 동굴
속이 암시하는 태고의 시간은 남성과 여성의 구분도 존재하지 않았던
시기라 하겠다.

　화자는 할수만 있다면 그 속으로 더욱 들어가고 싶어 한다. 근원적

---

62) 앞의 시집, 82~83면.

인식의 극단을 향하는 의지를 확인할 수 있다. 남근석을 온 몸으로 끌어안겠다는 고백의 뒤에 "뭐 불경스럽다고?"하며 반문한 부분은, 시인이 성직자임을 고려할 때 에로티즘적인 것이 아님을 강조하기 위한 표현으로 해석할 수 있다. 남근석은 성적 이미지보다 근원적인 생명력을 강조하는 태도로 보는 것이 타당할 것이다. 화자는 자신의 몸과 마음 뿐 아니라 인간사의 관념까지 다 던져서라도 생명의 섭리에 도달하고픈 마음을 표현한 것이다.

육신이란 생태학적 원리가 집중된 것으로서 세계의 축소판으로서 말 그대로 소우주의 의미를 지니고 있다. 최근 육신의 이미지가 '리비도'를 연상하는 쪽으로 한정되는 성향이 있음을 부인할 수는 없지만 생태시에서 육신과 생명, 생식의 이미지는, 성적 충동을 넘어서는 자연의 섭리를 상징하는 경우가 많다.

이상과 같은 시인의 갈구는 이제 '생명'의 문제로 정리됨을 알 수 있다. 시집 『우주배꼽』(세계사, 1997)의 단계에 이르면, 우주 차원의 생명에 대한 고리를 의식하고 그에 대한 탐색으로 구체화되는 면모를 보인다. '우주배꼽'이라 했을 때 '배꼽'은 탯줄을 잘라낸 흔적이다. 탯줄은 태아와 어머니를 연결한 끈으로서 한 생명의 유지와 이어짐 그리고 생명 그 자체를 상징하는 부분이다. 그렇다면 '우주배꼽'은 우주의 생성과 그 존재의 의미를 부여할 수 있는 결정적 의미를 가진 것으로 이해할 수 있는 것이다.

작품 「장마」에서 등장하는 '우주배꼽'이란 표현은 '골고다'와 동격으로 표현된다. '골고다'란 그리스도가 십자가에 달린 장소이다. 신학적으로 볼 때 그리스도의 죽음은 인간들이 아담의 원죄로 인한 사망의 운명에서 벗어나는 대사건이다. 죽음을 삶으로 전환시킨 결정적 계기인 것이다. 특히 이곳에서 죽은 그리스도는 부활을 통해 영원한 생명을 상징하게 되었다고 한다. 생태학적으로 생각할 때 지금 요구되는 우주 배꼽은 지구를 환경위기로부터 구출하는 계기일 수 있다.

> 폐허의 담벽 아래
> 성스런 신의 병사들이
> 지구의 왼쪽 관자놀이를 찢는 총성이 울리고
> 그 피와 살을 받아 핥는
> 시퍼런 잡초와 갈가마귀의 혀가 비릿하다.
>
> 골고다,
> (우주배꼽?)
> 거기,
> 여전히 신생아들의 울음소리도
> 들린다지?
>
> 안보았어도 좋은, 흥건히 피에 뜬 조간을 보며
> 질긴 탯줄을 씹듯 간신히 조반을 삼켰다.
> 장마가 쉬 그칠 것 같지않다.
> - 「장마」 전문63)

작품 「장마」는 시인이 아침식사를 먹으며 보던 조간신문의 기사에 착안하여 쓴 것으로 보인다. 이 기사는 아마 중동 지역의 분쟁을 다룬 것으로 보인다. 인간들은, 서로 전쟁을 벌이면서도 동일한 신에게 자신들의 승리를 기도하는 존재이다. 신은 과연 타인의 생명을 희생시켜

---

63) 『우주배꼽』, 9면.

승리를 이끌어낸 자의 손을 들어 줄 것인가? 서로 상대방을 이기게 해달라고 자신에게 매달리는 상황에서 신은 누구를 승자로 선택하였을까? 인간은 자신이 만든 질곡으로 스스로 돌입하는 양상을 보인다.

중동 지역은 세계 종교로 성장한 기독교의 근원지이면서도 현재 끊임없는 분쟁의 장소가 되어 연일 피의 소식을 생산하고 있다. 이 시점에서 시인은, 부활의 현재적 의미, 생명의 존재 의미를 정면으로 따진다. 신생아가 끊임없이 태어나는 전장의 아이러니, 전장에서 죽을 생명과 그 생명을 죽이게 될 생명들이 계속해서 태어나는 이 현실을 어떻게 받아들여야 하는가?

우주의 생명성을 상징하는 차원에서 시인은 '우주배꼽'이란 개념을 생각해 냈다. 시인은 인간사를 통해 왜곡된 개념이 아닌 전 우주적 차원의 생명의 섭리를 모색한다. 자연에 존재하는 섭리 중 시인의 관심은 이제 이 문제로 집중된다.

작품 「진흙 붕대」와 「흰줄표범나비, 죽음을 받아들이는 힘으로」 그리고 「고추잠자리」와 「소나무」 등에서 시인의 모색 작업이 보다 구체적으로 진전됨을 확인할 수 있다. 상호 존중의 태도를 통해 서로의 생명을 보듬어주는 자세를 인식하고 생명과 죽음을 관련지어서 영원한 생명의 의의를 탐색하기 시작하는 것이다. 앞서 김지하와 고형렬, 정현종의 작품에서 확인한 바와 같이 생태시에서 자연의 생명성을 의미하는 상징으로 '바람'이 등장하는 것을 이 경우에서 다시 확인할 수 있다.

흔들리는 나무 그림자들과 겹쳐지며
숲길을 걷다 보면,
바람이 애기솔 도래솔들의 파르스름한 머리를

빗질하고 있는 곁을 기분좋게
지난다

푸른 솔과 내 숨결이, 때로 솔 아래
묻힌 이와 내가
바람의 정다운 끈으로
하나로 이어져 있음을 느낄 때

나는 그이들이 내뿜는
숨결보다 훨씬 더
큰 숨결에 닿아 있는 것이 아닐까

더러, 상처 입은 솔의 벗겨진 밑둥을
벌건 진흙 붕대로 싸매고 있는 손과 악수를 나누고
무심코 하늘을 올려다 볼 때

- 「진흙 붕대」 전문64)

「진흙 붕대」에서도 숲의 숨결과 자신의 숨결을 이어주는 매개로서
바람이 등장한다. 무형의 존재이면서도 전 지구를 관통하고 있는 것이
공기라면 바람은 공기라는 실체가 주는 물리적 감각이다. 일반적으로
인간이 공기를 체감하는 것은 바람에 의해 가능하기 때문이다. 보다
확대하면, 대기에 속한 것 자체가 바로 우주적 차원의 생명성에 속한
것으로 볼 수 있다. 그런데 이러한 생명성을 느끼는 계기가 중요하다.
화자는 상처가 난 나무의 밑둥을 감싸고 있는 진흙 붕대를 보고 세상의
존재 사이의 관계를 인식한다. 이 관계란 곧 생명의 숨결에 동참하는

----

64) 앞의 시집, 12면.

것이 된다. 앞서 프란체스코가 새와 대화하는 수준에 직접 도달한 것은 아니지만 같은 맥락에서 자연과 일체가 되는 감동으로 나아가고 있는 것이다.

> 죽음을 받아들이는 힘으로
> 푸른 햇살 아래 밀어내놓은 신생新生의 꿈들!
> -「흰줄표범나비, 죽음을 받아들이는 힘으로」 전체 5연 중 제
> 5연65)

> 비탈진 관동양묘원, 이글거리는 뙤약볕 아래 검게 그을은 늙은 아낙네들이 두더지처럼 납죽 엎디어 있다. 겨우 10cm쯤 될까말까 한 어린 자작나무 묘목을 촘촘히 심고 있는 저 갈퀴손들은, 말하자면, 지금 뻥 구멍 뚫린 지구를 꿰매고 있는 것이다. 흰 머릿수건을 벗어 쏟아지는 구슬땀을 훔치며 바늘 대신 쪽삽으로, 한 땀 한 땀 지구의 뚫린 구멍을 푸르게푸르게 누비고 있는!
> -「성스런 바느질」 전문66)

작품 「흰줄표범나비, 죽음을 받아들이는 힘으로」에서는 거미줄에 달려 죽은 나비의 주검에서 피어난 알들을 보면서 죽음이 삶으로 승화 되는 감동을 그리고 있고 「성스런 바느질」에서는 어린 묘목을 심는 행위를 지구에 난 구멍을 메우는 작업으로 비유하면서 나무를 심는 마음의 생태성을 들어 인간과 자연의 공존에 높은 가치를 부여한다. 인용하지는 않았지만 작품 「소나무」에서는 소나무 껍질을 뜯어먹은

---

65) 앞의 시집, 45면.
66) 앞의 시집, 74면.

소의 착한 눈과 벗겨진 껍질 부위를 보호하기 위해 흐르는 송진을 대비시키면서 섭식관계에 대한 윤리적 선택의 고민을 표현하기도 하였다. 다른 생명을 취하는 처지에 있는 현재의 소를 비난할 수도 없다. 껍질이 벗겨져도 송진으로 치유가 가능한 만큼만 섭취하는 소의 태도를 균형의 한계 내에서 행한 점을 높이 평가하는 것이 바람직하다는 것이다. 이 문제는 섭식관계를 이루는 한 생명체가 존속하기 위해서는 반드시 겪어야 하는 문제이지만 가장 어려운 문제이기도 하다.

시인이 지향하는 곳은 「즈므 마을」[67]로 귀착된다. 물론 그러한 곳이 지상에 존재하지 않는 성소聖所을 세우고 싶은 곳으로 소개된다는 점에서 그 마을의 미래 지향적 성격이 확인된다. 그곳은 가파르지만 자연만물을 벗삼아 그 힘을 빌어 나아가고자 하는 지점이고 아직 성소가 세워지지 않았다는 점에서 고진하 시인의 진지한 시적 탐색의 결과 현재까지 도달한 지향점인 셈이다. 「즈므 마을2」에 이르면 그곳에서 농부의 모습에 주목하는 시적 화자를 확인할 수 있다. 그가 본 농부의 모습은 작품 「달개비가 향기롭다」에서 찾을 수 있을 것이다.

....

67) 푸른 이정표 선명한/ 즈므 마을, 그곳으로 가는 산자락은 가파르다/ 화전을 일궜음직한 산자락엔 하얀 찔레꽃 머위넝쿨 우거지고/ 저물녘이면, 어스름들이 모여들어/ 아늑한 풀섶둥지에 맨발의 새들을 불러모은다/ 즈므 마을, 이미 지상에서 사라진/ 성소(聖所)를 세우고 싶은 곳, 나는/ 마을 입구에 들어서며 발에서 신발을 벗는다/ 벌써 얄팍한 상혼(商魂)들이 스쳐간 팻말이/ 더딘 내 발걸음을 가로막아도/ 울타리 없는 밤/ 하늘에 뜬 별빛 몇 점/ 지팡이 삼아, 꼬불꼬불한 산모롱이를 돈다/ 지인이라곤 없는 마을, 송이버섯 같은/ 집들에서 새어나오는 가물거리는 불빛만이/ 날 반겨준다 저 사소한 반김에도/ 문득 눈시울이 뜨거워진다, 내 지나온/ 산모롱이 쪽에서 들려오는 부엉이 소리/ 저 나직한 소리의 중심에, 말뚝 몇 개, 박아보자, 이 가출(家出)의 하룻밤! -「즈므 마을 1」, 전문, 앞의 시집, 58~59면.

독한 제초제를 안 뿌리고
농사지으려니
풀과의 싸움이다
　　(…중략…)
밭을 매다가 무더위에 지쳐 그늘에
나자빠져 있는데,
텁석부리 영감이 지나가며
내가 뽑아놓은 달개비를 손에 들고
한 마디 훈수를 잊지 않는다.
「이놈의 풀은 물을
세 동이쯤 머금고 있어
이렇게 뽑아 내던져도
죽지 않고 또 살지!」
　　(…중략…)
그렇다면!
풀과 함께 살기로 마음먹으며
풀, 이란 말에 먼저 뺨을 비벼본다
텁석부리 영감이 집어들었던
달개비
물 세동이를 머금고 있다는 신비로운
풀에 킁킁 코를 대본다
아, 풀비린내, 달개비가 향기롭다.
　　　　　　　　- 「달개비가 향기롭다」 전문68)

　　인간이 독한 제초제를 쓰지 않고 농사를 짓는 이유는 잡초를 위해서
가 아니다. 거기서 작업하는 농부의 건강을 위한 것이 일차적 목적이고

....

68) 앞의 시집, 66~67면.

이차적으로는 농약을 쓰지 않고 재배한 작물의 질이 더 좋다는 것을 알기 때문이다. 농약을 사용한 작물은 겉보기는 좋을지 몰라도 그 속에 잔류농약 성분을 함유하게 되어 인간 신체의 오염을 야기할 우려가 있다. 제초제를 쓰지 않는 이유는 결국 인간을 위해서라 하겠다. 그렇기에 시적 화자는 잡초가 무성한 것을 탓하며 '잡초와의 싸움'으로 표현한다.

<즈므 마을>에서 만날 수 있을 법한 '텁석부리 영감'의 한 마디가 없었다면 화자는 계속해서 달개비와의 승산도 없는 싸움을 계속했을 것이다. 아무리 뽑아 내던져도 마르지 않고 살아나는 달개비의 생명력에 대하여 존중의 마음을 갖게 되는 순간 그 적은 단번에 동지적 존재로 떠오른다. 더불어 살기로 작정한 다음에 만난 달개비는 더 이상 '잡초'가 아니었다. 화자는 '잡초'라는 인본적 개념을 던저버리고 '풀' 자체로서 인식한다. 화자는 이제 '풀'에 자신의 뺨을 내주며 비비는 단계에 도달한다. 달개비는 풀냄새로 반응한다. 물을 잔뜩 머금은 풀의 내음은 향기롭다. 이제 인간은 잡초 대신 생명이 향기로운 풀을 얻은 것이다.

시인 고진하는 기독교 성직자의 신분이다. 기독교의 신앙과 교리을 지닌 존재임에도 불구하고 신의 섭리를 깨치기 위해 자연으로 나아간다. 정통적 교리에 순종하기보다는 자연의 만물에 작용하는 섭리를 몸소 파악하기 위하여 적극적으로 자연의 교감을 추구한다.

시인은 인간의 의도가 배제된 자연 그대로의 진리에 깊은 관심을 보이며 사소한 것으로 보일 수 있는 생물들의 양태에 주목한다. 이러한 진지한 모색의 결과는 김지하가 도달한 생명의 관계성과 자연의 조화에 대한 긍정의 태도가 큰 차이가 없다.

현재까지 고진하의 생태시가 도달한 성과는 전체 존재들이 지닌 생

명성의 소중함과 위대함에 대한 인식이다. 시인은 인본적 태도를 지양
하고 모두가 더불어 사는 자세를 강조한다. 이러한 생명의 섭리에 동참
하고자 계속해서 자신을 성찰한다. 특히 이 깨달음은 그것이 선험적으
로 단번에 주어진 것이 아니라 자연의 깊숙한 부분까지 이르는, 성실한
탐색의 작업을 통하여 도달한 것이라는데 큰 의의가 있는 것이다.

　　정통신학의 측면에서 생태신학적 반론에 대응하는 논리 중 가장 대
표적인 입장은 성서에 나타난 '친생태성'을 강조하는 것이다. 이러한
기본 사상을 인간들이 제대로 수용하지 못하고 오해한 결과가 바로
생태위기의 원인이라는 것이다. 성서의 내용 중에서 친생태성을 강조
하기 위해 인용되는 부분 중 가장 빈도수가 많은 것이 이사야서 11장
6절에서 9절까지의 내용인데 메시아의 도래를 예언하면서 그가 오신
세계의 모습을 비유한 부분이다. 결국 기독교가 지향하는 세계 즉 유토
피아의 한 모습이라 할 수 있다. 성서의 친생태성을 입증하는, 이사야서
의 내용은 다음과 같다.

　　　그때에 이리가 어린 양과 함께 거하며 표범이 어린 염소와 함께
　　누우며 송아지와 어린 사자와 살진 짐승이 함께 있어 어린 아이에게
　　끌리며 암소와 곰이 함께 먹으며 그것들의 새끼가 함께 엎드리며
　　사자가 소처럼 풀을 먹을 것이며 젖 먹는 아이가 독사의 구멍에서
　　장난하며 젖 뗀 어린 아이가 독사의 굴에 손을 넣을 것이라 나의
　　거룩한 산 모든 곳에서 해됨도 없고 상함도 없을 것이니 이는 물이
　　바다를 덮음같이 여호와를 아는 지식이 세상에 충만할 것임이니
　　라[69]

....

69) 이사야서 11장 6~9절, 『성경전서』(보진재, 1986), 979면.

이 내용은 자연스럽게 박두진의 작품을 연상케 한다. 그가 일제의 압박을 벗어난 해방기의 희망을 안고 건강하게 노래한 작품 「해」의 기본 모티브가 바로 이 구절의 내용과 상통하기 때문이다. 일제 식민지 체험의 참담함과 박두진의 독실한 기독교 신앙을 고려한다면, 성서에서 메시아가 오실 날을 표현한 이 구절은, 민족의 해방에 대한 희구를 상징하는 모티브로 활용되었을 가능성이 크다. 이러한 주장은 상당한 설득력을 얻을 것이다.[70]

생태학적 인식을 도입한다 하더라도 이 작품에 암시된 조국의 해방의 환희를 연상하는데 대한 의의가 변하는 것은 아니다. 다만 박두진의 작업이 계속해서 자연의 섭리에 대한 의식을 다루고 있으며 그가 도입한 소재들이 크기와 상관없이 자연의 섭리를 품은 존재로서 일종의 섭리태攝理態라는 의의를 지니고 있다는 점이 흥미롭다. 박두진의 작품은 자연 만물을 섭리태로 간주하고 그 속에서 생태학적 섭리를 찾으려는 태도와 생태학적 자각의 내용을 확인하는 소중한 사례가 된다는 점에서 문제적이다.

....

70) 유창근은 「해」를 일제강점기에 창작된 것이라 주장하면서 해방기의 감격과 관련하여 논의한 이유식의 주장('박두진론', 《현대문학》 1965.11)과 그 이후에 같은 취지에서 전개된 주장들 모두를 비판하고 있으나 ('박두진의 시세계', 『한국현대시의 위상』(동문사, 1996) 348면) 박두진의 고백에 의하면, 「해」는 해방기의 작품이 분명하다.
"이작품 「해」가 민족해방이라는 세기적 격동기를 배경으로 자연을 소재동기로 한점에 있어서나 그 소재를 이념화한 인류 세계적인 시적공간을 열려한데 있어 보다 더 포괄적으로 이 시기를 대표하는 것으로 생각되었다." '영원한 시는 어디에 있나'
박두진, 《한국일보》, 1986. 3. 2(칠순기념 특별기고).

광복에 대한 희망이나 환경위기 시대에 희구하는 것이나 일종의 유토피아라는 점에서 공통점을 찾을 수 있다. 생태학적 대안을 모색하는 경우 이러한 유토피아 인식은 효과적으로 활용될 수 있을 것이다. 시인은 이 모티브를 작품 「해」 뿐 아니라 「香峴」에서도 활용하였다. 두 작품 모두 건강한 생명력을 강하게 표출하고 있으며 일종의 유토피아를 그린다.

해야 솟아라. 해야 솟아라. 맑앟게 씻은 얼굴 고운 해야 솟아라. 산넘어 산넘어서 어둠을 사라먹고, 산넘어서 밤새도록 어둠을 사라먹고, 이글 이글 애띈 얼굴 고은 해야 솟아라.

달밤이 싫여, 눈물같은 골짜기에 달밤이 싫여, 아무도 없는 뜰에 달밤이 나는 싫여……,

해야, 고운 해야. 늬가 오면 늬가사 오면, 나는 나는 청산이 좋아라. 훨훨훨 깃을 치는 청산이 좋아라. 청산이 있으면 홀로래도 좋아라.

사슴을 딿아, 사슴을 딿아, 양지로 양지로 사슴을 딿아 사슴을 만나면 사슴과도 놀고,

칡범을 딿아 칡범을 딿아 칡범을 만나면 칡범과 놀고, ……

해야, 고운 해야. 해야 솟아라. 꿈이 아니래도 너는 만나면, 꽃도 새도 짐승도 한자리 앉아, 워어이 워어이 모두 불러 한자리 앉아 애띠고 고은 날을 누려 보리라.

- 「해」, 전문71)

아랫도리 다박솔 깔린 山 넘어 큰 山 그 넘엇 山 안보이어, 내 마음 둥둥 구름을 타다.

우뚝 솟은 山, 묵중히 엎드린 山, 골 골이 長松 들어섰고, 머루 다랫넝쿨 바위엉서리에 얽혔고, 샅샅이 떡갈나무 억새풀 우거진 데, 너구리, 여우, 사슴, 산토끼, 오소리, 도마뱀, 능구리 等 실로 무수한 짐승을 지니인,

山, 山, 山들! 累巨萬年 너희들 沈黙이 흠뻑 지리함즉 하매,

山이여! 장차 너의 솟아난 봉우리에, 엎드린 마루에, 확 확 치밀어 오를 火焰을 내 기다려도 좋으랴?

팻내를 잊은 여우 이리 등속이, 사슴 토끼와 더불어 싸릿순 칡순을 찾아 함께 즐거이 뛰는 날을, 믿고 길이 기다려도 좋으랴?

- 「香峴」 전문[72]

시인이 기독교의 영향을 받아서 이사야서의 내용을 일종의 이상향으로 인식한 것으로 볼 수 있다. 그렇다고 기독교의 지향이 이 내용으로만 추구되는 것이 아니므로 여러 면모 중에서 하필 이 측면이 부각되었느냐에 관심을 두고 판단한다면 이 내용이 시인의 기본 성향과도 통하는 면이 컸기 때문인 것으로 보인다.

내용상 드러나는 유토피아의 내용은, 문자 그대로 섭식관계에 있는 생물들이 그 부담에서 벗어나 서로 즐기는 상황이다. 식물이 예외적으

71) 박두진, 『해』(靑讐舍, 1949), 12~13면.
72) 앞의 시집, 28~29면.

로 간주되기는 하지만 일단 동물의 세계만 보면 인간을 비롯한 모든 짐승들이 먹고 먹히는 관계를 의식하지 않고 함께 즐기는 모습이 보인다. 작품에 앞서 소개한 성서의 내용 중에 등장하는 것으로서, 사자가 고기를 먹기 위해 사냥을 하지 않고 소처럼 풀을 뜯어 먹는 내용이 그 대표적 사례이다.

풀도 엄연히 생명을 지닌 존재이므로 김지하의 생명관을 들어 비판할 수 있을 것이지만 이러한 생명관이 수립되기 이전에 섭식의 관계에서 벗어난 것을 상징하는 것으로 이해할 수 있을 것이다. 불교에서도 살생을 금하며 채식을 하는 것도 이러한 측면과 관련이 있을 것이다. 아무튼 이러한 상황이 메시아의 도래와 관련되어 진술된 이유가 무엇인지를 밝히는 것도 성서의 생태학적 상상력을 판단하는데 도움이 될 것이다.

생태학에서 가장 중요한 문제로 귀결되는 것이 바로 섭식의 관계에 대한 윤리적 선택의 문제이다. 자연의 섭식 법칙이란 한 생명이 자신의 생명을 유지하고 보존하기 위해서는 반드시 다른 한 생명을 취해야 한다는 것을 뜻한다. 모든 존재의 생명성을 인정하고 그것을 다 존중하겠다는 것은 이러한 섭식의 관계를 무시한 태도이다. 앞서 김지하의 생명시학이 추상적인 것으로 비추어질 수 있는 것도 이런 측면 때문이다.

지구상에서 생명을 유지하기 위해서는 어떤 경우이든 선택의 과제와 만나게 된다. 따라서 현재 가장 현실적이면서도 실현가능한 생태학적 견해를 생각해보면 다른 생명을 먹이로 취하는 행위에 대한 숙명적인 원죄의식을 처리하는 것이 될 것이다. 메시아의 도래로 상징되는 유토피아적 세계는 이러한 자의식을 완전히 탈피할 수 있는 세상이라는 의미가 된다.

인간만을 위해 자연을 마음대로 취해도 좋다는 사고방식이 기독교의 기본 세계관이고 그러한 점에서 오늘날의 생태위기에 책임이 크다는 견해는 이상의 내용을 고려할 때 얼마든지 반박이 가능하게 된다.

시인 박두진이 유토피아의 보기로서 수용한 이 내용이 이후 어떻게 전개되었는지를 살펴보기 위해서는 자연에 대한 시인의 태도가 어떤 것이었는지를 확인할 필요가 있다. 시인은, 자연의 대상을 바라보면서 그 속에서 섭리를 발견하고 그것을 시로 표현하였다. 그는 특히 수석을 소재로 취하여 2,000편 정도의 작품을 창작하였다. 스스로 소재를 한정하였지만 이렇게 많은 성과를 올릴 수 있었던 것은 수석이란 것이 자연의 존재를 형상적으로 연출하는 특성이 있기 때문에 가능했을 것이다. 수석은 그냥 돌로서는 의미가 없다. 그 모양과 무늬와 인상이, 산수나 생물을 연상시킬 수 있어야 가치가 있는 것이다.

시인이 자연의 모습에서 섭리를 찾고자 할 때 수석은 그러한 섭리태로서의 자연을 배태한 존재가 될 수 있었다. 시인은 한 자그마한 돌덩이에 불과한 수석 속에서 은하계를 보고 그것을 운행하는 법칙과 만난다. 여기서 시인은 자신의 존재 문제를 진지하게 다룰 수 있었다. 자신이 속한 세계를 조망할 수 있는 거리를 확보한다는 것 그것은 섭리를 깨닫는 기본 요건이 될 것이며 그 감격에 시인은 눈물을 흘린다.

> 너는 돌이 아니고 별이다. 별이 아니고 꿈이다. 꿈이 아니고 불이다. 불이 아니고 분노다. 분노가 아니고 참음이다. 참음이 아니고 포용, 포용이 아니고 사랑이다. 사랑이 아니고 살, 살이 아니고 넋, 넋이 아니고 피의 응어리, 그리움의 응어리, 기다림, 외로움, 목숨과 목숨의 뼈, 뼈의 영원, 살의 영원, 꿈의 영원, 알맹이 그 억억 조조 미립자, 빛, 핵, 빛의 핵, 핵의 빛, 천지 우주의 무한 있음, 무한

있음의 내 앞에 있음, 만남, 초자연 속의 자연, 자연 속의 초자연,
있음의 그 영원 속의 눈이 부신 실존이다. 억만 개의 햇덩어리, 너의
안에 이글대고, 억억만 별의 나라 너의 속에 윙윙대는, 너 한 개
돌, 나도 한 개 돌, 돌과 돌이 끌어안고 엉이엉이 운다.

— 「銀河系, 太陽系, 大宇宙天體, 無限圖」 전문[73]

　박두진이 섭리를 파악하는 대상이 구체적으로 무엇인지는 「攝理」라
는 작품이 그대로 보여준다. 세상을 휘도는 바람과 그 바람과 교감하는
자연 만물들, 또 그들이 이루어내는 화합과 조화의 법칙이 바로 섭리이
다. 시인은, 빛과 어두움, 고요와 침묵에 담겨있는 섭리를 찾아 나선
끝에 한 생명이 꽃을 피우기 위해 겪어야 하는 아픔과 희열, 죽음과
삶의 조응을 발견하고 그에 순응하는 것이 자연의 섭리임을 깨닫는다.
　섭식의 관계에서 한 생명의 죽음이 그 죽음의 비극성을 극복하고
영원성을 얻으려면 다른 생명을 통해 꽃피우는 것이 한 경우가 될 것이
다. 약육강식의 현상을 힘의 논리로 이해한 것은 인간의 견해이다. 자연
의 섭리에 의하면 강자와 약자의 차이는 순리를 이해하기 위한 방식의
차이일 수 있다. 다른 생명을 취해야하는 존재의 경우 희생된 생명에
대한 책임감이 자신의 삶을 통해 찬란히 승화될 수 있도록 최선을 다하
고 불필요한 취득을 삼가는 태도를 가지는 것이 생태적 자세일 것이다.

　　바람에 견디다가 안깐힘하다가 지는
　　어짜지 못해서 떨어져 나가는

73) 박두진, 『續 · 水石列傳』(일지사, 1976), 『박두진 전집 10』(범조사, 1982), 309
　　면에서 재인용.

꽃자죽의 아픔,
피에 맺힌 너의 상처를
이젠 알겠다.
그 떨어져 간
빠알갛게 피가 돋는 상처를 밀고 나와
풋풋이, 그리고,
단단하게 맺혀가는 푸른 열매여.
그 열매를 싸고 돌아
하늘을 바람결을 햇살을 향해
나풀대며,
함성하는 파릇한
연한 잎새들,
잎새들의 몸짓을
이젠 알겠다.

- 「攝理」 총 6연 중 2, 3연[74]

　시인은 자연의 섭리태를 깊이 천착한 끝에 섭리태를 자기 자신으로 진전시킨다. 섭리태로서의 자연을 水石으로 한정하기도 했던 시인은 이제 작품 「聖內在」를 통해 찾아 다니던 것이 자신 속에 있었음을 깨닫는 것이다. "이상하다// 왜 나는 이제껏/ 당신이 내게서/ 멀리에만 계시다고/ 생각했을까"[75]라는 고백으로 시작하는 이 작품은 '성聖' 곧 하나님이자 하나님의 섭리를 찾으려고 엉뚱한 곳을 헤매고 다녔다는 고백이다. 자신에 대한 진지한 성찰을 통해 섭리를 깨닫는 것이 마지

74) 박두진, 『하얀날개』(종로서적, 1967), 44~48면.
75) 박두진, 「聖內在」, 부분, 『抱擁無限』(범조사, 1982), 『박두진 전집 6』(범조사, 1982).

막 단계로 제시된 것이다.

고진하의 경우에 비하여 신앙의 선험성이 강했던 박두진은 자연의 섭리태를 고찰하면서 자신의 신앙을 확인하고 더욱 공고히 한 다음 성서의 원리로 되돌아오는 양상을 띤다. 그 원리가 자신 안에 있음을 기꺼이 고백하면서 신 안에 있는 자신을 확인하게 된다.

박두진의 작업은 고진하의 경우와는 달리 정통 신학의 입장이 고스란히 살아있다. 자연을 섭리태로 간주하고 그 속에서 신의 섭리를 찾으려는 태도는 동일한 맥락에서 이해할 수 있으나 고진하가 기존의 신학 교리에 유연한 태도로 대처한 반면, 박두진은 성서의 사상이 작품 속에서 확인되는 양상을 보인다. 박두진이 도달한 섭리의식은 그 과정에 대한 천착이 강조되기 보다는 결과가 문제적이다. 선험적 인식을 확인하는 과정의 반복이라는 느낌이 강하다. 그 결과 두 시인은 자연의 만물에 깃들인 섭리를 찾고 그에 따라 자신의 행위를 가져가려한 태도의 차이가 결과적으로 작품성의 차이로도 작용했다.

고진하는, 생명체와 공존하려는 태도와 인간 중심의 사유체제에 대한 부정의 견해로 나아갔지만 박두진은 인간 중심적 태도에 대한 부정은 거의 나타나지 않고서도 생태학의 가장 중요한 문제라고 할 수 있는 섭식관계에 있는 생명체로서의 원죄의식을 다룰 수 있었다.

박두진은, 출발부터 인간을 하나님의 피조물로서 섭리 속에 운행되는 한 존재로 파악한 점이 두드러지고 섭리태로서의 자연을 수석과 자신으로 계속 정교히하면서 시적 세계의 깊이를 확장해갈 수 있었다. 이 차이는 생태학적 자극에 의해 신학적 섭리의식이 전반적인 반성에 대한 인식에 도달한 것이냐 아니냐의 차이로 파악할 수 있다.

박두진과 고진하 모두 친생태적 태도를 정교히 하고 자신의 시적 체험 속에서 진지하게 구축하는 성과를 보였지만, 결과 여부에 상관없이 생태학적 자극이 생태신학적 상상력의 진지한 자기비판의 장을 제공함으로서 한층 깊이 있는 자각으로 나아갈 수 있었다는 점에서 의의를 찾을 수 있다.

이상에서 김지하와 고진하의 경우를 통하여 생태학적 인식이 심화된 측면을 살펴보았다. 김지하의 생명사상은 동학사상을 기반으로 한 것으로서 독특한 자기논리를 확보한 것으로 볼 수 있다. 특히 모든 존재가 이루는 관계성과 생명의 현상을 이끄는 우주적 차원의 생명성을 인식하고 그러한 깨달음의 계기들을 시로 표현하는 데 적극적인 면을 보였다. 생태학적 인식의 깊이 외에도 자신이 도달한 깨달음을 계몽적으로 표명하기를 자제하고 그 깨달음에 이르는 과정을 문학적으로 묘사하였다는 점에서 앞선 '시의식의 생태학적 전환' 단계의 생태시에 비하여 성숙한 수준에 이르렀다 하겠다.

고진하는 자연에 존재하는 하나님의 섭리를 찾고자 노력하였다. 인간 이외의 존재에 대한 영성을 인정하지 않았던 정통 기독교의 교리를 넘어서 애니미즘적 시선을 수용하여 자연에 존재하는 생명체의 의의를 적극적으로 긍정한다. 여기서 김지하의 깨달음과 유사한 생명사상을 구현하게 된다. 모든 존재가 그 자체의 존귀함을 인정받으면서 공존하는 사회를 지향하였음을 확인할 수 있다.

박두진은 고진하의 전망과 흥미로운 비교 대상이 된다. 고진하가 생태학적 전망을 찾기 위해 자연의 미세한 부분까지 관심을 가지고 찾아다녔다면 박두진은 성서의 유토피아 의식을 수용하여 수석과 같은 자연물 속에서 확인하는 태도를 보였다.

　박두진이 제시한 생태학적 전망이란 섭식의 관계를 극복할 수 있는 사회를 지향하는 것이다. 한편 우리 자신의 생명을 유지하기 위해 희생되는 다른 생명에 대한 원죄의식의 해소를 추구하였다. 하지만 이 문제는 현대 생태학의 성과로도 미처 해결되지 못한 것으로서 앞으로 생태시의 중요한 과제가 될 것이다.

V

결론

Ⅰ 생태시의 전망

지금까지 여러 시인들이 보여준 생태학적 상상력의 면모를 살펴보았다. 생태시는 기본적으로 생태학적 인식을 작품의 근간으로 삼고 있으나 시인이 생태학적 자각에 도달한 개인적 체험과 창작의 성향에 따라 작품의 주제와 형식은 다양한 면모를 보인다.

한국 현대 생태시는 1970년대부터 창작의 뿌리를 찾을 수 있으며 1990년대에 들어서 비평적 관심과 함께 문단의 중요한 흐름으로 대두되었다. 1990년대 이전에는 생태시의 개념이 미처 확립되지 않았고 환경위기를 극복하려는 현대생태학적 의미를 지닌 작품으로 볼 수 있는 경우가 많지 않았기 때문이다. 특히 1990년대는 이데올로기의 몰락과 함께 생태담론이 사회의 중요한 담론으로 부각된 시기라는 점도 생태시가 떠오르게 된 중요한 원인이 된다.

생태시를 문학사적 의미망 안에 포괄하여 다룬 것은 최동호의 견해가 최초이다. 최동호는 '생태시향시'라는 잠정적인 개념을 사용하여 민중지향, 전통지향, 모더니즘 지향으로 구분하는 기존 문학사의 흐름에 따라 각 계열에 속한 시인들이 생태위기의 시대를 맞이하여 생태학적으로 전환한 면모를 설명함으로써 생태시의 문학사적 연계성을 강조하였다.

민중적 생태지향시의 시인으로는 김규종, 신경림, 고은, 김지하, 이동순, 김명수, 고형렬 등이 있고 전통적 생태지향시인으로는 이형기, 성찬경, 이건청, 이수익, 이문제, 박용하 등이 있으며 모더니스트적 생태지향시인으로는 정현종, 이하석, 김광규, 최승호, 장정일 등을 꼽을 수 있다. 이러한 분류 방식은 생태시를 작품의 성격에 따라 분류하기보다는 기존의 시인들이 지닌 성격에 따라 분류한 것이므로 생태시의 다양한 특성을 제대로 담아내지 못한다는 비판이 있으나 생태시와 문학사의 연계성을 확보하기 위한 잠정적 분류방식으로 이해하는 것이 바람직하다.

생태학적 인식의 기본 입장을 고려하면 생태시가 '인간성 파괴의 현장 비판', '문명비판', '생명찬양', '자연지향', '인간 중심주의 비판' 등의 성격을 지니게 된 것을 이해할 수 있다. 기존의 문학사적 흐름과 생태시를 직접 연결했을 때 문제가 되는 부분은 생태시의 여러 성격이 세 갈래의 시인들 작품 모두에서 공통적으로 나타난다는 점이다. 다만 시인의 개성이 생태시 창작에 작용했다는 점에서 생태시의 특질과 어느 계열의 작품이 상대적으로 연관되어 있음을 확인함으로써 생태시의 문학사적 연계성을 주장할 수 있다.[1] 시대가 바뀌었음을 인지한 시인이 자신이 지닌 양심에 따라 그 시대가 요구하는 자세를 취하는 것은 자연스러운 것이다.

생태위기는 기존의 입장에 대한 전면적인 반성을 요구하고 있다. 문학사의 세 흐름은 생태시가 문학사적으로 정착되는 단계에서 다양한 측면으로 깊이를 더하는 성과를 유도할 수 있었다. 민중적 시인들은, 환경오염을 낳은 현실의 제도와 사회적 부당함을 비판하는 측면에 기여하였고 전통적 시인들은 인간 중심적 물질 문명의 弊害를 고발하고 동양적 사유에 기반하여 생태학적 전환을 모색하는 데 성과를 올릴 수 있었다. 모더니스트 시인들의 경우는, 생태시 창작에 있어서 민중지

---

1) 최동호도 21세기를 조망하기 위한 중간 단계로서의 의의를 주장한다., 앞의 글, 62면 참조.

향 시인들에 비하여 다양한 측면에서 생태학적 상상력을 적용하는 성과를 거두었다.

한국 현대 생태시는 창작 실적이 쌓이면서 중요한 두 방향을 지향하는 양상을 보인다. 하나는 문학적 감동을 통해 독자의 생태학적 자각을 유도할 수 있도록 문학성을 확보해야 한다는 것이고 다른 하나는 지구 생태계 속에서 자신의 생명을 보존하기 위해 다른 생명을 취해야만 하는 섭식의 관계를 인정하고, 생태학적 공동체를 유지할 수 있는 '공존의 윤리'를 모색해야 한다는 것이다.

1990년대 이후의 문학사는 생태위기의 극복을 위한 문학적 모색의 과정이 지속될수록 중요한 의의를 지니게 될 것으로 예상된다. 생태시가 추구하는 바가 쉽사리 도달될 것은 아니므로 시인들의 다양한 상상력이 발휘되어야 한다. 기존의 문학사에서 보인 세 흐름은 전혀 다른 양상으로 전개될 가능성도 있는 것이다.

21세기의 문학사에서 문학이 계속 현실과 호흡하면서 인류 문화에 기여할 수 있으려면 생태학적 상상력의 역할이 주도적이어야 할 것이다. 이런 점에서 생태시의 앞날은 무한 공간으로 열려 있는 것이며 문학사적으로는 20세기를 마무리하고 21세기를 모색하는 차원에서 문학의 존재 의의를 새롭게 보강하는 성과를 기대할 수 있다.

2 정리 및 남은 문제들

이 연구의 목적은 생태시의 개념을 규정하고 생태시 작품의 전개 양상을 정리하는 것이다. 생태시라는 용어는 그 개념이 문학사적으로 확립된 것이 아니지만, 필자는 기존의 논의들을 전반적으로 검토한 결과 생태학적 문제의식을 계기로 삼아 창작된 시 작품을 생태시로 규정하였다. 생태학적 문제의식이란, 생태위기를 극복하기 위한 현대 생태학의 문제의식을 지칭하는 것으로서 오늘날의 생태위기를 초래한 인류의 반생태적 태도를 비판하고 생태지향적 미래사회를 추구하는 것을 의미한다. 특히 생태시는 문학작품이라는 점에서 정서적 감동을 통해 추구하는 바를 이루고자 노력한다.

생태학적 상상력의 출발이 되는 생태학적 인식은 다음 네 가지로 정리할 수 있다. 첫째, 인간을 비롯한 모든 존재는 상호 관련되어 있다. 둘째, 모든 것은 어디론가로 자리를 옮길 뿐 이 세계에서 없어지는 것이 아니다. 셋째, 현재 생물의 조직 및 자연 생태계의 구조가 최선의 상태이다. 넷째, 대가를 지불하지 않고 얻어지는 것이란 없다. 필자는 이상의 내용을 참작하여 생태시의 성향과 주제를 평가하였다.

생태학은 원래 자연과학의 한 분야에 불과했으나 1960년대 이후 심 각해진 환경오염의 문제를 해결하기 위해 그 영역을 계속 발전시키게 되었다. 그 결과 오늘날 전 지구적 차원의 생태위기를 다루기 위해 사회과학 뿐 아니라 인문과학의 성과까지 포괄하는 종합학문의 성격을 갖추게 된 것이다. 생태학 이외의 분야에서도 생태학적 문제의식을 수용하여 그 학문 분야 고유의 영역을 심화·발전시키는 것이 최근의 보편적 현상이다. 이러한 흐름을 '생태주의'로 지칭할 수도 있다.

생태문학이라 하면 생태주의의 흐름과 맥을 같이 하는 것으로서 현 대 생태학의 문제의식이 반영된 문학을 의미한다. 문학의 생태학적 전환은, 다른 학문 분야에 비하여 늦은 편이라 하겠는데 늦은 이유로는 생태학이 원래 자연과학이었기에 문학 분야에 주는 이질감과 환경보호운동과 같은 사회운동이 연상시키는 정치성이 주는 거부감 등을 생각해볼 수 있다.

한국문학에서 생태문학이 문제시되기 시작한 것은 1990년대로 접어들면서이다. 생태문학 작품에 해당되는 것들이 1970년대 이래 발표되기는 하였으나 문단적 관심과 함께 본격적으로 전개되기 시작한 것은 1990년대 생태담론이 활성화되면서부터이다. 생태문학은 비평 분야의 성과가 창작을 선도하는 성향을 보였고 장르적으로는 소설보다 시 분야의 성과가 두드러진 것이 특징이다.

생태문학논의는 외국의 이론을 도입하여 소개하는 단계에서 점차 한국문학의 작품을 대상으로 한 논의로 발전하는데 초기의 논의가 생태학적 문제의식의 시대적 정당성과 연계하여 생태문학의 대두가 정당함을 주장하는 것이었다면, 이후의 논의는 생태시의 유형 논의와 목적성 짙은 작품의 문학성 확보 문제, 동양적 사유체계와 관련된 전망 제시 문제 등 구체적인 양상으로 전개된다는 점에서 차이가 있다.

1990년대 후반으로 접어들면서는 그 동안의 창작적 성과에 기대어 문학사적 의미망 안에 포함하여 설명하려는 시도들이 이어진다. 이후 생명사상에 입각한 김지하의 '생명문학론'과 생태학적 패러다임에 의해 문학 자체의 성격을 새로이 규정하는 김욱동의 '문학생태학론' 그리고 문학의 친생태적 본성을 강조하면서 생태위기 시대에 요구되는 문학의 위상을 정립하는 이남호의 '녹색문학론' 등이 제기되었고 세부 문학론의 수립이 절실히 요구되기에 이르렀다.

생태문학의 창작에 있어서는 소설에 비하여 시 분야의 성과가 두드러진다. 이는 시 작품의 경우 한 부분이 전체와의 관계 속에서 의미를 지닌다는 점이 생태학적 패러다임 특유의 전체론적 관계성과 상통하기 때문이기도 하고 세계 현상에 작용하는 섭리를 파악하고자 노력하는 시인의 속성상 생태학적 섭리를 모색하는 작업과 겹치는 부분이 많기 때문이기도 할 것이다.

생태학과 관련된 여러 논자들이 문학적 상상력이 생태학적 대안을 모색하는데 기여할 것으로 기대하고 있는 점은 시대적 전망에 대한 시인의 역할과 관련하여 이해할 수 있을 것이다. 또한 예술적 상상력이 생태학적 전망을 제시하는 데 기여하는 측면에 있어서도 문학은 미술이나 음악에 비하여 그 매체가 언어라는 점에서 구체적 성격을 지니고 있다는 점이 장점이다. 문학의 언어가 은유의 언어라는 점에서 르포나 기사와 달리 다양한 해석의 영역이 열려있다.

생태시는 생태학적 시의식이 확장되고 심화되면서 발전하는 양상을 보인다. 생태학적 전망을 모색하면서도 기본적으로는 생태위기를 극복하기 위한 생태학적 인식을 배양하려는 의도를 지니고 있는 것이 특징이다. 초기의 작품들은 계몽성이 강하여 목적문학적 한계를 보인다. 특히 환경오염의 현장을 고발하거나 이러한 환경오염을 낳은 인류 문명을 비판하는 작품들에서 의도가 강하게 드러나는 성향을 보였다. 이러한 수준의 생태시를 그 문학적 한계를 강조하는 의미에서 '시의식의 생태학적 전환 단계의 생태시'로 구분하여 다루었다.

문학성의 문제들은 시의식이 생태학적으로 전환되는 과정에서 야기된 일시적인 현상으로 간주하고 본격적인 생태시의 전단계 정도로 평가하는 것이 적절하다. 이러한 성향의 작품들은 시기적으로 1980년대 초반까지 등장한 초기 생태시의 특징이기도 하고 그 이후의 작품일지라도 시인이 처음 생태시 창작에 임한 경우의 초기 작품에서 종종 발견되는 특징이기도 하다.

　다음 단계는 '생태학적 시의식의 발전' 단계이다. 이 단계의 생태시는 다시 '생태학적 시의식의 확장'과 '생태학적 시의식의 심화'로 구분하여 다루었다. '생태학적 시의식의 확장' 부분은 생태시인 대다수의 작품을 대상으로 하여 생태학적 인식의 다양한 구현 양상을 살펴보았으며 생태시 창작에 상대적으로 활발히 참여한 최승호와 정현종의 작품들을 대조적으로 비교하면서 살펴보았다.

　'생태학적 시의식의 심화' 부분은 김지하와 고진하의 작품을 중심으로 고찰하였는데 특정한 사상체계를 깊이 있게 천착하여 독자적인 체계를 갖춘 움직임을 확인하려는 의도에서 행한 구분이다. 김지하는 동학사상에 기초한 자기 나름의 독특한 생명사상을 지니고 있으며 이를 토대로 한 작품들을 창작하였다. 그 결과 생명의 존귀함과 우주적 차원의 섭리에 대한 확신을 노래한 작품 세계를 이루었다.

　고진하는 세계 현상에 작용하는 생태학적 섭리를 찾기 위해 정통 신학의 교리에 구속됨 없이 자연 만물과 교감하는 자세로서 생태학적 섭리를 찾고자 노력하였고 김지하의 경우와 유사하게 모든 존재의 가치를 인정하면서 공존하는 사회를 지향하는 것을 확인할 수 있었다.

　박두진의 경우는 고진하 작품의 성격을 더욱 명확히 고찰하기 위해 도입한 것이다. 박두진의 작품은 정통 신학의 입장에서 크게 벗어나지 않으면서 생태학적 세계를 노래하는 결과를 보인다. 이 부분의 상상력이 생태신학적 대응과 일치하는 내용이라는 점에서 흥미로운 비교점을 제시한다. 기독교가 생태학의 비판 대상인 서구의 근대 패러다임의 중요한 기반을 이루었다는 점에서 생태신학적 대안을 모색하는 서양 사상의 한 움직임으로 볼 수도 있을 것이다.

　생명의 문제와 자연 현상에 작용하는 생태학적 섭리을 파악하는 부분에서 생태학적 성과가 클 것으로 예상된다. 전체적으로 생태시를 포함한 생태문학의 위상은 갈수록 높아질 것이다. 생태학적 모색이 새로운 의미를 지니고 요청되는 시대에 문학의 생태학적 기여가 예상됨은 당연한 일이다.

한국 현대 생태시는 1990년대 이후 현대시의 역사에서 갈수록 그 중요성을 확대시켜 갈 것이다. 생태시의 발전은 시대와 함께하는 문학의 바람직한 모습을 보여준다고 하겠다. 문학 작품이 주는 정서적 감응력은, 논리적 설득과 윤리적 당위성의 한계를 넘어 체험에 입각한 진정한 자각의 계기로 기여할 수 있다. 현재까지의 생태시가 도달한 성과는, 생태학적 문제의식을 적극적으로 수용하고 현대 사회에 자리하고 있는 반생태적 성향을 지적하며 인간의 근본적인 자각과 반성을 위한 계기를 제공하고자 노력하는 것이다.

생태시의 궁극적인 지향점이라 할 수 있는 생태학적 대안의 제시는 더욱 많은 시인들이 이 문제에 뜻을 같이하고 노력해야 할 과제로 남아 있다. 이 과제를 풀기 위한 움직임들은, 문학의 발전과 생태학적 세계를 위한 소중한 밑거름으로 기여할 것이다.

참고문헌

1. 제1차 자료

고재종, 『앞 강도 야위는 이 그리움』, 문학동네, 1997.

고진하, 『지금 남을 자들의 골짜기엔』, 민음사, 1990

──, 『프란체스코의 새들』, 문학과지성사, 1993

──, 『우주배꼽』, 세계사, 1997

고진하·이경호 편, '생태환경시집' 『새들은 왜 녹색 별을 떠나는가』, 다산글
      방, 1991.

고형렬, '환경시' 『서울은 안녕한가』, 삼진기획, 1991

──, 『리틀보이』, 넥서스, 1995.

──, 『마당식사가 그립다』, 고려원, 1995.

──, 『성에꽃 눈부처』, 창작과비평사, 1998.

구 상, 『인류의 盲點에서』, 문학사상사, 1998.

김광규, 『반달곰에게』, 민음사, 1981.

──, 『크낙산의 마음』, 문학과지성사, 1986.

──, 『좀팽이처럼』, 문학과지성사, 1988.

──, 『대장간의 유혹』, 미래사, 1991

──, 『가진 것 하나도 없지만』, 문학과지성사, 1986.

김명수, 『침엽수지대』, 창작과비평사, 1991.

──, 『바다의 눈』, 창작과비평사, 1995.

──, 『보석에게』, 문학사상사, 1996.

김영무, 『색동 단풍숲을 노래하라』, 민음사, 1993.

김지하, 『결정본 김지하 전집』, 1,2, 솔출판사, 1994.

──, 『중심의 괴로움』, 솔출판사, 1996.

문정희, 『별이 뜨면 슬픔도 향기롭다』, 미학사, 1992.

박두진, 『박두진 전집』, 1~10, 범조사, 1982.

박용하, 『나무들은 폭포처럼 타오른다』, 중앙일보사, 1991.

성찬경, 『時間吟』, 문학예술사, 1982

신경림, 『어머니와 할머니의 실루엣』, 창작과비평사, 1998.

이건청, 『꼬뿔소를 찾아서』, 고려원, 1994.

───, 『하이에나』, 문학세계사, 1989.

이문재, 『산책시편』, 민음사, 1993.

이정록, 『벌레의 집은 아늑하다』, 문학동네, 1994.

이하석, 『고추잠자리』, 문학과지성사, 1997.

이형기, 『죽지 않는 도시』, 고려원, 1994.

정현종, 『떨어져도 튀는 공처럼』, 문학과지성사, 1984.

───, 『사랑할 시간이 많지 않다』, 세계사, 1989.

───, 『한 꽃송이』, 문학과지성사, 1992.

───, 『세상의 나무들』, 문학과지성사, 1995.

최승호, 『대설주의보』, 민음사, 1983.

───, 『고슴도치의 마을』, 문학과지성사, 1985.

───, 『진흙소를 타고』, 민음사, 1987.

───, 『세속도시의 즐거움』, 세계사, 1990.

───, 『회저의 밤』, 세계사, 1993.

───, 『눈사람』, 세계사, 1996.

제2차 자료

단행본(국내서 및 번역서)

가루베 이사오, 『지구환경과 바이오테크놀러지』, 조성효역, 전파과학사, 1992.

강 헌 外 역, 『지구를 파괴하는 범죄자들』, 푸른산, 1990.

구도완, 『한국환경 운동의 사회학』, 문학과지성사, 1996.

구승회, 『에코필로소피』, 샛길, 1995.

구자건, 『환경상식 백 가지』, 현암사, 1995.

구중서, 『문학과 리얼리즘』, 태학사, 1996.

그레고리 베이트슨, 『마음의 생태학』, 서석봉 역, 1990.

길희성 편, 『환경과 종교』, 민음사, 1997.

김균진, 『생태학의 위기와 신학』, 기독교서회, 1991.

김명자, 『동서양의 과학전통과 환경운동』, 동아출판사, 1991.
김병완, 『한국의 환경정책과 녹색운동』, 나남, 1994.
김상종, 『생태론이 본 환경문제』, 한살림, 1990.
김영식, 『중국 전통문화와 과학』, 창작사, 1986.
─────, 『역사 속의 과학』, 창작과비평사, 1982.
김욱동, 『문학생태학을 위하여』, 민음사, 1998.
김재홍, 『한국 현대 시인 비판』, 시와시학사, 1994.
김종철 편, 『녹색평론선집1』, 녹색평론사, 1993.
김지하, 『생명』, 민음사, 1992.
─────, 『생명과 자치』, 솔, 1996.
─────, 『타는 목마름에서 생명의 바다로』, 동광출판사, 1991.
─────, 『틈』, 솔, 1995.
─────, 『뭉치면 죽고 헤치면 산다』, 동광출판사, 1991.
김찬진 편역, 『민주주의 혁명론』, 한울, 1987.
노드롭 프라이, 『성서와 문학』, 김영철 역, 숭실대출판부, 1993.
대이빈 페퍼, 『현대환경론』, 한길사, 1989.
드라이젝, 『환경문제와 사회적 선택』, 신구문화사, 1995.
떼이야르 드 샤르뎅, 『인간현상』, 양명수 역, 한길사, 1997.
뚜랜 알랭, 『탈산업 사회의 사회이론: 행위자의 복귀』, 조형 역, 이대출판부, 1994.
라이너 그룬트만, 『마르크스주의와 생태학』, 박만준·박준건 공역, 동녘, 1995.
러브록, 『가이아-생명체로서의 지구』, 홍욱희 역, 범양사 출판부, 1990.
레이첼 카슨, 『침묵의 봄』, 이태희 역, 도서출판 참나무, 1991.
로날드 일거허트, 『조용한 혁명』, 정성호 역, 종로서적, 1977.
로버트 패리시, 『떼이야르 드 샤르뎅의 신학사상』, 이홍근 역, 분도출판사, 1972.
로빈 라이트, 도일 맥마누스, 『전환, 21세기 인류미래에 대한 보고서』, 구갑우 역, 푸른산, 1992.

로빈 에트필트, 『환경윤리학의 제문제』, 뜨님, 1983.

마이클 라이언, 『포스트모더니즘 이후의 정치와 문화』, 나병철·이경훈 역, 갈무리, 1996.

마이클 브라운 外, 『그린피스』, 자유인, 1994.

막스 베버, 『지배의 사회학』, 이종수 역, 한길사, 1984.

매도우, 『인류의 위기』, 김승한 역, 삼성미술문화재단, 1972.

맥크브스키, 『환경윤리와 환경정책』, 황경식·김상득 역, 범영사, 1995.

문순홍, 『생태위기와 녹색의 대안』, 나라사랑, 1993.

박성래, 『중국과학의 사상』, 전파과학사, 1978.

박영숙, 『지구를 살리는 대변혁』, 환경과 사회, 1995.

박이문, 『문명의 미래와 생태학적 세계관』, 당대, 1998.

─────, 『문명의 위기와 문화의 전환』, 민음사, 1996.

방건웅, 『신과학이 세상을 바꾼다』, 정신세계사, 1997.

보일, 아드릴, 『지구의 마지막선택』, 김영일 역, 동아출판사, 1994.

북친, 『사회생태론의 철학』, 문순홍 역, 솔, 1997.

사회문화연구소, 『현대와 탈현대』, 사회문화연구소, 1993.

서울대 사회정의 연구 실천연구회, 『현대사회와 과학문명』, 나남, 1997.

세계환경발전위, 『우리 공동의 미래』, 조형준·홍성태 역, 새물결, 1994.

시미즈 히로시, 『생명과 창조: 의미를 창출하는 관계과학』, 임승원 역, 전파과학사, 1994.

시민환경연구소, 『환경의 이해』, 환경운동연합, 1993.

신덕룡 엮음, 『초록 생명의 길』, 사와사람사, 1997.

알트 파터 外, 『전환기의 마르크스주의』, 공동체, 1991.

앤드류 돕슨, 『녹색정치사상』, 정용화 역, 민음사, 1990.

야부우찌 기요시, 『중국의 과학문명』, 김상운 역, 전파과학사, 1974.

양종희 外, 『지속가능한 사회와 환경』, 박영사, 1995.

에드가 모랭, 게른, 『지구는 우리의 조국』, 문예출판사, 1993.

오국주, 『21세기 문명, 동양정신이 만든다』, 살맛난사람들, 1994.

오흥석, 『환경인식과 실천의 새지평』, 교학연구사, 1993.

요네모토쇼헤이, 『지구환경 문제란 무엇인가』, 박혜숙·박종관 역, 뜨님, 1995.

월드워치연구소, 『지구환경과 세계경제1』, 도서출판 뜨님, 1992.

월드워치연구소, 『지구환경보고서』, 도서출판 뜨님, 1994.

유정길, 「생태적 대안사회와 공동체 운동」, 환경연구회, 1994.

유종호 外, 『한국 현대 문학 50년』, 민음사, 1995.

유진 오덤, 『생태학』, 이도원 역, 민음사, 1995.

이규태, 『청산아 왜그리 야위어만 가느냐』, 동아출판사, 1993.

이남호, 『녹색을 위한 문학』, 민음사, 1998.

이마미치도모노부, 『에코에티카』, 정명환 역, 솔, 1993.

이언 브래들리, 『녹색의 신』, 뜨님, 1996.

이정배 편, 『생태학과 신학 - 생태학적 정의를 향하여』, 종로서적, 1989.

이정전, 『녹색경제학』, 한길사, 1994.

이진우, 『녹색사유와 에코토피아』, 문예출, 1998.

임홍빈, 『기술문명과 哲學』, 문예출판사, 1995.

장회익, 『과학과 메타과학』, 지식산업사, 1992.

정수복, 『녹색대안을 찾는 생태학적 상상력』, 문학과지성사, 1996.

정정호, 『탈근대 인식론과 생태학적 상상력』, 한신문화사, 1997.

정효구, 『우주 공동체와 문학의 길』, 시와시학사, 1994.

제레미 리프킨, 『엔트로피1』, 원음사, 1984.

조셉 켐벨, 빌 모이어스, 『신화의 힘』, 이윤기 역, 고려원, 1992.

존 벨라미 포스터, 『환경혁명』, 조길영 역, 동쪽나라, 1996.

존 호건, 『과학의 종말』, 김동광 역, 까치글방, 1997.

주광열 편, 『과학과 환경』, 서울대출판부, 1986.

중국철학회, 『현대의 위기 동양철학의 모색』, 예문서원, 1997.

진교훈, 『환경윤리』, 민음사, 1998.

채수영, 『문학생태학』, 새미, 1997.

철학사상연구소, 『새로운 문명에 대한 철학적 조명』, 서울대출판부, 1990.

최동호, 『삶의 깊이와 시적 상상』 민음사, 1995.

──── , 『하나의 도에 이르는 시학』, 고대출판부, 안암신서6, 1997.

최창조, 『한국의 풍수사상』, 민음사, 1984.

카머너, 배리, 『원은 닫혀야 한다』, 송상용 역, 전파과학사, 1980.

코넌트, 『현대과학과 현대인』, 송상용 역, 전파과학사, 1973.

크라우스 베스터만, 『창조』, 분도출판사, 1991.

크롤 스테판, 『인간해방을 위한 생태학』, 공해추방운동청년협의회 역, 온누리, 1988.

푸미오, 타부치저, 『김지하論, 神과 革命의 통일』, 정지련 역, 다산글방, 1991.

프리초프 카프라, 『새로운 과학과 문명의 전환』, 1982, 이성범·구윤서 역, 1985.

프리초프 카프라 外, 『신과학과 영성의 시대』, 범양사, 1997.

플라이브 폰팅, 이진아 역, 『녹색세계사』, 1,2, 심지, 1995.

한국공간환경연구회, 『한국 공간 환경의 재인식』, 한울, 1992.

한국동양철학회 편, 『기술정보화 시대의 인간문제』, 현암사, 1995.

한국불교환경교육회, 『동양사상과 환경문제』, 모색, 1996.

한국사회학회, 『한국사회개혁의 과제와 전망』, 새길, 1994.

한스 요나스, 『책임의 원칙: 기술 시대의 생태학적 윤리』, 이진우 역, 서광사, 1994.

호이카스, 『근대 과학의 출현과 종교』, 손봉호·김영식 역, 정음사, 1987.

환경연구회, 『환경논의의 쟁점들』, 나라사랑, 1994.

황태연, 『환경정치학과 현대 정치 사상』, 나남, 1992.

희르츠/비히티, 『자연인식과 세계관』, 천지, 1990.

OECD환경위원회 편, 『공존의 조건』, 최홍식 역, 녹원출판사, 1984.

평론 및 논문

강남주, 「생태시 인간구원의 불빛」, 『시문학』, 1996. 5.

──── , 「이데올로기로서의 생태주의 시」, 『시문학』, 1997. 6.

고동원, 「21세기 생명공동체를 향하여」, 『두레사상』4호, 1996. 여름.

고창수, 「미국시에 나타난 환경문제」, 『시문학』, 1994. 6.

공명수, 「Thomas Pynchon의 생태학적 상상력」, 『대진논총』, #3, 인문·사회과학 편, 1995.

구도완, 「한국 환경운동의 이데올로기 지형」, 『현대와 탈현대』, 사회문화연구소, 1993.

─────, 「한국 환경 운동의 역사와 특성」, 서울대 사회학 박사논문, 1994.

구중서, 「문학과 현대사상」, 『녹색평론』, 1996. 11-12.

구승회, 「생태위기와 에코아나키즘의 대안」, 『환경과 생명』, 1996. 여름.

권혁범, 「생명사상의 체계화」, 『녹색평론』, 1996. 11-12.

김경린, 「세기말의 <아포리아> 현상과 21세기를 향하는 문학세계」, 『문예운동』, 1998. 가을.

김경재, 「시천주 사상과 창조적 과정 안에 계신 하나님」, 『신학연구』(한신대), #36, 1995. 8.

김기순, 「패러다임 전환기의 환경윤리와 가치관」, 『환경과 사회』, 1995. 봄.

김동환, 「생태학적 위가와 소설의 대응력」, 『실천문학』, 1996. 가을.

김석영, 「생태계 위기와 그 문학적 대응」, 『영남어문학』 #29, 1996. 6.

김성곤, 「문학의 생태학을 위하여」, 『외국문학』, #25, 1990. 12.

김영철, 「생태계 위기에 대한 신학적 해명과 새로운 창조 신학의 시도」, 『기독교사상』, 1992. 1.

김영무, 「생태학적 상상력-참인간의 생물학적 유전적 운명」, 『녹색평론』, 1993. 3-4.

김용민, 「독일 생태시의 또 다른 가능성」, 『현대시세계』, 1991. 9.

─────, 「과학시대의 자연과 인간」, 『녹색평론』, #20, 1995. 1-2.

─────, 「생태학 - 환경 운동 - 환경·생태시」, 『현대예술비평』, 3호 1991 겨울.

─────, 「새로운 생태문학을 위한 시도」, 『현상과 인식』, #59 93.12.

김용준, 「근대과학에 대한 물음」, 『녹색평론』, 1995. 7-8.

김용창, 「한국에서 새로운 사회운동의 올바른 논의를 위하여」, 『사상문예운동』, 1991. 가을.

김우창, 「시대의 중심에서: 김지하의 정치와 시」, 『중심의 괴로움』, 솔, 1994.

──, 「문학의 옹호 - 말 많은 세상의 언어와 시의 언어」, 『펜과 문학』, 1996. 가을.

김우창 외, 「공경의 문화를 위하여」, 『녹색평론』, 1995.11-12.

김원중, 「자연과의 애무 - 게리 스나이더의 생태학적 이상」, 『녹색평론』, 97. 1-2.

김은석, 「김지하 문학 연구 - 생명사상을 중심으로」, 중앙대 석사논문, 1996.

김정우, 「기후변화, 기상이변 그리고 환경문제」, 『환경과 생명』, 1995. 여름.

김종철, 「시의 마음과 생명공동체」, 『녹색평론』, 91.11-12.

김지하, 「풍류정신을 되살리자」, 『한국일보』, 1994. 3. 26.

김충열, 「21세기와 동양 철학」, 『녹색평론』, #17 1994.

김형국, 「환경 보전과 시민 참여」, 『철학과 현실』, 1990 여름.

김환석, 「환경위기-자본주의 위기인가, 포드주의의 위기인가」, 『경제와 사회』, 1992 겨울.

남송우, 「생명시학을 위하여」, 『월간 열린시』, 1995. 12.

──, 「환경시의 현황과 과제」, 『현대시』, 1993.5.

──, 「생명시학」, 『오늘의 문예비평』, 1995.9.

남진우, 「생명의 불, 영원의 빛」, 『세계의 문학』, 1993. 가을.

낸시 포어, 「가상 현실과 아이들」, 『녹색평론』, 1996.5-6.

도정일, 「풀잎, 갱생, 역사」, 『문예중앙』, 1993. 겨울.

──, 「시인은 숲으로 가지 못한다.」, 『세계의 문학』, 1994.2.

도은배, 「한과 단의 변증법적 통일로 본 김지하 사상에 대한 신학적 이해」, 감리교 신학대 석사논문, 1990.

도한호, 「생태계 위기와 창조신학의 재정립」, 『복음과 실천』, 침례신대, 1993. 9.

러브록, 「가이아를 위하여」, 『녹색평론』, 1992 3호.

로빈 에커슬리, 「루돌프 바로 - 녹색 근본주의의 예언자」, 『녹색평론』, 1998. 3-4.

루돌프 바로, 「인간은 개미가 아니다」, 『녹색평론』, 1993. 9.

문순홍, 「생태윤리와 한국 종교 단체들의 환경운동」, 『현상과인식』, 1995.2.

─────,「서구 녹색정치의 역사와 환경정책의 제도화」,『환경과 생명』, 1994. 봄.

박경리,「문학과 환경」,『펜과 문학』, 1996. 겨울.

박범익,「생태학의 발달」,『과학교육』, 1995.7.

박상철,「환경운동과 변혁운동」,『사상문예운동』, 91 가을.

박상배 외 2명 좌담,「생태환경시와 녹색운동」,『현대시』, 1992. 6.

박영선,「생태학적 세계관과 서구문화의 수용」,『녹색평론』, 1997. 5-6.

박영숙,「지구환경문제와 정치경제학」,『환경과 사회』, 3호, 1994.

박윤국,「環境 問題 克服을 위한 生態主義的 自然觀 硏究」, 인하대 석사논문, 1996.

박이문,「생태학과 예술적 상상력」,『현대예술비평』, 3호 1991. 겨울.

─────,「생태학적 합리성과 아시아 철학」,『녹색평론』, 1997.9-10.

박준건,「생태문제에 관한 맑스주의의 독해와 그 한계」,『인문논총』, 부산대, #42, 1993.6.

박진환,「存在·生命 위기의식과 구원의식 - 시를 중심으로」,『문예운동』, 1998. 가을.

박충구,「기독교 윤리의 관점에서 본 생태계의 위기와 창조론」,『기독교사상』, 1991.12.

박태순,「자연과 국토 그리고 인문주의 정신」,『사상과 정책』 경향신문사, 1986. 봄.

박희병,「한국 고전문학의 전통과 생태적 관심」,『창작과 비평』, 1995.겨울.

배영기,「생명윤리에 관한 생태문화적 고찰」,『환경과 생명』, 1995. 여름-가을.

백낙청,「분단체제 극복과 생태학적 상상력」,『녹색평론』, 1995.9-10.

백낙청 외,「생태계의 위기와 민족민주운동의 사상」,『창작과 비평』, 1990. 12.

법 륜,「불교와 환경윤리」,『녹색평론』, 1996. 9-10.

─────,「불교의 세계관에서 본 환경문제」,『종교와 환경』(한국종교인평화회), 1993.

서준섭, 「우주의 역사 - 김지하의 문학사상」, 『감각의 뒤편, 문학과지성사』, 1995.

성찬경, 「한국 현대시에 나타난 문명관, 『현대문학』, 1993.10.

송명희, 「도요새에 대한 명상」과 에코페미니즘」, 『문예운동』, 1998. 가을.

송상용, 「휴머니즘과 환경위기」, 『환경의 이해』, 환경운동연합, 1993.

─── , 「환경위기의 뿌리」, 『철학과 현실』, 1990. 여름.

송용구, 「독일의 생태시, 1~5, 『시문학』, 1995.7~11.

송항용, 「환경문제와 동양사상」, 『환경과 사회』, 1993. 가을.

송희복, 「서정시와 화엄경적 생명원리, 『시와 사상』, 1995. 겨울.

─── , 「푸르른 울음, 생생한 초록의 광휘」, 『현대시』, 1996. 5.

신덕룡, 「생명시 논의의 흐름과 갈래」, 『시와 사람』, 1997. 봄.

신동원, 「동아시아 전통 과학사론의 비판적 검토」, 『문학과 사회』, 1996 겨울.

신상성, 「생태주의와 공상과학소설의 역사철학적 문제」, 『문예운동』, 1998. 가을.

신정현, 「문명비판과 환경위기에 대한 관심, 『문학사상』, 1992.11.

신 진, 「말해주기 양식과 생태시」, 『시문학』, 1997.10.

신철하, 「경계의 시학」, 『포에티카』, 1997. 겨울.

심재룡, 「동양철학의 관점에서 본 환경문제」, 『철학과 현실』, 1990. 여름.

─── , 「도가는 기술문명에 반대하는가?」, 『환경』, 1988.

안승준, 「국가에서 공동체로」, 『녹색평론』, 1995.7-8.

안드레이, 「 타르코프스키, 삶에 대한 책임과 예술', 『녹색평론』, 1995.5-6.

알트파터 엘마, 「정치경제학의 생태학적 비판서론 11테제」, 『전환기의 마르크스주의』, 공동체, 1991.

앤 멜로어, 「자연파괴와 남성주의의 원리 -「프랑켄슈타인」속의 여성, 『녹색평론』, 1996.3-4

양종회, 「지속가능한 사회를 위한 환경과 발전」, 『지속가능한 사회와 환경』, 박영사, 1995.

오진탁, 「도道와 기技」, 『현대의 위기 동양철학의 모색』, 예문서원, 1997.

오문환, 「동학의 생명사상, 『외국문학』, 1990. 여름.

오영석, 「생태계의 신학적 이해1,2」, 『기독교사상』, 1987. 10-11,

외르그 베버, 「컴퓨터와 환경」, 『녹색평론』, 1996. 5-6.

원종홍, 「생태계의 위기와 신학적 해석」, 『인문과학논총』, #14, 명지대학교, 1996.2.

유석성, 「생태학적 위기와 환경윤리, 『신학과 선교』, #19, 서울신학대, 1994. 12.

유한근, 「생태학적 혹은 영적 상상력의 새 패러다임을 위하여, 『문예운동』, 1998. 가을.

──, 「생태적 지속가능한 사회로서 "계획공동체"의 모색」, 『서원과 연대』, 1호, 1993.

──, 「자연과 인간이 하나가된 삶을 추구하는 공동체-(山岸會)」, 『녹색평론』, 12호, 1993.

윤구병, 「김지하의 생명사상」, 『생명, 이 찬란한 총체』, 김지하 전집 5, 동광출판사, 1991.

윤응진, 「생태학적 위기와 기독교교육적 과제」, 『신학연구』, 한신대, #34, 1993.5.

이건청, 「한국시와 생태환경의 문제」, 『현대시』, 1996.5.

──, 「한국 생태환경시연구」, 『한국학논문집』, 한양대 #29, 1996.8.

──, 「시적 현실로서의 환경오염과 생태파괴」, 『현대시학』, 1992.8.

이경호, 「풀무치의 눈에 보이는 초록의길」, 『새들은 왜 녹색 별을 떠나는가』, 다산글방, 1991.

이광호, 「녹색소설의 길」, 『현대시』 1993.

이남영, 「동양의 자연과 인간관(노장사상)」, 『사상과 정책』, 경향신문사, 1986. 봄.

이남호, 「녹색문학을 위하여」, 『포에티카』, 1997 겨울.

──, 「녹색이념을 추구하는 문학」, 『문학정신』, 1995. 여름.

──, 「문학은 녹색이다」, 『동서문학』, 1994.9.

이동승, 「독일의 생태시」, 『외국문학』, 1990.12.

───, 「파멸의 저지를 위하여 - 독일의 생태시 서론」, 『문학사상』, 1992.11.

이동승·신정현·정현기, 「생태문학을 통해 본 인류의 미래」, 『문학사상』, 1992.11.

이동하, 「생태계의 위기와 우리 문학」, 『예술과 비평』, 1991.3.

이득연, 「환경과 사회가치 체계의 변화」, 『환경의 이해』, 환경운동연합, 1993.

이문재, 「그물망, 틈, 그늘, 공경, 그리고 생명」, 『동서문학』, 1994 겨울.

이상철, 「生態危機에 對한 國家 管理機能 硏究」 서울대 교육학 박사논문, 1993.8.

이상헌, 「세계화 시대의 환경정의」, 『녹색평론』, 1996. 11-12.

이숭원, 「생태학적 상상력과 우리시의 방향」, 『실천문학』, 1996. 가을.

이영석, 「생태패러다임의 문학적 수용」, 『현대의 새로운 패러다임과 인문학』, 경상대, 1994.

이용웅, 「박태일, 현대문학과 생태학적 상상력」, 『경남어문논집』, #7,8, 1995. 12.

이운용, 「생태환경위기와 시적 대응」, 『시문학』, 1994.6.

이운용 외, 「시와 환경문제」, 『시문학』, 1994.6.

이은봉, 「생태계의 위기와 종교」, 『광장』, 1984.5.

이일구, 「근대의 자연관과 세계의 사조」, 『과학과 교육』, 1980. 3.

이정배, 「기독교의 자연관」, 『환경과 종교』, 민음사, 1997.

───, 「생태학적 신학에서 본 현대과학기술의 문제」, 『신학사상』, 91.12.

이종관, 「환경윤리학과 인간중심주의」, 『철학』, #49, 1996.12.

이준모, 「동학의 생태학적 교육철학 체계와 동양 고전철학의 체계」, 『신학연구』, 1997.6.

이진아, 「한국 사회와 생태학적 상상력」, 『실천문학』, 1996. 가을.

이진우, 「기술시대의 환경윤리」, 『인간과 자연』, 계명대 철학연구소, 서광사, 1995.

이필렬, 「과학기술로 환경문제가 해결 가능한가」, 『녹색평론』, 1994.5-6.

이효걸, 「생태론의 빛과 그림자」, 『현대의 위기 동양철학의 모색』, 예문서원, 1997.

이희중, 「새로운 윤리적 문학의 요청과 시의 길」, 『현대시』, 1996.5.

임도한, 「환경위기와 문학의 길」, 『고대문화』, 1998. 여름.

임종철 외, 「자연과 인간(권두토론)」, 『사상과 정책』(경향신문사), 1986. 봄.

임양재, 「Deep Ecology란 무엇인가」, 『생태계』, 1997. 6.

子敏雄, 「주자의 환경철학」, 『녹색평론』, 1997. 3-4.

장석주, 「환경과 시」, 『현대시세계』, 1991. 9.

───, 「시의 생태학적 상상력을 향하여」, 『현대시학』, 1992.8.

장우주, 「에코페미니즘의 논리와 과제」, 『환경과 생명』, 1997. 봄.

장원석, 「생태정치학의 이념과 새로운 사회주의론」, 『한국정치학회보』, 1996. 12.

장회익, 「우주생명과 현대인의 암세포적 기능」, 『녹색평론』, 2호 1992.

───, 「가이아이론: 그 과학성과 신화성」, 『과학사상』, 1992. 겨울.

전경수, 「환경과 인간에 대한 사회문화적 관점들」, 『사상과 정책』, 경향신문사, 1986. 봄.

정과리, 「문학과 환경」, 『제1회김달진문학제기념문집』, 불휘, 1996.

정규호, 「환경문제 심화에 따른 생태적 공동체에 대한 연구」, 서울대 석사논문, 1993.

정규호, 「해외 생태공동체운동의 현황과 평가」, 『환경과 생명』, 1995. 겨울.

정명기, 「생태학적 위가와 그 극복의 길」, 『새가정』, 1982. 8.

정수복, 「환경정책의 근본적 전환을 위한 모색」, 『한국사회개혁의 과제와 전망』, 새길, 1994.

정순진, 「순환의 질서를 위하여 - 현대시와 생태윤리」, 『문예운동』 1998. 가을.

정의홍, 「우리시에 나타난 환경문제」, 『시문학』, 1994.6.

정태석, 「환경사상의 몇 가지 쟁점」, 『동향과 전망』, 1994. 가을.

정현기, 「풍요號로 출발한 죽음의 항로」, 『문학사상』, 1992. 11

정현종, 「전사·영매·광대: 김지하에 대한 단상」, 『밤나라』, 솔출판사, 1993.

───, 「우리 전통 속의 생태 환경 사상」, 『동양사상과환경문제』, 서평, 1996.

정호웅, 「녹색사상과 생태학적 상상력」, 『문학사상』, 1995.12.

정화열, 「생태철학과 보살핌의 윤리」, 『녹색평론』, 1996.7-8.

정효구, 「우주공동체와 문학」, 『현대시학』, 1993.9-10.

─────, 「최근 생태시에 나타난 문제점, 『시와 사람』, 1996. 가을.

조명래, 「국제화·세계화·지구화의 올바른 이해」, 『환경과 생명』, 1995. 여름.

조요한, 「자연의 회복」, 『녹색평론』, 1995.3.4.

조홍섭, 「지구 환경 문제의 정치 경제학」, 『철학과 현실』, 1990 여름.

진교훈, 「생태위기와 녹색윤리, 『환경과 생명』, 1995. 가을.

─────, 「동양의 자연과 인간관」, 『사상과 정책』, 경향신문사, 1986. 봄.

천인호, 「생태지향적 환경론과 풍수사상의 비교연구」, 『사회과학논집』, #12, 동아대, 1995. 12.

최동호, 「21세기를 향한 에코토피아의 시학」, 『현대 한국사회와 문학』, 1996.6

최병두, 「환경운동의 철학적 기초와 전망」, 『이론』, 1993. 가을.

─────, 「자본주의 사회와 환경문제」, 『한국 공간 환경의 재인식』, 한울, 1992.

최봉기, 「생태계 윤리를 위한 해석학적 기초연구」, 『동서문화연구』, 한남대, #1, 1990.5.

최원식, 「김지하론, 대립과 공생」, 『한국 현대시 연구』, 민음사, 1989.

최종덕, 「자연과 인간의 생태적 관계망」, 『환경과 생명』, 1996. 봄.

─────, 「김지하의 생명사상」, 『환경전문강좌 7기』, 환경운동연합, 1996.

최창조, 「한국의 전통적 자연과 인간관(풍수지리)」, 『사상과 정책』, 경향신문사, 1986. 봄.

최창록, 「한국도교문학의성립과 전개」, 『국문학과 도교』, 한국고전문학회편, 태학사, 1998.

최혜성, 「생태론적 위기와 녹색 운동」, 『철학과 현실』, 1990. 여름.

─────, 「상생의 논리와 영성」, 『녹색평론』, 1998.5-6.

프리초프카프라, 「생태학적 세계관의 기본 원리」, 『과학사상』, 1994.8.

한만수, 「넘치는 비판, 아쉬운 대안」, 『녹색평론』, 1997. 5-6.
─────, 「뽕나무에 세 번 절하고」, 『녹색평론』, 1998.5-6.
한경구, 「동아시아적인 것을 찾아서?」, 『문학과 사회』, 1996 겨울.
허 림 외 2인 대담, 「자연서정시의 현황과 그 방향성」, 『심상』, 1995.10.
헬레나 노르베리-호지, 「재앙을 넘어 공동체로」, 『녹색평론』, 1995.9-10.
홀거 하이데, 「노동운동, 자본, 생태계」, 『녹색평론』, 1997. 3-4.
홍욱희, 「가이아 이론이란 무엇인가」, 『과학사상』, 1992 겨울.
홍용희, 「신생의 꿈과 언어」, 『시와 사상』, 1995. 겨울.
홍정선, 「죽임의 세계, 살림의 사상」, 『이것 그리고 저것』, 동광출판사, 1991.
황태연, 「생태학적 마르크스주의의 두 갈래」, 『환경과 생명』, 1996. 9.
회슬레, 「생태계 위기의 정신사적 기반」, 『과학사상』, 1995. 8.

국외논저

Bate, Jonathan, *Romantic Ecology*, London: Routledge, 1991.

Bateson, Gregory, *Steps to an Ecology of Mind*, Newyork: Ballantine Books, 1972.

Bookchin, M, *Toward an Ecological Society*, Montreal: Black Rose Books, 1980.

─────, *Remaking Society*: Pathways to a Green Future. Boston: South End Press, 1990.

Coates, J F., 2025, Oakhill Press, Greensboro, 1997.

Devall, Bill & Sessions, George, *Deep Ecology*, Solt Lake City, 1985.

Gare, Arran E., *Postmodernism and the Environmental Crisis*, N.Y, Routledge, 1995.

Glotfelty, C. & Fromm, H., *The Ecocriticism Reader*: Landmarks in Literary Ecology, Univ.of Gerorgia Press, 1996.

Hannigan, John A., *Environmental Sociology*, N.Y, Routledge, 1995.

Hargrove, Eugene C., *Religion and Environmental Crisis*, Athens: University of Georgia Press, 1986.

Herndle, C G., Brown, S C., *Green Culture*, Univ. of Wisconsin Press, 1996.

McCloskey, H. J., *Ecological Ethics and Politics*, Otawa, NJ: Rowman and Littlefield, 1983.

Miller, G. Tylor. Jr, *Environmental Science*: an introduction, Wadworth press, 1985.

Moltmann, Jürgen, *God and Creation*, London: SCM Press, 1985.

Nicholson, Linda J., *Feminism and Postmodernism*, N.Y & London: Routledge, 1990.

O'Neill, John, Ecology, *Policy, and Politics*, N.Y, Routledge, 1993.

Pepper, David, *The Roots of Modern Environmentalism*, London: Croom Helm, 1984.

Plumb, J H., Harmondworth(ed), *Crisis in the Humanities*, Penguin, 1964.

Spretnak, C. & Capra, F., Deep Ecology, USA, Gibbs Smith, Pub., 1988.

Stover, Leon E., *The Cultural Ecology of Chinese Civilization*, Mentor book, 1974.

Worster, Donald, *Nature's Economy*: A History of Ecological Ideas, Cambridge Univ. Press, 1977.

지은이 소개

임도한

1986년 공군사관학교를 졸업하고 공군 소위로 임관한 이후 2019년 까지 공군 장교로 복무하였다.(현재 공군사관학교 명예교수)

서울대학교에서 국문학 학사와 석사, 고려대학교에서 국문학 박사 학위를 취득하였고 한국 현대문학 분야에서 전쟁시와 생태시에 깊은 관심을 가지고 있다.

공군사관학교 인문학 교수로 재직하면서 교무기획실장, 교수부장 등을 역임하였고 문학과환경학회 제10대 회장직을 수행하였다.

문학과환경 학술총서 ③

한국 현대 생태시 연구

초판 인쇄　2022년 11월 10일
초판 발행　2022년 11월 18일

지 은 이 ㅣ 임도한
펴 낸 이 ㅣ 하운근
펴 낸 곳 ㅣ 學古房

주　　소 ㅣ 경기도 고양시 덕양구 통일로 140 삼송테크노밸리 A동 B224
전　　화 ㅣ (02)353-9908 편집부(02)356-9903
팩　　스 ㅣ (02)6959-8234
홈페이지 ㅣ http://hakgobang.co.kr/
전자우편 ㅣ hakgobang@naver.com, hakgobang@chol.com
등록번호 ㅣ 제311-1994-000001호

ISBN 979-11-6586-489-7　94800
　　　 978-89-6071-511-0 (세트)

값 : 23,000원